AS AVENTURAS DE HUCKLEBERRY FINN

Título original: *The Adventure of Huckleberry Finn*
Copyright © Editora Lafonte Ltda. 2021

Tradução e Adaptação   *Monteiro Lobato*

Em respeito ao estilo do tradutor, foram mantidas as preferências ortográficas do texto original, modificando-se apenas os vocábulos que sofreram alterações nas reformas ortográficas.

Todos os direitos reservados.
Nenhuma parte deste livro pode ser reproduzida por quaisquer meios existentes sem autorização por escrito dos editores e detentores dos direitos.

Direção Editorial   *Ethel Santaella*

REALIZAÇÃO

GrandeUrsa Comunicação

Direção   *Denise Gianoglio*
Revisão   *Ana Elisa Camasmie*
Capa, Projeto Gráfico e Diagramação   *Idée Arte e Comunicação*

```
Dados Internacionais de Catalogação na Publicação (CIP)
        (Câmara Brasileira do Livro, SP, Brasil)

   Twain, Mark, 1835-1910
     As Aventuras de Huckleberry Finn / Mark Twain ;
   tradução Monteiro Lobato. -- São Paulo : Lafonte,
   2021.

     Título original: The adventure of Huckleberry finn
     ISBN 978-65-5870-215-3

     1. Ficção norte-americana I. Título.

21-88260                                       CDD-813
```

Índices para catálogo sistemático:

1. Ficção : Literatura norte-americana   813

Aline Graziele Benitez - Bibliotecária - CRB-1/3129

Editora Lafonte
Av. Profª Ida Kolb, 551, Casa Verde, CEP 02518-000, São Paulo-SP, Brasil - Tel.: (+55) 11 3855-2100
Atendimento ao leitor (+55) 11 3855- 2216 / 11 3855 - 2213 - atendimento@editoralafonte.com.br
Venda de livros avulsos (+55) 11 3855- 2216 - vendas@editoralafonte.com.br
Venda de livros no atacado (+55) 11 3855-2275 - atacado@escala.com.br

Mark Twain

AS AVENTURAS DE HUCKLEBERRY FINN

Tradução
Monteiro Lobato

Brasil, 2021

Lafonte

I

O leitor não me conhece, a não ser que haja lido "As Aventuras de Tom Sawyer", escritas por um tal Mark Twain. Tudo quanto esse livro diz é verdade, com um pouquinho de exagero, apenas. Ainda não conheci ninguém que não mentisse lá uma vez ou outra — exceto tia Polly (tia de Tom, não minha), Mary e a viúva Douglas, todas três personagens daquele livro.

Quem leu tais aventuras estará lembrado do modo pelo qual Tom e eu descobrimos o dinheiro escondido na caverna dos ladrões. Isso nos fez ricos dum momento para outro. Seis mil dólares para cada um, e em ouro! O juiz Thatcher tomou conta dessa pequena fortuna para pô-la a render, e cada um de nós passou a usufruir 1 dólar por dia. Era dinheiro a rodo.

A viúva Douglas entendeu transformar-me em seu filho adotivo. Queria civilizar-me e me forçava a ficar em casa todo o dia, fazendo-lhe sala. Não suportei aquilo. Fugi. Que satisfação quando, de novo, enverguei minha roupa velha e me vi em situação de agir como entendesse! Livre, livre outra vez! Tom Sawyer, porém, não concordou com a minha fuga; fez-me um longo sermão e acabou dizendo que estava a formar uma nova quadrilha, da qual eu poderia fazer parte, com a condição de retornar à casa da viúva. Isso me seduziu. Voltei.

A viúva Douglas recebeu-me com lágrimas nos olhos. Chamou-me ovelha desgarrada, pobrezinho e outras coisas comoventes. Brindou-me, depois, com roupas novas — e lá tive de suar em bicas dentro dum terno engomado, de colarinho duro. As refeições eram anunciadas com um toque de campainha, e, quando na mesa, eu não podia dar início ao bródio antes que ela acabasse de engrolar as palavras da reza — coisa que em nada melhorava o gosto da comida.

Finda a refeição, a viúva Douglas tomava dum livro grosso e lia-me histórias dum tal Moisés. A princípio, interessei-me por esse cidadão; depois, sabendo que já era morto havia inúmeros anos, esfriei. Gente morta nunca me interessou.

Certa vez, tive desejos de fumar e lhe pedi licença. Que tolo fui! Além de responder-me com ríspida negativa, fez-me todo um sermão sobre esse mau hábito, que os meninos adquirem por espírito de macaquice. Há muita gente assim, que fala do que não entende. A viúva, por exemplo, vivia a lidar com aquele Moisés, um morto que nem seu parente era, e opinava contra o fumo. Mas, sempre que podia, fungava as suas pitadinhas de rapé.

Mal a sra. Douglas fechava o livro de Moisés, aparecia em cena sua irmã, a srta. Watson — uma velha alta e magra, de óculos de ouro, que tinha vindo residir na casa. E o pobre de mim era obrigado a soletrar nomes, e ler as idiotíssimas histórias duma cartilha, durante muito tempo. Martírio. E, quando acabava a lição e a sala recaía em silêncio, vinham os lembretes da srta. Watson.

— Huck, não ponha os pés na cadeira. Sente-se direito, Huck. Não boceje assim, Huck. Não se espreguice, Huck.

E, nos intervalos, discorria sobre o inferno, fazendo-me demonstrar desejos de ir para lá — o que, sobremaneira, a enfurecia. Mas que culpa a minha? Gostos não se discutem. Na realidade, o que eu queria era ver-me fora dali, mudar de vida, arejar a alma. Ela me chamava perdido, declarando que, por coisa nenhuma, jamais diria coisas assim, visto como norteava todos os seus atos na terra de modo a receber como prêmio a beatitude eterna. Eu não conseguia ver nenhuma vantagem em ir para onde ela queria ir, e, portanto, nunca me esforcei para isso. Mas calava-me, a fim de evitar complicações.

A srta. Watson descrevia a mansão da bem-aventurança. Os

eleitos tinham de passar os dias com uma harpa ao colo, tocando e cantando hinos. Vida que não me interessava. Certa vez, perguntei-lhe se, na sua opinião, Tom Sawyer iria para o céu. Respondeu negativamente, com um profundo suspiro — e eu fiquei alegre, porque não pretendia jamais separar-me desse companheiro.

A srta. Watson, depois que me largava, fazia vir os negros para a reza. Terminada a cantoria, todos se retiravam para sua cama — e eu ia para a minha com um toco de vela na mão. Punha-o sobre a mesa e sentava-me na cadeira, rente à janela, a pensar. A tentar pensar coisas alegres, mas inutilmente. Sentia-me abandonado e triste, a ponto de querer a morte.

Certa noite... As estrelas brilhavam no céu. O arvoredo do jardim estremecia ao vento. Uma coruja piou, lá longe, com certeza agourando alguém — e um cão uivou, como se assistisse à morte do dono. O vento perpassante como que procurava dar-me a entender qualquer coisa — e isso me punha calafrios no corpo. Súbito, bem longe, lá na floresta, soou como que uma voz de alma penada que tenta exprimir-se e não pode.

Depois, senti algo em meu ombro. Uma aranha! Dei-lhe um piparote — e a mísera foi queimar as patas na chama da vela, sem que eu pudesse acudi-la. Aquilo devia trazer azar. Pressenti-o. Levantei-me, então, e cruzei três vezes o quarto, persignando-me; depois, amarrei com linha uma pequena mecha dos meus cabelos, para afastar as bruxas. Mas sem confiança. A gente faz isso quando perde uma ferradura achada; mas que tais sortes possam desmanchar o azar aranhático não sei... não sei... nem o ouvi dizer a ninguém.

Sentei-me de novo, a tiritar de medo, e espevitei o cachimbo para umas baforadas; a casa, em silêncio profundo, permitia-me fumar sem perigo de intervenção da viúva. Depois de algum tempo, ouvi o relógio da cidade bater — *bem, bem, bem* — doze pancadas — e o silêncio de novo sobreveio, mais profundo que antes.

Agora, um estalidar de galho seco, no jardim. Apuro os ouvidos. Um gato miou.

Viva! — murmurei comigo — e respondi com outro miado bem baixinho. Em seguida, esgueirei-me para o jardim, pulando a janela, e, com mil cuidados, fui-me para onde Tom Sawyer estava à minha espera.

II

Pé ante pé, e cautelosamente, para não esbarrarmos nos ramos das árvores, seguimos os dois pelo jardim afora. Ao passar pela frente da cozinha, tropecei numa raiz e caí. Paramos de brusco, encolhidos, com grande medo de sermos pilhados. Jim, o negrão da srta. Watson, estava sentado à porta da cozinha. Vimo-lo perfeitamente, pois que havia luz acesa lá dentro.

— Quem anda aí? — gritou ele.

Como não obtivesse resposta, dirigiu-se, como gato, para onde estávamos e parou a curta distância, bem entre nós dois. Poderíamos tocá-lo, se espichássemos o braço. Guardávamos os três perfeita imobilidade. Ninguém se mexia. Nisso, senti coceira no tornozelo; mas não tive ânimo de baixar minha mão até lá. Depois, a comichão passou para a orelha, e tão forte que eu morreria se não me coçasse. Já notei que é sempre assim. A coceira aparece nos momentos mais inoportunos, quando estamos diante de pessoas de respeito, ou durante os jantares de cerimônia. Basta que estejamos impedidos de nos coçar para que rebentem comichões pelo corpo todo.

Ao cabo de certo tempo, Jim rompeu o silêncio.

— Quem está aí? — repetiu ele. — É alguém, bem sei. Meus ouvidos não me enganam, e tenho a certeza de ter ouvido bulha de gente. Não responde? Pois vou ficar aqui até o fim, e quero ver...

Disse e fez. Plantou-se ali, com infinita pachorra, sentado de encontro a uma árvore, com as pernas estendidas. Ao vê-lo fazer, a minha comichão passou para o nariz — e lágrimas me vieram aos olhos. Continuei, entretanto, resistindo, absolutamente imóvel. Mais coceira. A comichão alastrava-se-me pelo corpo. Que martírio! Não podendo por mais tempo suportar a tortura, cerrei os dentes, já disposto a tudo, quando Jim entrou a respirar com cadência. Logo depois, roncava. Foi um alívio! A coceira cessou como por encanto.

Tom fez-me sinal, um sinal quase imperceptível, e saímos de rastros. Pouco adiante, porém, o meu amigo teve uma ideia: amarrarmos Jim à árvore. Opus-me, objetando que ele poderia acordar a todos da casa com os seus gritos, fazendo que dessem pela minha ausência. Tom lembrou, então, que estávamos às escuras e que seria de bom aviso apanharmos umas velas na cozinha. Opus-me também a isso, sempre com receio de que Jim acordasse e desse alarma. Tom, entretanto, insistiu, e fez-me acompanhá-lo. Na cozinha, apanhamos três velas, havendo o meu amigo deixado sobre a mesa um níquel de 5 centavos, a título de pagamento. Saímos. No jardim, voltou a insistir na ideia de pregar uma peça ao negro. Não consegui dissuadi-lo — e lá se foi ele, de gatinhas, armar uma das suas contra o pobre Jim.

Fiquei à espera por algum tempo, absorvido pela completa quietude do ambiente. Logo depois, Tom voltou, e saímos do jardim, tomando pela colina que vinha morrer nos fundos da casa; só então contou-me que havia pendurado o chapéu do negro num galho bem alto da árvore.

No dia seguinte, o pobre Jim outra coisa não fez senão espalhar pelas redondezas que havia sido enfeitiçado pelas bruxas, as quais o carregaram para não sabia onde, e que, quando o trouxeram de volta, o seu chapéu foi posto no alto da árvore para que ele visse em que mãos havia andado. Uma semana mais tarde, a história já estava evoluída. Jim contava ter sido levado até New Orleans pelas almas penadas. Não parou aí; foi espichando cada vez mais essa viagem pelos ares, até afirmar que havia dado volta ao mundo como cavalgadura duma horrenda bruxa, que lhe deixara o lombo pisado pelos arreios. Essa façanha tornou-o, por tal modo, admirado pelos companheiros que Jim passou a não dar importância aos velhos conhecidos e a tratá-los com displicente superioridade. De léguas em volta vinham negros ouvir de sua boca a estranha aventura, o que muito lhe dilatou a fama. Jim transformou-se no preto mais famoso dos arredores. Olhavam-nos todos de boca aberta, como se estivessem diante de um ser sobrenatural. Isso acabou transformando-o num poço de vaidade e orgulho.

Os negros pelam-se por conversas sobre bruxas e bruxedos; nos cavacos, à noite, ao pé do fogo, o assunto nunca é outro. Depois daquele caso, porém, ninguém mais na casa se atrevia a discorrer sobre a matéria. Jim metia-se no meio, interrompendo, com arrogância, o contador.

— Cale essa boca! Que é que você entende de bruxas? — e o herói metia-se nas encolhas, muito vexado.

Jim trazia sempre consigo, atado ao pescoço, à guisa de amuleto, aquele níquel de 5 centavos, jurando ser o presente que, por suas próprias mãos, lhe dera o canhoto. E garantia curar com ele qualquer doença, embora o usasse principalmente para chamar as bruxas. Para isso, bastava invocá-las, tendo a moeda na mão. Invocá-las como? Ah, com umas certas palavras mágicas que ele não revelava a ninguém. Por fim, acorriam negros de longe só para ver a moeda mágica. Ver, só. Tocar nela nenhum se atrevia. A consequência foi que Jim, a partir do dia do seu primeiro contato com aquele diabo sob forma de bruxa, passou, de bom rapaz que era, a um péssimo sujeito, absolutamente imprestável.

No alto da colina, eu e Tom nos detivemos. Víamos de lá toda a vila com algumas luzes acesas — nas casas onde talvez houvesse gente enferma. Caudaloso e tranquilo, fluía o Mississipi sob o pálio das estrelas. Descemos a colina. No quintal duma vivenda abandonada, encontramos Joe Harper, Ben Rodgers e mais outros amigos à nossa espera. Reunido o bando, apoderamo-nos duma canoa e descemos o rio, indo arribar a um remanso, 2 milhas e meia abaixo.

Saltamos em terra e dirigimo-nos a um capão de mato, já nosso conhecido. Lá, Tom fez-nos jurar segredo eterno e, em seguida, nos mostrou uma caverna na parte mais densa do bosque. Acendemos as velas e, acurvados, entramos por estreita fresta que dava para um túnel que se ia alargando aos poucos até chegar a um oco de alguma amplitude, onde podíamos ficar de pé. Era ali o ponto da reunião.

— Muito bem — disse Tom. — Vamos, agora, lançar as bases da nossa quadrilha — ou da quadrilha de Tom Sawyer. Quem quiser fazer parte terá de prestar um terrível juramento e assinar o nome com sangue.

Todos aplaudiram a grande ideia, e Tom, sacando do bolso um papel, leu o seguinte:

"Juramos obedecer ao nosso capitão e jamais revelar a quem quer que seja o nosso segredo. Quem trair a algum membro da quadrilha deverá ser morto e ter a família exterminada pelo que for para isso sorteado. E esse sorteado não descansará, nem dormirá, nem comerá enquanto não cravar o punhal no coração dos sentenciados, marcando-lhe o peito com uma cruz de sangue — signo da quadrilha. Ninguém possui o direito de usar esse signo fora os membros da quadrilha. Quem o fizer será perseguido, e, se reincidir, será morto. O crime dos crimes é revelar o segredo do bando. O traidor será degolado; o seu corpo, queimado; e as cinzas espalhadas pelos campos. Terá ainda o nome borrado com tinta negra e carregará maldição eterna. Ninguém lhe mencionará nunca o nome, para que caia em completo esquecimento a sua horrenda ignomínia."

Todos aplaudiram, achando que o juramento estava muito bem pensado.

— É invenção sua, Tom? perguntei-lhe.

Tom declarou que em parte apenas, pois o resto tirara de livros sobre piratas e ladrões, os quais, sem dúvida, tinham muito mais experiência do que ele, um simples amador principiante.

Um dos meninos propôs o extermínio da família dos traidores. Tom gostou da ideia e fez um aditamento no papel.

— E os que não possuírem família, como aqui o nosso Huck Finn? — sugeriu Ben Rodgers.

— Huck tem pai, sim — volveu Tom.

— Mas como encontrá-lo? Antigamente, quando se embebedava, dormia com os porcos no chiqueirão. Há um ano, porém, que ninguém mais o vê.

Puseram-se a discutir esse ponto e lembraram a minha eliminação da quadrilha, com base no fato de que levava vantagem sobre os outros, não possuindo família que pudesse ser exterminada. Isso quase me fez chorar. Súbito, tive uma ideia. Lembrei-me de apresentar a srta. Watson para substituta de meu pai. Podiam matá-la em lugar dele quando bem entendessem.

— Está aceita a proposta. Pode ficar na quadrilha — foi a decisão.

Depois de acertado esse ponto, cada qual espetou o dedo com um alfinete, para assinar a sangue o juramento.

— Muito bem! Precisamos agora decidir sobre a atuação da nossa quadrilha — lembrou Ben Rodgers.

— Começará com roubos e assassínios — declarou Tom.

— Roubos de quê? Iremos roubar casas, gado ou...

— Bobo! Isso não é roubar. Isso é cometer simples furtos, coisa de reles gatunos. Não somos larápios, está ouvindo? Somos salteadores de estrada. Assaltaremos carruagens e diligências, liquidaremos com os viajantes e nos apoderaremos do dinheiro e dos relógios que trouxerem.

— E teremos sempre de matá-los a todos?

— Naturalmente. É muito melhor. Algumas autoridades opinam de modo diverso, mas a maioria pende para o trucidamento geral e imediato. Só serão poupados quando nos convier trazê-los para aqui, a fim de ser resgatados.

— Resgatados? Que é isso?

— Não sei bem, mas é assim que as boas quadrilhas fazem. Li nos livros, e o melhor é seguirmos o que dizem os experientes.

— Mas de que modo poderemos pôr em prática uma coisa que não sabemos o que é?

— Não importa. Já disse que está nos livros, e basta. Se não fizermos como os livros dizem, sai tudo errado.

— Muito fácil resolver a questão assim, Tom; mas não posso compreender como iremos pôr em prática uma coisa que ignoramos completamente. Que imagina você que seja resgate?

— Imagino que é conservar uma pessoa encarcerada até que morra.

— Bom. Isso já é outra coisa. Já é uma resposta. Conservaremos os prisioneiros nesta caverna até que sejam resgatados pela morte. E bom trabalho vão dar-nos! Terão fome a toda hora e estarão constantemente tentando escapar...

— E a guarda, então, senhor Ben Rodgers? À menor tentativa de fuga, bum!

— Boa ideia! Mas estou vendo as noites que teremos de passar em claro, a vigiá-los. Parece-me grande asneira, isso. Muito melhor "resgatá-los" a pau, logo que cheguem cá.

— Os livros não ensinam assim — contraveio Tom. — Temos de fazer as coisas às direitas, senhor Ben Rodgers. Quem escreve um livro conhece o assunto e sabe o que diz. Julga-se você em condições de ensinar aos escrevedores de livros? Não vou nessa. Temos de andar direitinhos e resgatá-los como devem ser resgatados.

— Está muito bem, — disse Rodgers — mas fique sabendo que continuo a achar tudo isso uma grande asneira. Passemos agora a outro ponto. As mulheres. Têm de ser mortas também?

— Que tolo você é, Ben Rodgers — replicou Tom. — Matar mulheres!

Em que livro leu semelhante coisa? As mulheres serão trazidas para a caverna, onde as trataremos com toda a consideração. Aos poucos, hão de nos ficar querendo bem e, por fim, nem mais pensarão em voltar para sua casa.

— Desse modo, em pouco tempo estaremos com a gruta entupida de mulheres e homens à espera de ser resgatados — e nós, onde nos alojaremos nós? Mas continue, continue.

Enquanto Tom Sawyer e Ben Rodgers acertavam esses pontos, o pequeno Tommy Barnes ferrou no sono. Quando o despertaram, prorrompeu em choro, amedrontado e a chamar pela mamãe. "Não quero mais ser bandido!", gritava ele.

Como os outros o troçassem, chamando-lhe manteiga derretida, Tommy, furioso, ameaçou-os de revelar o segredo da quadrilha. Tom Sawyer o acalmou com um níquel de 5 centavos e deu por finda a reunião. A próxima ficaria marcada para a semana seguinte; logo a seguir, dariam começo aos assaltos de carruagens e diligências.

Ben Rodgers propôs ainda que se começasse a operar num domingo, pois só nos domingos tinha folga. Houve oposição. Todos opinaram não ser direito roubar e matar num dia consagrado ao Senhor. Mas, como Ben insistisse, ficou o caso para ser resolvido no segundo encontro. Para finalizar, Tom foi eleito chefe da quadrilha e Joe Harper, vice-chefe. Em seguida, corremos todos para as nossas respectivas casas. Entrei no meu quarto pela janela, quando a manhã já vinha raiando, todo sujo de lama e morto de cansaço. Ui! Vida apertada, a dos bandidos...

III

Na manhã seguinte, aconteceu o inevitável: tive de ouvir, pacientemente, um longo sermão da velha srta. Watson, que não pôde deixar de espantar-se do estado das minhas vestes. A viúva, entretanto, não me repreendeu; limitou-se a limpar o meu terno novo, com um ar tão contristado que me envergonhei do que fizera e prometi a mim mesmo corrigir-me, se possível fosse. Em seguida, a srta. Watson levou-me para o quarto e rezou, continuando tudo na mesma. Aconselhou-me que rezasse todas as noites, pois poderia obter tudo quanto quisesse.

Resolvi pôr à prova a eficácia das rezas e, um belo dia, depois de muito rezar, desejei um apetrecho de pesca. Só consegui linha e vara — nada de anzol. Repeti as rezas, mas não houve meio de me virem anzóis. Afinal, já desesperançado, pedi à srta. Watson que o tentasse por mim. O resultado foi chamar-me idiota. Não me disse, porém, nem nunca eu consegui atinar com o que poderia haver de idiotice em meu pedido.

Um dia, estando sentado no bosque, pus-me a refletir. Precisava aclarar o mistério da eficácia das orações. Se uma pessoa pode obter com preces tudo quanto deseja, por que, então, o pobre Deacon Winn não conseguia reaver o dinheiro perdido com o negócio dos porcos? E por que a viúva não recuperava a primorosa caixa de rapé que lhe fora furtada? E a srta. Watson, por que não engordava? Voltei para casa e confessei minhas dúvidas à viúva.

— Meu filho, — volveu ela, docemente — Deus só nos galardoa com dádivas espirituais.

E, como eu fizesse cara de quem continuava na mesma, ela explicou melhor. Eu deveria ser caridoso, pensar no próximo e nunca em mim mesmo. Segundo depreendi, a srta. Watson também estava incluída no próximo.

Voltei ao bosque e pus-me de novo a meditar. Não vi, absolutamente, vantagem alguma em pensar só nos outros e não em mim. Decidi, pois, deixar de lado o conselho.

A viúva, de quando em vez, fazia-me sentar a seu lado e falava sobre a Divina Providência, mas de um modo tão bonito que me vinha água à boca. Isto não impedia que a srta. Watson entrasse em cena no dia seguinte e estragasse tudo. Acabei por inferir que havia duas Providências: a da viúva Douglas e a da srta. Watson. Um pobre rapaz seria muito bem recebido pela Providência da viúva, mas irremediavelmente barrado pela da srta. Watson. Depois de muito pensar, achei melhor pertencer à primeira, se ela me quisesse, embora temesse não ser lá muito apreciado, em vista de ser um menino ignorante e peralta.

Como já sabem, havia mais de ano que não via meu pai, o que era, para mim, motivo de satisfação, pois, quando ele não se achava bêbado, divertia-se em surrar-me, sempre que me apanhava a jeito. É verdade que eu me escondia muito bem no bosque, mas é sempre preferível vivermos despreocupados de constantes ameaças. Diziam que o seu cadáver fora visto boiando no rio, a 12 milhas da cidade. Identificaram-no como meu pai por ser de baixa estatura, trajar pobremente e possuir basta cabeleira. O rosto estava completamente desfigurado, devido à longa permanência na água. Apareceu boiando de costas e, após ser retirado d'água, foi enterrado à margem do rio. Eu, porém, continuava a nutrir certas dúvidas que muito me preocupavam. Um afogado não boia de costas, mas sim de bruços. O cadáver encontrado não seria de meu pai, e sim de uma mulher trajando roupas masculinas — e a lembrança de que ele pudesse reaparecer de um momento para outro era-me um constante pesadelo.

Durante um mês, brincamos de bandido. Ao cabo, enviei ao capitão da quadrilha a minha renúncia de membro efetivo. Os demais companheiros fizeram o mesmo. Não havíamos roubado a ninguém, nem assassinado pessoa alguma — apenas fingíramos tais coisas. Costumávamos deixar o bosque de surpresa e assustar os meninos que conduziam porcos ao mercado, ou as mulheres que carregavam cestas de verdura. Mas tudo ficava no susto. Para Tom, os porcos eram barras de ouro e os legumes, pedras preciosas. Voltávamos à caverna e lá comentávamos as nossas façanhas, pormenorizando sobre os que haviam sido apunhalados e os que haviam sido marcados com a cruz de sangue. Devo advertir, porém, que todos os tesouros sempre continuaram em poder do seu dono.

Certa vez, Tom nos informou que o serviço de espionagem da quadrilha averiguara estar a caminho de Cave Hollow uma caravana de ricos mercadores árabes e espanhóis, composta de 200 elefantes e 600 camelos e mais de mil mulas carregadas de preciosas gemas. Segundo os informes de Joe, a escolta era apenas de 400 homens. O nosso plano foi cair depressa sobre a caravana, dispersar a escolta e transportar o que pudéssemos para a gruta. Tom nos exortava a conservar bem cuidadas as armas de fogo e as espadas, apesar de aquelas não passarem de cabos de vassoura e estas, de lâminas de lata. Por mais que as limpássemos, nada valiam.

Na minha opinião, era muito improvável que conseguíssemos fazer debandar um tão grande número de árabes e espanhóis, mas eu desejava ver os elefantes e os camelos. No dia seguinte, um sábado, lá estava eu, juntamente com os demais, oculto no bosque, à espera do sinal convencionado. A uma ordem do capitão, precipitamo-nos, qual avalancha, colina abaixo. Mas não vimos nem árabes, nem espanhóis, nem camelos, nem elefantes. Apenas um grupo de crianças de escola, reunidas em Cave Hollow em piquenique. Ao ver-nos, a meninada se assustou, e foi um corre-corre dos diabos. O produto do assalto constou de algumas latas de marmelada, uma boneca de pano e um livro de hinos. Mas nem isso pudemos levar, pois, com o aparecimento de uma professora, abandonamos tudo — e "pernas pra que te quero!" Na gruta, eu disse a Tom que não havia visto um só diamante.

— Pois havia-os em quantidade, e também árabes e elefantes.

— Então por que não os vimos?

— Se você não fosse tão ignorante e tivesse lido as aventuras de dom Quixote, saberia por quê. Tudo surge por encanto. Havia lá centenas de soldados e de mulas carregadas de pedras preciosas. Mas os nossos inimigos, os mágicos, só de inveja, transformaram a caravana num grupo de colegiais.

— Deveríamos, então, ter atacado os mágicos.

— Não! Você não compreende. Se fizéssemos isso, eles chamariam os gênios em seu auxílio, e seríamos liquidados num abrir e fechar de olhos. Esses gênios têm a altura de uma árvore e a corpulência de uma igreja.

— E se chamássemos também gênios em nossa ajuda? — objetei.

— Mas como chamá-los?

— Do mesmo modo que os mágicos. Como fazem os mágicos?

— Segundo me contaram, basta esfregar uma velha lanterna de estanho em um anel de ferro para que os gênios surjam imediatamente. Chegam envoltos em nuvens de fumaça, fazendo barulho de trovão, e põem-se às ordens de quem os invocou. Com a maior facilidade, arrancam uma torre e, com ela, amassam a cabeça duma professora — ou de qualquer outra pessoa. Fazem o que a gente quiser. Se desejarmos um palácio de 40 milhas de comprimento, todo feito de diamantes e cheio de "chiclets" e mais a filha do imperador da China, é só pedir — e são obrigados a fazer tudo à noite, antes que amanheça. E é só querer que os gênios logo transportam esse palácio para qualquer parte do mundo.

— Pois, na minha opinião, esses gênios são uns idiotas. Por que não ficam com os palácios, de uma vez? Fosse eu um deles, não largaria do meu serviço para pôr-me à disposição da primeira pessoa que esfregasse uma lanterna de estanho...

— Teria de ir, quisesse ou não!

— Bem, iria; mas garanto que o esfregador de lâmpada tinha de ver-se tonto comigo!

— É inútil discutir com você, Huck. Além de ignorante, é cabeçudo — concluiu Tom.

Durante dois ou três dias, pensei muito no que Tom me narrara e resolvi pôr à prova as suas afirmações. Arranjei uma lâmpada de estanho, um anel de ferro, e friccionei um de encontro ao outro, até suar. Mas foi tudo inútil. Nem um só gênio apareceu. Vi logo que tudo não passava de mais uma peta de Tom Sawyer. Essa história de caravana de árabes e elefantes era pura invenção. Personagens maravilhosos, nada! Meninos de escola em piquenique, isso sim. Bolas!

IV

Três ou quatro meses haviam decorrido, e já estávamos em pleno inverno. Durante todo esse tempo, frequentei a escola, e fiquei sabendo ler, escrever mal e mal, e recitar a tabuada de multiplicar até a casa do 6. Sabia, sem titubear, que 6 vezes 6 são 35. Daí não passei, nem creio que o fizesse, ainda que levasse toda a vida a estudar matemática. Para falar a verdade, não gosto dessa ciência.

A princípio, detestava a escola, mas, aos poucos, fui aprendendo a suportá-la. A monotonia da vida escolar era interrompida por repreensões e algumas palmatoadas que, de novo, me punham lépido. Assim, à medida que me acostumava com as aulas, mais fácil me ficava aturá-las. Também ia-me acomodando aos costumes da viúva. Viver em casa e dormir em uma cama era-me grande sacrifício, apenas suavizado pelas noites passadas no bosque, durante o verão. Aos poucos, porém, me fui afeiçoando aos novos hábitos. A viúva dizia que já não se envergonhava de mim, pois que eu estava a civilizar-me, lenta mas progressivamente.

Certa manhã, tive o desazo de virar o saleiro sobre a toalha, durante a refeição da manhã. Imediatamente, espichei a mão para tomar uma pitada de sal e jogá-la por sobre o ombro esquerdo, a fim de evitar a má sorte, quando a srta. Watson me deteve:

— Tire essa mão daí, seu estouvado! — disse ela, cravando-me um olhar duro.

A viúva dirigiu-me uma frase carinhosa, o que não impediu que eu me levantasse da mesa com ar tristonho, antevendo alguma coisa má que me estava para acontecer. Há muitos meios de evitar um azar, mas, para o caso do sal, eu não conhecia nenhum; e, assim, continuei na expectativa, de sobreaviso, temendo que tudo quanto fizesse me saísse errado.

Dirigi-me ao jardim e pulei a pequena cancela. Havia nevado, e pude distinguir pegadas que volteavam a cerca do jardim. Pegadas de quem estivera parado em frente à cancela. Por que não entrou? Pus-me a examinar essas marcas e, após algum tempo, notei, fielmente reproduzida na neve, uma cruz impressa pelo salto esquerdo. Essa cruz era para espantar o demônio, e eu sabia perfeitamente quem as usava...

Ergui-me e saí correndo pela colina abaixo, voltando a cabeça de vez em quando para ver se alguém me seguia. Em pouco tempo, cheguei à casa do juiz Thatcher.

— Como está cansado, Huck! — disse ele ao ver-me. — Veio buscar os juros do dinheiro?

— Juros?

— Sim, ontem recebi o primeiro semestre. São mais de 150 dólares. Uma verdadeira fortuna para você. Acho melhor reunir esse dinheiro ao capital. Do contrário, você gastará tudo.

— Não vou gastá-lo. Não quero os 150 nem os 6 mil dólares. Pode ficar com tudo — eu dou de presente ao senhor os 6 mil e o resto.

O juiz Thatcher olhou-me surpreso. Parecia não haver compreendido minhas palavras.

— Explique-se melhor, meu filho — tornou ele.

— Rogo que não me peça explicação, senhor juiz. Quer ficar com o dinheiro?

— Desembuche logo esse mistério. Vamos, que tem a revelar?

— Peço-lhe que fique com o dinheiro — repeti — e que não me faça perguntas, assim não serei forçado a mentir.

O juiz estudou-me por alguns instantes e, finalmente, disse:

— Ah! Compreendo agora! O que você deseja é transferir para mim esse dinheiro e não dar-mo. É essa a sua intenção, já percebi...

Tomou duma folha de papel, rabiscou algumas palavras, que leu em voz alta, e disse:

— Aqui está escrito que o negócio foi feito legalmente — que comprei e paguei. Tome um dólar. Agora assine.

Logo que pus minha assinatura no papel, despedi-me e saí.

O negro da srta. Watson possuía uma bola de cabelo do tamanho de um punho, tirada do quarto estômago de um boi e empregada em artes mágicas. Costumava dizer que dentro dela habitava um espírito que sabia todas as coisas. Dirigi-me ao preto e disse-lhe que, estando meu pai de volta, pois que lhe havia visto as pegadas sobre a neve, eu desejava saber quais as suas intenções e, principalmente, se iria permanecer na cidade. Jim tomou nas mãos a bola de cabelo, murmurou algumas palavras, que não pude entender, e deixou-a cair. A bola tombou pesadamente, rolando apenas uma polegada. Jim repetiu a operação por mais duas vezes, e os resultados foram idênticos. Ajoelhando-se, colocou o ouvido sobre a bola e pôs-se a escutar. Mas foi tudo inútil — o espírito não queria falar. Segundo me disse Jim, algumas vezes os espíritos negavam-se a falar, a menos que recebessem dinheiro. Contei-lhe, então, que tinha uma moeda falsa de 25 centavos, que deixava entrever uma pequena porção de cobre sob a camada de prata que a recobria. E, mesmo que isso não se desse, a tal moeda estava suja a ponto de ser impossível passá-la adiante. Ocultando o dólar que o juiz Thatcher me havia dado, minha intenção era empurrar a moeda falsa ao espírito, o qual, sem dúvida, não devia ser lá muito entendido em matéria de dinheiro. Jim tomou a moeda, cheirou-a, mordeu-a e acabou dizendo que iria ver se o espírito a aceitava. Abriria uma batata e ali deixaria a moeda, por uma noite inteira. Na manhã seguinte, desapareceriam os sinais de cobre e toda a sujidade, ficando ela em estado de ser aceita por qualquer pessoa. Assim, o espírito não seria ludibriado. Eu já sabia o segredo da batata, mas havia-me esquecido.

Jim depôs a moeda debaixo da bola e curvou-se para escutar. Dessa vez, o espírito falou, e disse estar disposto a ler a minha sorte, caso eu quisesse. Consenti, e Jim foi-me transmitindo as revelações.

— Seu velho pai ainda não sabe o que fazer. Às vezes, quer ir-se embora; outras, quer ficar. O melhor é não se afligir e deixar o velho fazer como queira. Há dois anjos que o acompanham; um é alto e brilhante; o outro é preto, como carvão. O primeiro o conduz ao bom caminho; o segundo arrasta-o à senda do mal. Ainda não se sabe qual dos dois vencerá. Quanto ao sinhozinho, vai ter muitos aborrecimentos e muitas alegrias na vida. Vai ser ferido, vai ficar doente, mas recuperará a saúde. Duas moças vão intrometer-se na sua vida; uma loira e outra morena; uma pobre e outra rica. Irá casar-se primeiro com a pobre e, mais tarde, com a rica. De nada adianta evitar a água e os seus perigos, porque está escrito que tem de morrer na forca.

Voltei para casa. Quando acendi a vela e penetrei no meu quarto, sabem quem lá encontrei? Meu pai, em carne e osso...

V

Eu já havia fechado a porta quando dei com ele. Meu susto foi grande, pois temia que me batesse, como era seu costume. Mas vi logo que não havia perigo. Mas como viera parar ali, àquela hora?

Meu pai tinha uns 50 anos e estava bastante acabado. Cabelos compridos, desgrenhados e gordurosos; os olhos negros brilhavam de modo singular no rosto quase encoberto pela hirsuta barba preta. Sua tez era branca, mas de uma brancura lívida, doentia, que arrepiava; brancura de barriga de peixe. Trajava andrajosamente. Encontrei-o com as pernas cruzadas; um dos sapatos rotos deixava ver dois dedos a mexerem-se de vez em quando. O chapéu de feltro, já sem metade da copa, jazia atirado a um canto.

Ali nos quedamos, um a olhar para o outro, eu de pé, ele com a cadeira ligeiramente inclinada para trás. Coloquei o castiçal sobre a mesa e notei que a janela estava aberta; sem dúvida, meu pai havia entrado por ali. Continuou examinando-me atentamente e, por fim, falou:

— Roupa nova e elegante, hein? — disse. — Com certeza está pensando que já é gente...

— Talvez sim, talvez não — respondi.

— Menos arrogância quando falar, hein? Vejo que progrediu muito, desde que me fui, mas abaixarei o seu topete em três tempos. Dizem também que se instruiu bastante, que já sabe ler e escrever. Naturalmente, julga-se superior ao pai, que é analfabeto. Quem lhe deu licença para meter-se em altas cavalarias, responda!

— A viúva!

— A viúva... E quem autorizou essa viúva a intrometer-se na vida alheia? Hei de entender-me com ela. E olhe cá: não me ponha mais o pé na escola, ouviu? Que moda é essa de educar um filho de jeito a envergonhar o pai? Não me faça pegá-lo indo à escola, entendeu? Sua mãe não sabia ler, muito menos escrever; o mesmo se dava com toda a família; o mesmo se dá comigo — e agora você, a querer bancar o importante! Não sou homem que ature tais coisas. Mas, vamos, leia lá um pouco para eu ouvir.

Tomei de um livro e li um trecho sobre Washington e suas guerras. Tanto bastou para que meu pai me arrancasse o livro das mãos e o atirasse, violentamente, a um canto.

— Vejo que a vergonha está feita — disse ele. Já não me resta dúvida de que você sabe ler. Agora ouça: vou ficar de atalaia e, se pegá-lo indo à escola, moo-o a pau, está entendendo?

Depois, tomando um quadrinho azul e amarelo, representando um menino a pastorear vacas, indagou:

— Que é isso?

— Prêmio que recebi por ter boas notas na escola.

— O que você precisa é de um bom chicote — rosnou ele, rasgando a estampa.

E, depois de resmungar por alguns minutos:

— Pelo que vejo, está ficando todo "não me toques, não me deixes!". Uma boa cama, cobertas asseadas, espelho, tapete — e seu pai a dormir com os porcos na casa abandonada! Ainda não vi um filho dessa laia! Não sei onde estou que não o deslombo, já e já! Onde irá parar com tanta importância? Dizem também que está rico. Como arranjou dinheiro?

— Tudo não passa de invencionices.

— Veja lá como responde, hein? Já aturei muito — não me faça perder a paciência. Há dois dias que aqui estou e só ouço falar sobre a sua riqueza. Soube da história longe daqui, e foi por isso que vim. Quero amanhã ver esse dinheiro, por isso trate de arranjá-lo de qualquer modo.

— Não tenho dinheiro algum.

— Mentira! O juiz Thatcher está com os cobres. Vá buscá-los e entregue-me tudo.

— Não possuo nada. O juiz Thatcher lhe dirá a verdade.

— Está bem; vou falar com ele e ver o que há sobre isso. Passe para cá o que tiver no bolso.

— Só tenho 1 dólar, que preciso para...

— Não quero saber de nada. Dê-me cá o dinheiro.

Tomando-me o dólar, ele mordeu-o, para certificar-se de que não era falso, e levantou-se, dizendo que ia beber um trago de uísque, pois passara com a garganta seca o dia todo. Depois de pular a janela, e já sobre o telhado da varanda, pôs a cabeça para dentro e ameaçou-me de novo. Quando julguei que já tivesse ido, novamente ressurgiu à janela e advertiu-me que tomasse cuidado, porque, se me apanhasse na escola, haveria de justar contas comigo.

No dia seguinte, completamente bêbado, foi à casa do juiz Thatcher e, a todo custo, quis receber o dinheiro. Como recebesse resposta negativa, chamou-o de ladrão e ameaçou-o de apelar para a justiça.

O juiz Thatcher e a viúva dirigiram-se ao juiz de órfãos para pedir que me entregasse à tutela de um dos dois. Mas, sendo esse magistrado novo na cidade, e desconhecendo meu pai, não achou conveniente dar esse passo. Disse ser uma grave responsabilidade privar um pai de seu filho — e o juiz Thatcher e a viúva viram-se forçados a desistir daquela pretensão.

Meu pai encheu-se de alegria ao saber do caso e tornou-se ainda mais furioso contra mim. Disse que me cortaria a chicote, caso não lhe entregasse o dinheiro. Pedi 3 dólares de empréstimo ao juiz Thatcher e lhos dei. Escapei assim da sova, mas não ele do castigo, pois tantas e tamanhas foram as suas desordens durante a noite que acabou indo parar no xadrez, condenado a uma semana de cadeia.

Quando saiu da prisão, o novo juiz resolveu torná-lo um homem de bem. Levou-o para sua casa, deu-lhe roupas novas e fê-lo comer na sua mesa, ao lado de toda a família. À noite, deu-lhe inúmeros conselhos, de tal modo falando que meu pai se pôs a chorar, confessando suas faltas e prometendo emendar-se, levar vida nova, tornar-se, enfim, um homem digno sob todos os respeitos, contanto que o juiz o auxiliasse nessa empresa. Vendo que o juiz e sua mulher também choravam, meu pai tomou alento. Era um incompreendido. Como pode um homem ser virtuoso quando lhe faltam simpatia e estímulo? O juiz concordava e enxugava as lágrimas que lhe desciam pelas faces. Que nobre arrependimento!

À hora de dormir, meu pai pôs-se de pé.

— Minhas senhoras e meus senhores, quero que todos os presentes apertem esta mão — disse ele. — Já foi suja, já foi mão de porco, mas hoje é limpa, é mão de um homem que se converteu e prefere morrer a voltar atrás. Apertem sem medo.

Todos lhe apertaram a mão e choraram. A esposa do juiz chegou a beijá-la. Em seguida, meu pai pôs um sinal, que era a sua firma, num compromisso redigido pelo juiz. Era o ato mais comovente a que já assistira em toda a sua vida, confessou ele.

Meu pai foi, então, conduzido a um belo quarto destinado a hóspedes. Altas horas da noite, como não pudesse suportar a sede, saiu pela janela e, no primeiro bar, deu o paletó novo em troca de meia garrafa de rum. Tornando à casa, afogou as mágoas no álcool. Ao clarear do dia, quis sair novamente; mas, embriagado como se achava, caiu ao pular a janela e quebrou o braço esquerdo em dois pontos, estando já quase enregelado quando o descobriram no jardim. O lindo quarto de hóspedes ficou num estado que só vendo.

O bom juiz foi obrigado a confessar que somente uma boa carga de chumbo poderia corrigir meu pai. Outro meio não existia.

VI

Logo que sarou, meu pai entrou em demanda com o juiz Thatcher para obter a entrega dos 6 mil dólares. Também eu me vi perseguido, por não querer abandonar a escola. Por duas vezes recebi uma roda de tapas; mas, mesmo assim, continuei frequentando as aulas, arranjando sempre algum meio de entrar na escola sem ser visto. Eu não era lá grande amigo das lições, mas acabei bom aluno só por espírito de contradição — para contrariar meu pai.

A demanda começou a arrastar-se lentamente, e eu, volta e meia, me via obrigado a pedir alguns dólares ao juiz Thatcher para contentar meu pai. Mas, sempre que ele se pilhava com dinheiro, ia beber; e, todas as vezes que bebia, pintava o sete pela cidade; e, todas as vezes que pintava o sete, ia acabar na cadeia.

Como vivesse rondando a casa da viúva, esta avisou-o de que, se continuasse a aparecer por ali, ela tomaria enérgicas providências. Furioso da vida, meu pai retrucou que havia de mostrar quem mandava em mim, se ela ou ele.

Certo dia, estando de espreita no bosque, conseguiu apanhar-me de surpresa e carregar-me para um barco, no qual me levou para o Estado de Illinois. Lá ficamos em um mato cerrado, onde só havia uma cabana feita de paus roliços. Ninguém poderia suspeitar da existência dessa habitação dentro de selva tão densa.

Exercendo sobre mim severa vigilância, nunca me permitiu uma oportunidade boa para fugir. Durante a noite, trancava a porta e colocava a chave debaixo do travesseiro. Possuía ele uma espingarda, que havia furtado, com certeza, e vivíamos da caça e da pesca. De vez em quando, encerrava-me em casa enquanto ia à venda mais próxima, situada num pequeno porto fluvial distante 3 milhas, e lá dava a caça e o pescado em troca de uísque. Mal regressava, punha-se a beber — e quem sofria as consequências era eu. As surras que apanhei...

Depois de muito pesquisar, a viúva veio a saber do meu paradeiro e enviou um homem a buscar-me. Mas foi inútil, pois meu pai o espaventou a tiros. Pouco a pouco, porém, acabei acostumando-me e gostando daquele sítio, apesar das surras que, de vez em vez, levava. Passava o dia todo fumando, pescando, deitado de barriga para o ar, sem preocupar-me com livros ou lições. Dois meses ou mais escoaram-se, e já minhas vestes não eram mais que imundos farrapos. Custava-me compreender como eu havia gostado da casa da viúva, onde era preciso tomar banho, comer à mesa, andar penteado, ir para a cama e levantar a hora certa, viver atrapalhado com as lições e, principalmente, aturar as reprimendas da srta. Watson. Positivamente, eu não desejava voltar. Na casa dela, eu havia perdido o hábito de praguejar, porque a viúva não admitia isso; mas, agora, em companhia de um pai que não fazia outra coisa, de novo adquiri o velho hábito. Para dizer a verdade, a vida me era bem agradável, lá no mato!...

As saídas do velho foram-se tornando cada vez mais frequentes e prolongadas. Ia-se e deixava-me trancado em casa, sendo que, de uma feita, ausentou-se por quase uma semana. Comecei a sentir medo. Que seria de mim se não pudesse safar-me dali? Pus-me a pensar num meio de fugir. Experimentei vários, sem êxito algum. As janelas mal davam passagem a um gato, e a chaminé era muito estreita. A porta, de grossas tábuas de carvalho, zombava dos meus esforços. Ademais, o velho tomava sempre o cuidado de não deixar dentro de casa faca ou qualquer outro instrumento cortante. Creio que revistei a cabana mais de cem vezes, e não me desanimava, porque, afinal de contas, era um meio de matar o tempo. Certo dia, porém, encontrei uma lâmina de serra, toda enferrujada, escondida num desvão. Lixei-a, engraxei-a bem e pus-me à obra. Atrás da mesa, pregado à parede, havia um velho cobertor, ali colocado para impedir que o vento, penetrando pelos interstícios da madeira, apagasse a vela. Sentei-me debaixo da mesa, levantei o cobertor e comecei a serrar uma das tábuas da parede. Já havia trabalhado bastante, e com aferro, quando ouvi tiros no mato. Dissimulei os indícios da serradura, baixei o cobertor e, mal acabava de esconder a serra, vi meu pai entrar.

Como de costume, vinha de mau humor. Na cidade, o seu advogado lhe garantira vencer a questão e obter o dinheiro; mas, para tanto, era preciso tocar a demanda de rijo, pois o juiz Thatcher era mestre em chicanas. Diziam também por lá que a viúva iria tentar outra ação para fazer-se a minha tutora e que, dessa vez, venceria. Isso aborreceu-me, pois, afeito como já estava à vida agreste, não desejava mais "civilizar-me", como diziam em casa dela. Meu pai, esse praguejava a mais não poder, descompondo Deus e todo o mundo. Não havia pessoa, conhecida ou desconhecida, que não fosse brindada com um palavrão.

Preveniu-me de que iria ficar de olho aberto e que, à primeira tentativa para raptarem-me, levar-me-ia para outro ponto, distante 6 ou 7 léguas, onde nem o demo me encontraria. Isso inquietou-me deveras — e tratei de apressar a fuga.

A boa ocasião não se fez esperar. Ele mesmo me ofereceu oportunidade, mandando-me buscar as coisas que trouxera na canoa. Nela encontrei um saco de farinha, uma perna de porco, munição, 16 litros de uísque, um livro velho e dois jornais para bucha de espingarda. Transportei o saco para a cabana e, ao voltar, sentei-me na proa da embarcação para descansar um pouco. Enquanto isso, planejei a fuga. Sairia com a espingarda e alguns anzóis, e me embrenharia pelo mato em busca de um sítio onde nem a viúva nem meu pai pudessem me encontrar. Fugiria pela abertura feita na parede, naquela noite mesma, caso o velho ficasse bêbado, como era quase certo. Tão absorto fiquei que ele veio indagar-me se eu pegara no sono ou morrera afogado.

Quando terminei o serviço, já caía a noite. Durante o preparo do jantar, meu pai sorveu várias doses de uísque, que o deixaram palrador. Já se havia embriagado na cidade e dormira na sarjeta, estando todo sujo de lama. Sempre que bebia, entrava a atacar violentamente o governo.

— Chamar a isso governo! Que ironia! Querem tirar a um pai o seu único filho — o filho único, pelo qual tanto sofreu e para o qual não poupou despesas de educação! Agora, quando esse filho está em ponto de trabalhar, de fazer qualquer coisa pelo velho pai e proporcionar-lhe descanso, a lei quer tomá-lo! E chamam a isso governo! Isso nunca foi governo, nem aqui, nem no inferno. Onde já se viu a lei permitir que um juiz se aposse do que de direito me pertence? É para que prestam as tais leis infames. Roubam-me 6 mil dólares e largam-me numa casa destas, com uns trapos no corpo. De nada vale o dinheiro com um governo destes. Às vezes penso em deixar este país para sempre. Foi o que disse lá na cidade, na frente de todos. Por 2 centavos, eu abandonaria esta terra infame! Também falei do meu chapéu. "Vejam em que estado se acha", disse eu. Se o enterro na cabeça, chega até o pescoço. Vejam só, se isto é um chapéu que eu deva usar — eu, um dos homens mais ricos da cidade, se houvesse neste país...

— Este governo maravilhoso — continuou meu pai. — Acabo de ver um negro livre, de Ohio. Era um mulato, quase tão branco como qualquer homem. Usava camisa limpa e chapéu escovado. Não há, na cidade, quem se vista melhor. Traz relógio de ouro e bengala de castão de prata — a importância personificada! E, mais, dizem que é professor, que sabe o diabo a quatro e fala várias línguas. E isso não é nada. Dizem, ainda, que pode votar, lá no seu Estado! Parece incrível, mas é a pura verdade. Onde irá parar este país? Era dia de eleições, e eu teria votado se não estivesse tão bêbado; mas, quando soube que havia um Estado onde os negros podem votar, gritei, bem alto, que nunca mais exerceria o meu direito de voto. E todos me ouviram perfeitamente. O país que faça o que bem entender, mas não tornarei a votar. Era de ver a rompância do negro, quando passei por ele. Foi preciso empurrá-lo, pois não me queria dar caminho. Perguntei por que não vendiam aquele negro em leilão — e sabe o que me responderam? Que só poderiam fazer isso depois que ele tivesse seis meses de residência no Estado. Sim, senhor! Temos um governo que não pode vender um preto antes que ele more seis meses em um lugar! Aqui temos um governo que se intitula governo, pensa que é governo e precisa esperar meio ano para vender um negro vagabundo, ladrão, que anda de camisa branca e...

Enquanto descompunha o governo, meu pai andava de um lado para o outro, às tontas, e, numa dessas vezes, tropeçou na barrica em que guardávamos toucinho e lá se foi de catrâmbias. Ergueu-se, dizendo horrores do negro e do governo e a apalpar o queixo ferido no tombo. Sua fúria voltou-se, então, contra a tina, na qual aplicou um formidável pontapé. O resultado foi um berro de arrepiar os cabelos. O pontapé fora dado com a botina furada na biqueira. Sentado no chão, a segurar e a assoprar os dedos do pé, o velho praguejou como nunca em sua vida, segundo ele próprio o confessou mais tarde.

Depois do jantar, bebeu qual uma esponja, bebeu para duas bebedeiras e mais um "delirium-tremens", segundo o seu modo de falar. Calculei que em meia hora estaria largado, e, então, seria o momento propício para a fuga. Mas não tive sorte. Enrolado num cobertor, meu pai virava-se de um lado para outro, aflito, a queixar-se de tudo, sem poder dormir, conciliar o sono. Por fim, não conseguindo manter-me desperto, adormeci profundamente.

Súbito, acordei com um berro medonho. Meu pai pulava pela cabana, com os olhos esbugalhados, a gritar que havia cobras na casa. Estava completamente fora de si. Jurava que uma serpente se havia enroscado em sua perna, para, logo depois, dar outro salto e dizer que fora mordido no queixo. Mas eu nada via, pois tudo não passava de efeitos do álcool.

— Tire-a daqui, tire-a daqui! Está mordendo o meu pescoço — gritava, a correr pela cabana.

Nunca vi um olhar mais desvairado que o seu naquela noite. Arrojando-se ao chão, pôs-se a espernear, a agarrar coisas invisíveis e a dizer que se achava em poder do demônio. Extenuado pelo excesso, foi, afinal, aquietando-se pouco a pouco, até ficar completamente imóvel, largado no chão. Fora, piavam corujas e uivavam lobos. Eu sentia o peso da solidão e do silêncio da noite.

Após algum tempo, o velho ergueu a cabeça, escutou atentamente e disse, em voz baixa:

— *Pac-pac-pac-pac.* Lá vem os mortos! Vêm buscar-me, mas eu não quero ir. Ai! Já estão cá! Que mãos frias! Não me levem! Deixem-me em paz...

Arrastando-se pelo chão, a pedir que o largassem, embrulhou-se no cobertor e foi esconder-se sob a mesa, sempre implorando que não o carregassem dali.

Nisso, pôs-se de pé, num salto, com os olhos faiscantes, e avançou para mim de faca em punho. Perseguiu-me pela cabana, a dizer que eu era o Anjo da Morte, e que iria matar-me para que não mais o afligisse. De nada adiantaram minhas súplicas. De nada adiantou dizer-lhe que eu era Huck. Ele ria-se, um riso diabólico, e soltava rugidos ferozes, tentando apanhar-me. Em dado momento, conseguiu segurar-me pelo paletó. Vi chegado o fim de tudo; mas, num movimento rápido, consegui escapar, deixando-lhe o paletó nas mãos. Exausto, ele sentou-se encostado à porta, dizendo que iria tomar fôlego para, em seguida, matar-me. Guardou a faca e anunciou que precisava dormir uns instantes, a fim de recuperar as forças. Depois, então, eu veria com quem estava lidando.

Quando o vi ferrado no sono, trepei na velha cadeira e, com todo o cuidado para não fazer o menor ruído, consegui apossar-me da espingarda, que se achava pendurada à parede. Após certificar-me de que estava carregada, coloquei-a sobre o barril, com o cano apontado para meu pai, à espera de que ele se movesse.

E as horas começaram a correr, lentas como a eternidade.

VII

— Levante-se, rapaz! Que está fazendo aí?

Abri os olhos e olhei em torno, para ver onde estava. O sol ia alto — eu havia dormido profundamente. Meu pai, de pé ao meu lado, mirava-me com a fisionomia carregada e, ao mesmo tempo, abatida.

— Que está fazendo com essa espingarda? — indagou.

Julgando que ele houvesse esquecido o que acontecera durante a noite, respondi que alguém tentara entrar e eu ficara de prontidão.

— Por que não me acordou?

— Tentei, mas não consegui.

— Está bem. Deixemo-nos de conversa fiada. Vá ver se há algum peixe nos anzóis. Daqui a pouco, lá estarei.

Aberta a porta, dirigi-me para o rio. Notei que as águas estavam subindo, pois vi pedaços de pau, galhos e folhame seco arrastados pela correnteza. Se estivesse na cidade, seria a ocasião de fazer alguns negocinhos. As enchentes de junho traziam sempre achas de lenha e destroços de balsas — por vezes, balsas quase perfeitas; eu as recolhia para vendê-las aos madeireiros.

A caminho pela barranca do rio, atento às águas, vi surgir uma canoa, bela embarcação de 13 a 14 pés de comprimento, que deslizava com a rapidez de uma ave aquática. Imediatamente, atirei-me à água, com roupa e tudo, e nadei até alcançá-la. Esperava encontrar alguém deitado no fundo, pois há pessoas que gostam de pregar peças aos caçadores de embarcações que rodam rio abaixo, surgindo de chofre, a rir, diante do que já se presume dono da presa. Mas, dessa vez, não foi assim. Estava abandonada, e levei-a para a margem do rio. Antevi logo a alegria de meu pai ao saber que me havia apossado de uma canoa do valor, de pelo menos 10 dólares. Ao atracar, vendo que o velho ainda continuava na cabana, rumei para a embocadura de um riacho, oculta entre arvoredo, já com outra ideia em mente. Deixando a canoa lá, escondida, eu poderia aproveitá-la para a fuga, em vez de perder-me pelo mato em longas caminhadas às tontas.

Como a cabana ficasse muito perto, eu tinha a impressão de que meu pai iria surgir de um momento para outro; mesmo assim, ocultei a embarcação como melhor pude. Volvi à terra e, logo adiante, fui encontrá-lo de espingarda em punho, negaceando passarinhos. Censurou-me pela demora; desculpei-me dizendo haver caído n'água, o que também evitou um interrogatório sobre achar-me completamente molhado. Levamos cinco peixes para o almoço.

Após a refeição, deitamo-nos para repouso, cansados que estávamos, e pus-me a refletir. Muito melhor seria procurar um meio de evitar as perseguições de meu pai e da viúva do que confiar na sorte para ver-me livre deles. Estava a ruminar planos e mais planos, quando meu pai se levantou para beber água e disse:

— Se ouvir barulho de gente por aqui, acorde-me, entendeu? Não foi à toa que já vieram aqui. Acorde-me, que quero pregar uma boa carga de chumbo no intruso.

Em seguida, deitou-se para dormir. Mas as suas próprias palavras forneceram-me a pista duma solução. Eu arranjaria jeito de nunca mais ver-me seguido por quem quer que fosse.

Ao meio-dia, levantamo-nos e fomos até o rio. A correnteza continuava a trazer pedaços de madeira. Nisso, vimos uma balsa — nove troncos ligados um ao outro. Rapidamente, puxamo-la para a margem, com o auxílio da nossa canoa. Em seguida, fomos comer qualquer coisa. Outra pessoa que não meu pai ficaria à espera de mais coisas que rodassem ao sabor da correnteza; ele, porém, já tinha o suficiente com que comprar outra porção de uísque, e contentou-se com o achado. Às 3 e meia da tarde, trancou-me na cabana e partiu, rebocando a balsa. Calculei que não regressaria antes da noite e esperei que se afastasse uma boa distância. Voltei, então, a serrar a tábua, e concluí o serviço antes que meu pai tivesse tempo de alcançar o outro lado do rio. Pude, afinal, escapar e, fora, vi a sua canoa e mais a balsa que levava de reboque — tudo pequenino como um ponto na imensidade.

Tomei, então, o saco de farinha e levei-o para onde estava a minha canoa. Acomodei-o nela. Fui, em seguida, buscar mais coisas — uma perna de presunto, uma garrafa de uísque, munições e o que restava de café e açúcar. Levei também vários objetos, e até a minha velha serra. Não esqueci nem as linhas de pescar, nem os fósforos — coisas que valeriam 1 centavo. Faltava-me um machado, mas o único existente, que costumava ficar fora, no monte de lenha, esse deixei-o lá, porque tinha a respeito uma ideia na cabeça. Por último, tomei a espingarda.

De tantas idas e vindas, o chão ficou bastante trilhado. Tive de apagar todos os sinais denunciadores das minhas manobras. Também recoloquei, em seu lugar, a tábua serrada, de modo que só mediante cuidadoso exame fosse possível descobrir a marosca.

Até lá onde estava a canoa, o terreno era limpo de capins, de modo que ficaram sinais. Examinei bem esse ponto. Tudo em ordem. Tomei, então, a espingarda e saí à caça pelos matos circunvizinhos. Súbito, dei com um porco alongado — isto é, porco doméstico que foge e se asselvaja. Atirei nele e trouxe-o para a cabana. Lá chegando, escangalhei a porta a machadadas, de modo a dar ideia de invasão com arrombamento. Entrei com o porco e pú-lo perto da mesa, sobre a qual lhe cortei a garganta com o machado, fazendo o sangue empapar o chão de terra batida. Em seguida, enchi um saco de estopa com pedras e o arrastei de onde estava o porco até ao rio, atravessando pelo mato. Lá fi-lo desaparecer dentro d'água. Tornava-se claramente visível que um corpo tinha sido levado de arrasto da cabana ao rio.

Que pena Tom Sawyer não estar presente! Haveria de bater palmas à minha engenhosidade.

Depois, arranquei um punhado de cabelos, que espalhei pelo machado já bem sujo de sangue, e depus a arma assassina a um canto. Que mais? Sim — o porco! Ergui-o do chão e, com cuidado para que não pingasse sangue pelo caminho, levei-o também para o rio. Lá se foi ele água abaixo! Tive ainda uma ideia. Retirei da canoa o saco de farinha e a serra enferrujada e trouxe-os de novo para a cabana. Pus o saco onde era o seu lugar e furei-o com a serra — único instrumento de ferro que existia. Em seguida, carreguei-o por umas 100 jardas através do mato, para este da cabana, em que havia uma lagoa de 5 milhas de largo, cheia de marrecas e patos selvagens. Da lagoa partia um canal muito longo, que não ia ter ao rio. O saco de farinha foi vazando e polvilhando no chão uma pista, rumo à lagoa; lá, amarrei o buraco feito com a serra e reconduzi o saco para a canoa.

Como já estivesse escurecendo, levei a canoa para debaixo duns salgueiros que pendiam seus ramos sobre a água e fiquei à espera de que a lua nascesse. Comi qualquer coisa e pus-me a refletir. Com certeza, vão seguir a pista do saco de pedras — ponderei — e dragar o rio pelos arredores em procura do meu cadáver. Também seguirão a pista deixada pela farinha, certos de estarem no rastro dos bandidos. Não encontrarão nem meu cadáver, nem meus matadores — e ficarei em paz, afinal. Ótimo. Poderei ir para onde bem queira, à ilha Jackson, por exemplo. Lá, ninguém me aborrecerá e estarei a jeito de ir à vila próxima quando for necessário.

Assim pensando, adormeci. Despertei sobressaltado, sem saber onde me encontrava — e, só passados alguns minutos, lembrei-me do que fizera. O rio estendia-se por milhas e milhas, e a lua brilhava com tal fulgor que era possível contar os troncos de árvores boiantes ao sabor da correnteza. Reinava profundo silêncio, e parecia ser tarde da noite.

Bocejei, espreguicei-me todo e já me aprestava para desatar as amarras a fim de iniciar a viagem, quando ouvi rumor rio acima.

Apurei os ouvidos. Não demorei a reconhecer o ruído surdo e regular de remos a cortar a água. Espiei por entre a galhaça e vi tratar-se de uma barca. Quando se aproximou um pouco mais, distingui somente uma pessoa, que julguei fosse meu pai, se bem que não o esperasse tão cedo. Ao passar por mim, deixou o centro da correnteza e procurou a margem. Reconheci-o, afinal, e, pelo modo como remava, deduzi que não estava bêbado.

Não perdi tempo. Minutos depois, vi-me deslizando rio abaixo, rente à barranca. Depois de navegar assim umas 2 ou 3 milhas, tomei o meio da correnteza, para evitar que me vissem ao passar pelo porto de embarque. Por maior precaução, deitei-me no fundo da canoa e abandonei-a ao sabor da corrente. Enquanto descansava, pus-me a fumar, contemplando o céu estrelado, sem uma nuvem. É surpreendente a profundeza do céu quando o admiramos, deitados de costas, em noites de plenilúnio! E como se pode ouvir longe em tais noites! Percebi, claramente, uma conversa no porto, e não perdi uma só palavra do que diziam. Paulatinamente, essas vozes foram se apagando, e, quando tudo se fez de novo silêncio, levantei-me. A Ilha Jackson estava à minha frente, 2 milhas abaixo, emergindo do meio do rio, coberta de vegetação, qual gigantesco navio de luzes apagadas. A praia achava-se totalmente submersa. Manobrei de modo a abicar do lado fronteiro ao Estado de Illinois, em um ancoradouro meu conhecido, no qual a embarcação poderia ficar oculta numa touça de vegetação marginal.

Fui até a extremidade da ilha e lá sentei-me em um tronco, a observar, cismarento, três ou quatro luzes que tremelicavam na cidade. Uma enorme balsa descia o rio, com uma lanterna bem no meio. Quando se aproximou, ouvi uma voz ordenar:

— Remos de popa! A estibordo!

No céu já se viam os primeiros palores da manhã que raiava. Internei-me no bosque e deitei-me para dormir, antes de tomar o meu desjejum.

VIII

Ia já tão alto o sol quando abri os olhos. Calculei ser mais de 8 horas. Estendido preguiçosamente na relva macia e fresca, eu contemplava as nesgas do céu que as copas das árvores deixavam entrever. O interior do bosque, porém, era sombrio e denso. As manchas de sol, tamisadas pela folhagem, bailavam no solo, sinal de brisa leve. Um casal de esquilos encarapitados num galho contemplava-me com ar confiante.

Senti-me tomado de tal preguiça que não tinha ânimo de me levantar para fazer café. Já principiava a dormitar novamente quando me chegou aos ouvidos um estouro surdo, rio acima.

— Pum!

Soergui-me para escutar melhor e, de novo, repetiu-se o estouro. Já completamente desperto, corri a uma das margens da ilha e, por entre a galhaça dos arbustos, divisei nas proximidades do porto uma nuvem de fumo pairante sobre a água. E, mais longe, um vaporzinho cheio de gente a descer o rio.

— Pum!

Novo tiro — e não me restou dúvida de que davam tiros de canhão para tentar fazer emergir o meu cadáver, por meio da força de vibrações.

Estava com fome, mas não seria eu quem faria fogo denunciador do meu esconderijo. Quedei em silêncio, a ouvir os tiros de canhão e a ver a fumaça que se desfazia no ar. O Mississipi é largo de uma milha naquele ponto e apresenta um belo espetáculo nas manhãs de verão.

Tivesse eu um pedaço de pão e me seria agradável divertimento espiar aquela gente em procura do meu cadáver. Lembrei que, em casos semelhantes, era uso colocar-se um pouco de mercúrio dentro dum pão, na crença de que, assim preparado, o pão se detivesse sobre o ponto onde estava o cadáver. Em vista disso, fiquei de sobreaviso, na esperança de obter um bom almoço. Passei para o lado da ilha fronteira ao Estado de Illinois — e não havia esperado muito quando vi a boiar um pão inteiro. Tentei apanhá-lo com uma vara comprida, mas fui malsucedido; escorreguei, e lá se foi ele, correnteza abaixo. Não perdi a esperança e, algum tempo depois, consegui apanhá-lo. Derramei o mercúrio e tive almoço excelente, pois havia muito tempo que não provava semelhante iguaria.

Acomodei-me entre as folhas secas e pus-me a pensar. Com certeza a viúva, o pastor ou outra qualquer pessoa havia rezado para que esse pedaço de pão me encontrasse. E nas minhas mãos ele viera ter. Sem dúvida alguma, as orações possuem sua eficácia, quando quem as faz, como a viúva ou o pastor, tem a consciência limpa de pecados. Mas, comigo, a coisa passa-se de modo bem diferente.

Acomodei-me em meio do arvoredo, acendi o cachimbo e pus-me a espreitar o navio que se aproximava, na esperança de reconhecer algum passageiro. Minutos depois, o vapor chegou tão rente à ilha que eu poderia tocá-lo com uma vara comprida. Apaguei o cachimbo e, por trás dum tronco, fiquei a espiar. Vi, entre outros, meu pai, o juiz Thatcher, Bessie Thatcher, Joe Harper, Tom Sawyer e sua tia Polly, Sid e Mary. Todos falavam sobre o crime. O capitão interrompeu-os, dizendo:

— Prestem muita atenção agora. Como a correnteza vem até aqui, talvez o cadáver esteja enroscado na tranqueira das margens. É o que espero, pelo menos.

Mas era justamente o que eu não esperava. Todos os passageiros correram a debruçar-se no balaústre da amurada, esquadrinhando com olhos ávidos a margem do ponto em que eu me encontrava oculto. Felizmente, ninguém deu pela minha presença. De súbito, um tremendo disparo de canhão atroou os ares, tirando-me toda a visibilidade e quase ensurdecendo-me, tal a nuvem de fumo que se formou. Se o tiro não fosse apenas de pólvora seca, por certo que teriam encontrado o cadáver que tão afanosamente buscavam... Por sorte minha, tudo não passou de enorme susto. Pouco depois, o vaporzinho desaparecia por trás de um promontório, rio abaixo. As detonações chegavam-me a intervalos regulares, e pareciam cada vez mais longínquas. Uma hora depois, fez-se completo silêncio.

A Ilha Jackson mede 3 milhas de comprimento. Julguei que, ao atingirem a extremidade da ilha, abandonariam as pesquisas por infrutíferas, mas enganei-me. A exploração continuou pelo outro braço do rio, que dá margem para o Estado de Missouri. E, a espaços, o canhão não deixava de estrondear. Atravessei a ilha e fiquei a observá-los. Chegados que foram à ponta superior da ilhota deram a busca por terminada, e cada qual tomou rumo de sua casa.

Percebi que, doravante, nada poderia perturbar a minha tranquilidade. Instalei-me num dos lugares mais recônditos do bosque e, com os cobertores que havia trazido, fiz uma espécie de barraca que me abrigasse das intempéries. Pesquei um peixe de bom tamanho, abri-o com a serra e, à tardinha, assei-o em frente do meu acampamento. Comi com respeitável apetite, e pus n'água os anzóis bem iscados, para que, ao despertar no dia seguinte, já encontrasse matéria-prima para o almoço.

Quando a noite caiu por completo, deixei-me ficar ao lado do braseiro, a fumar despreocupado, saboreando as delícias da liberdade. Tanta solidão acabou por entristecer-me, e fui sentar-me à margem do rio, de onde podia ouvir o rumor da água, contar as estrelas do céu e os troncos que desciam, levados pela correnteza. Em seguida, resolvi dormir, que é o melhor meio de matar o tempo quando a gente está só.

E assim passaram-se três dias. Sempre a mesma coisa, sempre a mesma calma. Procurei distrair-me e passei a explorar a ilha, da qual me considerava senhor absoluto. Encontrei grande quantidade de framboesas maduras e verdes, uvas silvestres, amoras e outras frutas com as quais me fartaria mais tarde.

Pus-me a andar pelo mato e, quando dei por mim, estava próximo de uma das extremidades da ilhota. Trazia comigo a espingarda, mais por proteção que outra coisa; para caçar, não era necessário afastar-me do acampamento. Estive a ponto de pisar numa cobra. Ao pressentir-me, ela se esgueirou por entre a vegetação rasteira. Segui-a, e já estava de mira feita quando notei que pisava as cinzas quentes dum braseiro.

Meu susto foi grande. A ilha era menos deserta do que eu esperava. Desengatilhei a espingarda e, tão silenciosamente quanto me foi possível, tratei de voltar para a barraca. De momento a momento, parava e apurava os ouvidos. Se um galho seco estalava aos meus pés, era como se alguém me houvesse cortado o alento em duas partes, levando a parte maior. Cada tronco parecia um homem pronto a agarrar-me.

Cheguei ao acampamento exausto dos sustos passados, sem ânimo mas consciente da necessidade de não perder tempo em pôr-me a seguro. Reembarquei todos os meus pertences, apaguei o fogo, esparramei terra sobre as cinzas e, em seguida, subi a uma árvore.

Durante duas horas, lá permaneci, vigilante, sem nada perceber de suspeito. Não é nada agradável a perspectiva de ficar de atalaia encarapitado em uma árvore o dia inteiro. Resolvi, pois, descer, mas sempre alerta ao menor ruído. Jantei algumas framboesas e o que havia sobrado do almoço.

À noite, meu estômago principiou a dar horas. Saltei, então, para a canoa, antes que a lua surgisse, e remei para a margem do Estado de Illinois, distante dali um quarto de milha, se tanto. Embrenhei-me no bosque, preparei a minha refeição e estava ainda indeciso se passaria lá a noite quando o vento me trouxe rumor de vozes. Em seguida, o pisar cadenciado de patas de cavalo. Escondi na canoa, às pressas, a minha tralha e esgueirei-me por entre as ramagens, a fim de espiar quem vinha. Não demorou muito, e ouvi uma voz dizer:

— É melhor acamparmos aqui; os cavalos estão esfalfados.

Não esperei por mais. Reembarquei e fui abicar no ponto donde havia partido. Resolvi dormir na canoa, mas despertava a todo momento com a impressão de que alguém estava a estrangular-me. Foi um sono agitado, que de nada me valeu. Vi ser impossível continuar a viver daquele modo e decidi-me a averiguar quem seria o meu companheiro de ilha. Essa resolução trouxe-me grande alívio.

Empurrei a canoa com o remo e deixei-a deslizar rente à barranca do rio, protegida pelas sombras da espessa vegetação. Um lindo luar iluminava o Mississipi. Durante uma hora, naveguei em silêncio, ouvindo apenas o farfalhar do arvoredo e o sussurro das águas. Ao cabo, vi-me de novo no extremo norte da ilhota. Leve brisa anunciou-me que a aurora estava prestes a raiar.

Empurrei a canoa, tomei da espingarda e saltei fora. A lua acabava de desaparecer no horizonte, e completa escuridão envolvia o rio. Mas os primeiros palores da manhã não tardaram a tingir o céu. Dirigi-me, então, cautelosamente, ao lugar onde havia encontrado o braseiro, e já estava a ponto de abandonar a pesquisa quando divisei uma luz por entre as árvores. Acheguei-me, pé ante pé, e avistei um homem deitado no chão, rente ao fogo. Estava envolto num cobertor, com a cabeça muito perto das brasas. Aproximei-me mais e fiquei à espreita. Imaginem qual não foi a minha surpresa quando vi Jim, o negro da srta. Watson, levantar-se e espreguiçar-se sonolentamente! Um grito escapou-me:

— Helo, Jim! — e saltei à sua frente.

Jim deu um pulo para trás, de olhos arregalados, numa suprema expressão de pavor. Em seguida, deixou-se cair de joelhos, com as mãos postas, implorando:

— Não me mate, pelo amor de Deus! Nunca fiz mal a nenhuma

alma do outro mundo! Sempre gostei dos mortos! Volte para o fundo do rio, que é o lugar dos afogados, e não faça nada contra o velho Jim, que sempre foi seu amigo!...

Custou-me bastante provar a Jim que estava diante de um vivente. Disse-lhe, depois, da minha satisfação em tornar a vê-lo, pois estava certo de que ele não revelaria a ninguém o meu paradeiro. Falei ainda de outras coisas, mas Jim só ouvia, sem responder palavra.

— Já vai dia alto — disse eu, por fim. — Vamos preparar o nosso café. Acenda o fogo.

— Que adianta fazer fogo se não há o que cozinhar? Tenho vivido apenas de frutas do mato. Talvez com a espingarda possamos ter alguma coisa melhor do que framboesas.

— Então, Jim, você só tem comido framboesas?

— Não descobri nada mais.

— Há quanto tempo está aqui?

— Desde a noite em que você foi assassinado.

— Quê? Tanto tempo assim? E tem passado somente com o que arranja no mato?

— Só com isso.

— Então deve estar bem esfomeado, não?

— Seria capaz de devorar um boi inteiro, se o pilhasse.

— E você, Huck, desde quando está aqui?

— Desde que "me mataram."

— E como se tem arranjado? Ah, é verdade que trouxe uma espingarda. Vá ver se caça alguma coisa, que eu farei fogo.

Dirigimo-nos para onde estava a canoa, e, enquanto Jim acendia fogo num relvado, eu produzi presunto, farinha, café, uma chocolateira, uma frigideira, açúcar e duas canecas, o que deixou o negro boquiaberto e convencidíssimo de que eu tinha parte com o diabo.

Um bom peixe, frito por Jim, completou a excelente refeição. Comemos a valer.

Em seguida, deitamo-nos na relva, a fumar preguiçosamente.

— Afinal, quem foi assassinado na cabana, Huch? perguntou Jim.

Narrei-lhe, então, as minhas aventuras, que ele achou admiráveis e dignas de Tom Sawyer.

— E você, como veio parar aqui? — indaguei, por minha vez.

Jim não respondeu de pronto, receoso, mas afinal disse:

— É melhor calar-me.

— Por que, Jim?

— Tenho minhas razões. Mas se você promete guardar segredo...

— Conte comigo, Jim.

— Pois então fique sabendo que fugi.

— Que está a dizer-me, Jim?

— Lembre-se de que prometeu guardar segredo, Huck.

— Não quebrarei minha promessa, Jim: pode ficar sossegado. Que me chamem abolicionista e o resto, pouco me importa. Não pretendo reaparecer na cidade. Conte-me agora as suas aventuras.

— Pois foi deste modo. A velha srta. Watson vivia a maltratar-me, ameaçando de vender-me para New Orleans. Um dia, notei a presença na cidade de um certo negociante de escravos. Aquilo me deixou de orelha em pé. De noite, ouvi a srta. Watson dizer à viúva que estava indecisa se me venderia ou não, mas que a soma de 800 dólares era tentadora. Em vista disso, antes que ela se decidisse, resolvi pôr-me a seguro, e abalei, indo procurar refúgio no quintal da fábrica de barricas.

Lá fiquei até amanhecer. Não pude saber o que foi, mas houve um movimento danado a noite inteira. Às 6 horas da manhã, começaram a chegar as balsas com carregamento de madeira. Foi então que ouvi falar que o seu pai havia trazido a notícia do assassinato e que todos queriam ver o sítio onde se dera o crime. Senti deveras a sua morte, Huck, pode crer. Passei o resto do dia no mesmo esconderijo. Eu sabia que a viúva e a srta.

Watson iriam passar o dia no campo. Os criados, aproveitando a ausência das patroas, também sairiam a passeio, e, pois, ninguém daria pela minha ausência até à noite, certos de que eu andava a pastorear o gado.

Quando anoiteceu, deixei o esconderijo, com o estômago lá no fundo, pois havia passado o dia todo sem comer nada, e segui margeando o rio. Enquanto andava, fui refletindo que, se fugisse a pé, eles poriam cachorros em cima de mim e que, se roubasse uma canoa, dariam por falta dela e logo viriam a saber aonde eu tinha ido. O melhor meio seria tomar uma balsa, que não deixa rastro, pensei cá comigo.

Foi então que percebi uma luz que descia o rio. Era balsa. Atirei-me à água e nadei até essa balsa, à qual me agarrei. Os lenhadores ocupavam o centro da embarcação, em que estava a lanterna. Como a correnteza estivesse muito forte, calculei que quando começasse a clarear já eu estaria a umas 10 léguas longe da cidade. Então, nadaria para a margem e me esconderia nas matas do Estado de Illinois.

Mas não tive sorte. Quando a balsa já estava perto desta ilha, um dos homens passou mão na lanterna e veio para o meu lado. Vi que, se me descobrisse, estaria tudo perdido. Não cochilei. Saltei da balsa e nadei para a ilha, certo de que poderia subir por qualquer ponto da barranca. Mas enganei-me, e só no outro extremo da ilhota é que consegui botar o pé em terra firme. Assim que me vi no mato, jurei nunca mais arranjar condução em balsas nas quais andam de lanterna de um lado para outro. Felizmente, a caixa de fósforo, o fumo e o cachimbo não se molharam. Eu tinha guardado tudo debaixo do chapéu.

— Passou, então, todos estes dias sem pão e sem carne? Por que não procurou caçar tartarugas?

— De que modo? Não se podem apanhar tartarugas com a mão, de noite, porque não se enxerga nada; e, de dia, não me arrisco a sair do mato.

— É verdade, você tem razão. Chegou a ouvir os disparos do navio?

— Ouvi, sim, e sabia que estavam à sua procura. Vi tudo pelo meio dos ramos das árvores.

Nisso apareceram alguns pássaros, voando baixo. Alçavam voo, pousavam alguns metros adiante e tornavam a erguer-se nos ares.

— É sinal de chuva — informou Jim. — Quando essas aves voam assim, é que o tempo vai mudar. Com as galinhas dá-se o mesmo.

Fiz menção de atirar a uma delas, no que fui impedido pelo negro.

— Não faça isso! — exclamou. — Traz azar. Certa vez que meu pai estava doente, peguei um passarinho que não podia voar direito. Minha avó, quando me viu com o passarinho na mão, disse que meu pai iria morrer — e morreu mesmo, naquela noite...

Jim também me avisou que não se devem contar as coisas que vão ser feitas para o almoço — é de mau agouro. O mesmo acontece se a toalha da mesa for sacudida ao pôr do sol. Se morre o dono de uma colmeia, as abelhas precisam saber da sua morte antes que amanheça o dia seguinte, pois, do contrário, deixam de fabricar o mel e perecem. Disse-me, também, que as abelhas não picam os idiotas: grande mentira, pois muitas vezes eu as provoquei e nunca fui ferrotoado.

Jim sabia de tudo o que trazia mau agouro. Perguntei-lhe, então, se não havia alguma coisa que significasse boa sorte.

— São pouquíssimas e de nada servem. Ninguém havia de querer evitar as coisas boas. Quem tem o peito e os braços peludos, é sinal de que vai ser rico. Já isso é bom saber. Suponha que uma pessoa é muito pobre e quer matar-se; nesse caso, se tiver esses sinais de fortuna, não se mata e espera o futuro.

— E você? Tem pelo nos braços e no peito Jim? indaguei.

— Para que perguntar? Não está vendo com os seus olhos?

— Então você é rico, Jim?

— Já fui e ainda hei de ser. Já possuí 14 dólares, mas entrei nuns negócios e perdi tudo.

— Que negócios?

— Comprei uma vaca por 10 dólares. A vaca morreu no dia seguinte. Nunca mais faço negócios de gado...

— Então só perdeu 10 dólares.

— Perdi só 9. Vendi o couro num curtume por 1 dólar.

— E que fez com os 5 restantes?

— Conhece aquele negro de perna de pau, escravo do velho senhor Bradish? Pois bem, ele abriu um banco e disse que quem pusesse 1 dólar no negócio receberia 4 no fim do ano. Todos os negros acharam boa a ideia, mas o único que possuía dinheiro era eu. Eu disse para o banqueiro que, se ele não me pagasse mais de 4 dólares por ano, eu abriria um banco por minha conta. Depois de alguma discussão, o raio do perneta ofereceu-me dar 35 dólares de lucro no fim do ano pelos meus 5, pois se eu fosse abrir um banco estragaria o negócio dele. Entramos no acordo, e eu já estava pensando gastar os 35 dólares numa casinha de madeira quando soube que o banco tinha falido — quebrou um dia depois de começar. Recebi só 10 centavos.

— E que fez com os 10 centavos?

— Eu já estava disposto a gastar os 10 centavos quando sonhei que, se entregasse o dinheiro a um preto chamado Burro Balum, escravo de muita sorte, poderia reaver o perdido. Logo que Balum recebeu os 10 centavos, foi à igreja. Lá ouviu o padre dizer que quem dá aos pobres empresta a Deus, e pode receber cem vezes mais. Balum não cochilou. Deu os 10 centavos a um pobre e ficou esperando o benefício.

— E qual foi o resultado?

— Nenhum. Não consegui reaver o dinheiro. Também nunca mais dou dinheiro emprestado sem garantia. "Poderá receber cem vezes mais!", disse o padre. Se eu pudesse reaver os meus 10 centavos, já ficaria muito satisfeito...

— Isso não tem importância, Jim, já que você vai ser rico outra vez.

— Já sou. Sou dono de mim mesmo, e valho 800 dólares! Mas eu preferia muito mais possuir essa quantia em dinheiro batido...

IX

Partimos a explorar uma parte da ilha situada no interior, que eu havia visto durante a excursão feita no primeiro dia. Em pouco tempo, estávamos no sítio procurado, pois a ilha tinha apenas 3 milhas de comprimento por um quarto de largura.

O ponto a que me refiro era uma elevação íngreme, de, mais ou menos, 40 pés de altura. Custosa foi a escalada, devido ao emaranhado da vegetação; mas, afinal, conseguimos atingir uma caverna, no alto da escarpa, cuja boca dava frente para o Estado de Illinois. A caverna era profunda e ampla, permitindo a Jim ficar de pé. Fazia frio lá dentro. Jim propôs que nos instalássemos nela, mas lembrei-lhe a dificuldade que havia em subir e descer.

— Deixemos a canoa onde não a possam descobrir e coloquemos os mantimentos aqui. Sem cachorros, será impossível darem com este esconderijo. Ademais, vai cair chuva grossa, e as provisões ficarão perdidas, se as deixarmos na canoa.

Não discutimos mais. Voltamos à canoa e ocultamo-la em frente à caverna, depois de transportados todos os nossos petrechos para a futura morada. Tiramos alguns peixes dos anzóis e os recolocamos na água novamente, de reserva.

A ampla abertura da gruta permitia a entrada de ar e luz. E, como de um lado houvesse uma laje chata e plana, transformamo-la em fogão — e ali preparamos o almoço.

Arrumamos as coisas no fundo da caverna e estendemos os cobertores no chão, à guisa de tapete. Não demorou muito e começou a escurecer. O céu toldou-se de nuvens negras, e estalaram os primeiros raios. Momentos depois, desabava violentíssimo temporal, acompanhado de verdadeiro furacão. Sem dúvida alguma, as aves não se haviam enganado. Era uma dessas tempestades comuns no estio. A atmosfera adquiria uma cor azul-escura, e a chuva, caindo em cordas, vergastava furiosamente a copa do arvoredo. De repente, uma luz fortíssima aclarava tudo, por alguns segundos apenas, e, logo após o trovão, ribombava, rolando ensurdecedoramente pelo espaço afora.

— Como isso é bonito, Jim! Não quero outro sítio para morar. Passe-me um pedaço de peixe.

— Se não fosse o Jim, a estas horas Huck estava no mato, todo encharcado, passando fome! As galinhas sabem quando vai chover — e os passarinhos também nunca se enganam.

Depois da tempestade, o rio principiou a crescer. Durante 12 dias as águas subiram e inundaram a ilha, cobrindo-a nas partes baixas. A margem de Illinois também foi totalmente inundada. Já as barrancas do Estado de Missouri, muito altas, impediam o acúmulo das águas.

Durante o dia, navegamos sobre a ilha na canoa, gozando a frescura do bosque, mesmo nas horas de sol mais ardente. Às vezes, as lianas nos barravam a passagem, e, então, nos víamos forçados a retroceder e buscar outra rota. Cobras, coelhos e outros bichinhos procuravam refúgio nos velhos troncos de árvores que ficavam acima da água. A fome os tornava tão mansos que era possível apanhá-los com a mão. Havia também grande quantidade de tartarugas.

De dia, nos mantínhamos ocultos no mato e, à noite, saíamos para a margem do rio. Certa vez, apanhamos uma balsa, ou, antes, várias pranchas de madeira solidamente unidas entre si. Teria 16 pés de comprimento por 12 de largura. Outra noite, pouco antes de amanhecer, avistamos ao longe nada menos que uma casa de madeira a boiar ao sabor da corrente. Era uma habitação de dois andares, e vinha consideravelmente inclinada, com apenas o pavimento superior fora d'água. Acercamo-nos com a canoa e abrimos uma das janelas; mas, como ainda estivesse muito escuro para ver qualquer coisa, resolvemos acompanhá-la, a fim de a examinarmos melhor quando a luz do dia o permitisse.

Antes que atingíssemos a extremidade da ilha, principiou a clarear. Novamente, espiamos pela janela e vimos uma cama, duas cadeiras velhas e uma porção de coisas espalhadas em desordem pelo assoalho. Ao fundo, um vulto nos chamou a atenção, devido ao tamanho e à forma. Parecia um homem a dormir.

— Helo! Helo! — gritou Jim, sem que obtivesse resposta. Também fiz o mesmo, e nada. Jim resolveu pular a janela e, logo, depois exclamava: — É um homem! Está morto!... Foi atirado pelas costas, deve fazer uns dois ou três dias. Entre, Huck, mas não olhe para o rosto dele. Até assusta a gente.

Jim cobriu o cadáver com alguns trapos, precaução inútil, pois eu não me sentia propenso a examinar-lhe a fisionomia. Pelo assoalho, espalhavam-se cartas de um baralho ensebado, garrafas de uísque e duas máscaras de pano preto. Na parede, garatujas e desenhos feitos a carvão. Pendurados num cabide, dois vestidos, um boné e roupas de homem. Pusemos tudo na canoa — talvez nos fosse de alguma valia. Apanhei também um chapéu de palha a um canto, e teria feito o mesmo a uma mamadeira, se não estivesse trincada. Vimos uma canastra, já de muito uso e com as fechaduras forçadas. Nada continha que nos interessasse. Os assaltantes, com toda a certeza, haviam abandonado a casa às pressas.

Arrecadamos, também, uma faca de carniceiro sem cabo, outra quase nova que poderia valer uns 25 centavos, um maço de velas, um castiçal de folha, uma caneca, uma caixa com agulhas, e dedais, e linha, e mais miudezas, como machado, pregos, anzóis, vidros de drogas, uma palmatória, uma coleira de cachorro, uma ferradura.

Por último, encontramos uma perna de pau, demasiado comprida para mim e muito curta para Jim. Foi pena, porque parecia ser de boa madeira.

Já era dia claro, e estávamos a grande distância da ilha. Fiz Jim deitar-se no fundo da canoa, para que ninguém o visse e não despertasse suspeitas. Remei valentemente de volta à ilha, à qual chegamos sem o menor incidente, sãos e salvos.

X

Terminado o desjejum, fiz algumas perguntas a Jim sobre o cadáver encontrado na casa de madeira, mas não obtive resposta. Jim achava de mau agouro falar sobre o defunto; podia ele vir assustar-nos de noite, pois não estava enterrado. Vi que o preto tinha razão e calei-me, mas não deixei de continuar a pensar naquele estranho caso, curioso de saber quem seria o assassino e quais os móveis do crime.

Ao examinarmos as roupas, encontramos 8 dólares de prata, costurados na barra de um sobretudo. Jim opinou que os donos da casa haviam furtado o capote, pois, do contrário, não teriam deixado nele os 8 dólares. Mas, se os donos da casa eram ladrões, quem então havia morto o tal homem? Seriam todos da mesma quadrilha?

Jim continuava a guardar silêncio, não querendo discutir aqueles pontos. Afinal, falei eu:

— Não vejo onde está o valor das crenças supersticiosas. Não me disse você que era de mau agouro pegar em pele de cobra? Ontem estive com uma nas mãos, e, entretanto, em lugar de desgraça, nos vem a fortuna. Assim tivéssemos azares destes todos os dias!

— Não se regozije, que ainda verá o mau resultado, Huck. O azar vem vindo...

E de fato chegou, cumprindo-se a predição de Jim. Foi numa terça-feira que estivemos conversando sobre isso, e, três dias depois, sexta-feira, achando-me à entrada da furna, topei uma cascavel. Matei-a, *incontinenti*, e coloquei-a por troça junto ao cobertor de Jim, para assustá-lo. Arrumei-a bem enrodilhada, como se estivesse pronta para o bote, e pus-me a rir, antegozando a boa peça que iria pregar ao negro.

À noite, eu já estava esquecido da cobra. Mas eis que, ao deitar-se, Jim solta um berro e levanta-se aos gritos. Uma víbora, companheira da que eu matara, picara-o no calcanhar. Imediatamente, acendi a vela e vi a cascavel já pronta para o segundo bote. Liquidei-a com uma paulada, enquanto Jim esvaziava um frasco de uísque.

Reprochei-me, intimamente, por não ter advertido que as cobras aparecem sempre onde está uma companheira morta. Jim pediu-me para cortar a cabeça da cobra, atirá-la fora e fritar o corpo, pois a banha serviria de remédio. Em seguida, fez-me atar o guizo da cauda em torno do seu pulso. Feito isso, joguei longe os restos da primeira cobra, para que Jim jamais viesse a saber que fora eu o causador daquela desgraça.

Nessa noite, Jim bebeu qual um borracho. Tomava um bom gole, dava uma volta pela furna, a gemer de dor, e voltava a beber outro. Aos poucos, o seu pé foi inchando, até obrigá-lo a deitar-se. Estava já completamente embriagado.

Por quatro dias o preto esteve de cama. Paulatinamente, a inchação foi desaparecendo, e ele pôde andar de novo. Jurei a mim mesmo nunca mais tocar em uma pele de cobra, agora que havia verificado quão funestas costumavam ser as consequências.

— De agora em diante, creio que não vai botar dúvida nas minhas palavras, não, Huck? — disse-me Jim. — Pegar em pele de cobra traz tanto malefício que, com certeza, ainda não está tudo acabado. Eu prefiro mil vezes ver a lua nova por cima do meu ombro esquerdo a tocar em pele de cobra.

Olhar para a lua nova por sobre o ombro esquerdo é uma das maiores temeridades que um mortal pode cometer. Ainda me lembro do caso de Hank Bunker, que se jactava de ter feito isso uma vez, sem que nada lhe acontecesse. Mas não haviam decorridos dois anos quando, tendo ele subido a uma torre, caiu do alto. Fez-se uma posta de carne moída, tão chata que foi enterrado entre duas folhas de porta, segundo ouvi dizer. Está aí em que deu a sua imprudência.

Alguns dias depois, o rio voltou ao volume normal. Como se tornasse escassa a nossa provisão de mantimentos, lembrei-me de espetar um coelho inteiro num dos anzolões que havíamos achado na casa de madeira. O resultado foi pescarmos um enorme peixe-gato, do tamanho de um homem, pesando mais de 100 quilos. Como não pudéssemos retirá-lo d'água, deixamos que se debatesse preso ao anzol até morrer. Com algum esforço, conseguimos transportá-lo para a nossa furna. Lá encontramos-lhe no bucho um botão de cobre e outros pequenos objetos. Tinha a carne branca e de excelente qualidade — capaz de nos render muito bons cobres, se pudéssemos vendê-la aos quilos na cidade.

Na manhã seguinte, farto da inércia e da rotina daquela vida, resolvi fazer algo para variar. Pensei em transpor o rio, a fim de ver o que se passava na outra margem, e Jim não desadorou a ideia, aconselhando-me, porém, a maior cautela possível. Perguntou-me se não seria melhor vestir-me com as roupas femininas encontradas. Achei boa a sugestão.

Encurtando um dos vestidos, arregacei as calças até o joelho e enverguei-o. Jim fez as vezes de costureira, usando anzóis onde carecia de alfinete. Botei um gorro, desses que se amarram sob o queixo, e Jim declarou que nem mesmo a viúva seria capaz de reconhecer-me. Pus-me a andar de um lado para outro, sob as vistas de Jim, que ora me recomendava passos mais curtos, ora movimentos mais delicados com os braços. Também advertiu-me que não levantasse a saia para pôr a mão no bolso. Em pouco tempo, seguindo os seus sábios conselhos, achei-me capaz de surgir em praça pública sem o menor receio de que me reconhecessem.

Parti para a cidade ao cair da tarde. Atravessei o rio abaixo do embarcadouro e arribei a um ponto que julguei seguro, nos arrabaldes da vila. Amarrei a canoa a um remanso e subi pela ribanceira. Notei que havia luz numa casinha que estivera desabitada até o dia da minha fuga, e estranhei aquilo. Aproximei-me cautelosamente e espiei pela janela. Vi dentro uma senhora quarentona, a coser à luz duma vela de sebo. Era-me estranho aquele rosto — e não havia ninguém na cidade que eu não conhecesse. Indubitavelmente, devia ter chegado de poucos dias. Isso reanimou-me, pois aquela forasteira devia saber novidades. Bati à porta, certo de que não seria reconhecido, e bem atento ao papel de menina que iria representar.

XI

— Entre — disse a mulher.

Entrei, e a desconhecida mandou-me sentar, depois de esquadrinhar-me com olhos penetrantes.

— Como se chama? — perguntou.

— Sara Williams.

— Mora nas vizinhanças?

— Não, senhora. Sou de Hockerville, distante 7 milhas daqui. Fiz o trajeto a pé, estou cansada.

— Deve estar com fome, com certeza. Felizmente, tenho alguma coisa no guarda-comida.

— Muito obrigada, mas estou sem fome. Comi numa fazenda aqui perto. Foi por isso que demorei tanto. Minha mãe está doente e sem dinheiro. Vim para falar com meu tio, Abner Moore, que vive do outro lado da cidade, mas, como nunca estive cá, desejava saber se a senhora o conhece.

— Abner Moore? Não. Não conheço ninguém nestas redondezas. Há duas semanas que me mudei. Mas a cidade fica longe, e é melhor você pousar aqui. Tire o gorro.

— Não, senhora; descansarei um pouco e partirei. A escuridão da noite não me assusta.

Disse-me ela que o seu marido não devia demorar, e que poderia acompanhar-me. E pôs-se a falar sobre o marido, sobre os parentes que viviam no alto Mississipi, da vida folgada que já haviam levado e do erro fatal que cometeram vindo residir naquelas paragens. Eu não me atrevia a perguntar o que desejava saber, temeroso de levantar suspeitas, e tudo ouvia com paciência de mártir. Súbito, a mulher entrou a discorrer sobre o meu assassínio. Falou da descoberta dos 6 mil dólares, dos maus-tratos que meu pai me infligia, dos meus péssimos antecedentes e, por último, contou o crime.

— A notícia chegou até Hockerville, — disse eu — mas não sabemos quem foi o autor da morte de Huck Finn.

— Há muita gente que deseja saber a mesma coisa. Alguns acreditam que foi o próprio pai, o velho Finn.

— Será possível?

— A princípio, todo o mundo o inculpou. Quase chegou a ser linchado. Mas, hoje, a opinião geral é que o assassínio foi cometido por um escravo fugido de nome Jim.

— Ele?...

Calei-me a tempo. A mulher continuou a falar, sem dar tento ao meu aparte.

— O negro fugiu na mesma noite do crime. Há uma gratificação de 300 dólares para quem prendê-lo, e outra de 200 para quem deter o velho Finn. Este apareceu na cidade na manhã seguinte e andou fazendo pesquisas, juntamente com outros. Quando soube que o queriam linchar, desapareceu misteriosamente, para voltar ao ter notícias de que a culpa recaíra no escravo. Esteve, então, em casa do juiz Thatcher, onde foi buscar dinheiro para sair à caça do negro. Obtida certa quantia, foi visto a altas horas da noite completamente bêbado, em companhia de dois indivíduos estranhos e suspeitos. Desde então, ninguém mais tornou a vê-lo. Está esperando que os ânimos se acalmem e que o fato caia no esquecimento para retornar e entrar na posse do dinheiro do filho. Já se acredita que ele matou o filho para evitar as inconveniências de uma demanda com o juiz Thatcher. Daqui a um ano, estará de volta, e ninguém poderá inculpá-lo do assassínio. Não há provas.

— Então ninguém mais suspeita do negro?

— Como não? Muitos ainda creem ser ele o criminoso. Logo estará preso, e veremos o que diz em suas confissões.

— Está sendo perseguido, ainda?

— Que inocente você é, minha menina! Pensa, então, que 300 dólares são coisas de desprezar? Algumas pessoas supõem que o negro não esteja longe; e eu compartilho dessa opinião, se bem que nunca dissesse nada a ninguém. Há dias, estive conversando com uns vizinhos e falei sobre a possibilidade de o preto estar oculto na Ilha Jackson. Retrucaram que ninguém mora lá, que a ilha é deserta. Calei-me, para não discutir; mas já vi fumaça na ilha, há questão de dias, e tenho comigo que o escravo anda foragido por lá. Não seria nada de mais se dessem uma busca. Ultimamente, nada tenho percebido de anormal, e talvez Jim já haja fugido para outras paragens. Em todo caso, meu marido vai até a ilha com um companheiro e, quando voltar, saberemos algumas novidades.

Essas palavras causaram-me tal desassossego que perdi a calma. Não sabia onde ter as mãos. Apanhei uma agulha que se achava sobre a mesa e quis enfiá-la. Mas de tal modo tremia que não houve acertar com o buraco. Alçando a vista, notei que a mulher me examinava atentamente, com um leve sorriso nos lábios. Larguei da agulha e disse-lhe, com interesse:

— Trezentos dólares constituem uma soma tentadora. Quisera que minha mãe possuísse tanto dinheiro! E o seu marido, quando vai ele explorar a ilha?

— Talvez hoje à noite. Foi à cidade ver se conseguia uma canoa e outra espingarda.

— Não seria melhor esperar até amanhã? De dia, poderão enxergar melhor.

— Boa ideia, mas você pensa que o negro é cego? De noite, poderão com toda a facilidade descobri-lo a dormir ao lado de um foguinho.

— É verdade. Não me havia ocorrido isso.

A mulher continuou a fitar-me com insistência, e o seu olhar inquietou-me. Por fim, indagou de chofre:

— Como foi que você disse que se chamava?

— Mary Williams.

Eu não me recordava ao certo se havia dito Mary ou Sara e não tive forças para erguer os olhos, certo de que caíra numa cilada. A cada momento que se passava, mais incômoda se tornava a minha situação. Afinal, a mulher falou:

— Pensei que houvesse dito Sara, logo que entrou.

— Sim, senhora. Chamo-me Sara Mary Williams. Uns tratam-me por Sara, outros por Mary.

— Ah, sim...

Senti-me aliviado, mas desejoso de ver-me longe dali. Ainda não me achava com a coragem suficiente para enfrentar o olhar da minha interlocutora.

Afinal, a mulher pôs-se a falar sobre as vicissitudes da vida, as dificuldades por que estavam passando e os inconvenientes daquela casa, que encontrara infestada de ratos. Isso tranquilizou-me de novo. E ela tinha razão em queixar-se dos ratos. De instante em instante, um camundongo punha a cabecinha fora do buraco e espiava.

— Eu trago sempre comigo um pedaço de chumbo. Não fosse isso, e essas pestes não me deixariam em paz — disse ela, mostrando-me a sua arma. — Infelizmente, há dois dias torci o braço e estou impossibilitada de movê-lo com facilidade.

Nisso, uma ratinha assomou a um canto da sala, e a mulher rapidamente atirou-lhe o pedaço de chumbo. Mas soltou logo um gemido de dor, recolhendo o braço.

Ri-me por vê-la errar o arremesso, e ela pediu-me que tentasse, para ver que não era tão fácil assim.

Eu só pensava em despedir-me antes que o marido viesse, mas não me foi possível deixar de atendê-la. Passei a mão na barra de chumbo, e teria moído uma ratazana se ela fosse menos rápida.

— Você tem boa pontaria — disse a mulher, indo buscar chumbo, e trouxe também um novelo de linha para que eu a auxiliasse a enrolar.

Encetamos a tarefa, conversando sobre diversos assuntos. Súbito, ela interrompeu-se para avisar-me:

— Olhe os ratos! Conserve o chumbo ao colo, pronto para arremessá-lo. — E colocou o pedaço de chumbo sobre a minha perna. Recomeçamos a palestra, mas por alguns minutos apenas. Tomando o novelo das minhas mãos, a mulher fixou-me um olhar inquiridor e disse, com voz adocicada:

— Vamos, diga-me; qual o seu verdadeiro nome?

— Que... que foi que a senhora perguntou?

— Qual o seu verdadeiro nome? Bill, Tom ou Bob?

Eu tremia como vara verde, sem saber como agir. Afinal, pude tartamudear:

— A senhora quer zombar de uma pobre menina como eu? Se a estou importunando...

— Pelo contrário. Nada tema da minha parte. Conte-me o seu segredo, que nada direi a ninguém. Meu marido também será discreto e poderá até auxiliá-lo. Vejo que fugiu de casa. Talvez fossem maus-tratos. Não há mal nenhum nisso. Felizmente, você está em boa casa. Vá, conte-me tudo, seja bom menino.

Vi que nada adiantava mentir, nem forjar invencionices. Certificando-me novamente de que não seria denunciado, resolvi contar a minha história. Narrei-lhe que, perdendo meus pais, fui entregue a um fazendeiro de maus bofes, homem miserável e vingativo, que tornou a minha existência um verdadeiro martírio. Aproveitando-me da ausência do fazendeiro, que saíra em viagem, apoderei-me das vestes duma sua filha e fugi de casa. Havia três noites que estava andando, pois os dias passava oculto no mato. Já viajara 30 milhas, alimentando-me com o que trouxera numa sacola. Minha esperança era que o tio Abner Moore me recebesse em sua casa. Eis como tinha vindo parar na cidade de Goshen.

— Goshen? Você está enganado, filho. Isto é St. Petersburg. Goshen fica 10 milhas além. Quem lhe disse que estava em Goshen?

— Um homem que encontrei ao romper da manhã, quando já me preparava para dormir num bosque. Informou-me que tomasse o primeiro caminho à direita, que iria ter direitinho a Goshen.

— Esse homem devia estar bêbado. Informou-lhe justamente o contrário.

— Bem pode ser. Em todo caso, preciso ir-me embora. Quero chegar a Goshen antes de clarear o dia.

— Espere um pouco. Leve uma fatia de carne para comer no caminho.

E, depois de dar-me um naco de lombo, inquiriu:

— Diga-me uma coisa: quando uma vaca está deitada, qual a parte do corpo que ela ergue em primeiro lugar, ao levantar-se? Vamos, não vacile. As patas dianteiras ou traseiras?

— As traseiras.

— E um cavalo?

— As dianteiras.

— De que lado das árvores nascem os musgos?

— Do lado do norte.

— Quando 15 vacas estão pastando numa colina, quantas comem com a cabeça voltada para a mesma direção?

— As 15.

— Bem, vejo que já viveu na roça. Pensei que me estivesse enganando de novo. E o seu verdadeiro nome?

— George Peters.

— Não vá esquecê-lo, George. Veja lá se, ao sair, vai dizer que se chama Alexandre e, mais adiante, dar o nome de George Alexandre, hein? Também quero dar-lhe um conselho: nunca se disfarce em mulher. E, caso o faça, lembre-se de que, ao enfiar uma agulha, deve aproximar a linha da agulha, e não esta daquela. Só os homens procedem assim. Ao apedrejar um rato, erre a pedrada por alguns metros; e não seja tão destro ao movimentar os braços. Vi logo que você era um rapaz, quando tentou enfiar a agulha. Nada disse até convencer-me de todo. Agora, Sara Mary Williams George Alexandre Peters, pode ir para a casa do seu tio, e, se encontrar alguma dificuldade em caminho, disponha da senhora Judite Loftus, que sou eu. Siga pela margem do rio. E, da próxima vez, não faça caminhadas descalço, traga um par de botinas, pois a estrada que vai ter a Goshen é muito pedregosa.

Ladeei o rio por umas 50 jardas, como se me dirigisse para a casa do tal Abner Moore. Retrocedi pelo mesmo caminho, tomei a canoa e pus-me a remar com toda a energia. Tirei o gorro, que já estava a incomodar-me, e, quando atingi o meio da correnteza, ouvi distintamente o relógio da igreja dar 11 badaladas. Ao chegar à ilha, não parei nem para tomar fôlego, pois não havia tempo a perder. Dirigi-me pelo mato adentro até onde pela primeira vez estive acampado, e lá fiz fogo em lugar bem seco.

Em seguida, pulei de novo para a canoa e rumei, célere, em direção a caverna, distante milha e meia mais abaixo. Amarrei a embarcação, entrei pelo bosque adentro e, minutos depois, estava na furna. Encontrei Jim a dormir como um justo.

— Acorda, Jim! — berrei, sacolejando-o. — Não temos um segundo a perder. Estão em nosso encalço!

— Jim não fez uma só pergunta, não pronunciou uma só palavra; mas, pelo modo como agiu, via-se que estava deveras amedrontado.

Meia hora depois, todos os nossos pertences achavam-se na balsa, que havíamos conservado oculta em lugar seguro. Apagamos completamente o fogo que ardia na gruta e saímos, em silêncio, pelo escuro.

Antes de pôr a balsa em movimento, afastei-me com a canoa até certo trecho do rio, a fim de ver se percebia alguma embarcação pelas vizinhanças. Mas era impossível distinguir-se qualquer vulto, por grande que fosse, apenas com o auxílio da luz das estrelas. Desamarramos a balsa e, momentos depois, deslizávamos, rebocando a canoa pelo rio abaixo, sempre rente à barranca. Tudo isso sem pronunciar uma palavra.

XII

Seria, talvez, 1 hora quando deixamos a ilha para trás. A balsa deslizava com extrema lerdeza. Se avistássemos alguma embarcação, entraríamos na canoa e abicaríamos nas margens do Estado de Illinois. Felizmente, não nos vimos em tais apuros, o que seria muito de lastimar, pois na balsa ia a nossa bagagem, inclusive a espingarda e a munição. É difícil preverem-se os contratempos, quando agimos às pressas para salvar a pele.

Se os homens realmente fossem à ilha, minha suposição era de que, ao toparem o braseiro que acendi, passariam a noite à espera de Jim. De qualquer modo, não viriam em nossa perseguição; e, se o meu estratagema não surtisse efeito, a culpa não seria minha, já que fizera tudo para despistá-los.

Aos primeiros albores da aurora, amarramos a balsa em ponto que nos pareceu conveniente, no Estado de Illinois. Com o machado, Jim cortou alguns ramos de algodoeiro, e cobriu a balsa com perfeição; era impossível distingui-la de longe. Na ribanceira oposta, no Estado de Missouri, erguiam-se outeiros cobertos de densa floresta. E, como a rota seguida pelas embarcações ficava justamente do outro lado, nada tínhamos a temer. Ali ficamos o dia todo, observando as barcas e os batelões em tráfego pelo rio, junto à margem, e os navios que venciam a correnteza pelo meio, abrindo sulcos nas águas. Narrei a Jim a visita que havia feito à sra. Loftus, e contei-lhe tintim por tintim toda a nossa conversa.

— Precisamos tomar cuidado com essa mulher, Huck — disse Jim, assustado. — Se saísse em minha perseguição, não creio que parasse no braseiro — ela havia de trazer um cão de fila.

— Pelo menos a mim não falou em cachorro. Mas quem sabe se não aconselhou isso ao marido?

— Com toda a certeza, só se lembrou disso na última hora. Por isso demoraram tanto. Tiveram de ir à vila arranjar um cachorro. Não fosse essa demora, e quem sabe se nós já não estaríamos em St. Petersburg, rodeados de muita gente...

O essencial, porém, é que havíamos escapado. O mais não importava.

Ao anoitecer, deixamos o algodoal em que nos escondêramos. Como nada víssemos de estranho, Jim apressou-se em construir uma cabana índia, com algumas tábuas da balsa ao centro, para refúgio das intempéries e abrigo dos nossos pertences. De início, levantamos uma plataforma sobre a embarcação, a fim de que os cobertores e o resto da tralha ficassem a salvo das ondas, formadas pelos vapores em tráfego no rio. Bem no meio, construímos um pequeno quadrado de terra, para que nele fizéssemos fogo quando fosse preciso. Fabricamos um novo remo, que ficou de reserva. Fixamos também uma forquilha para a lanterna, a fim de evitar que outras embarcações, ao descerem o rio, se abalroassem.

Na segunda noite, reencetamos a viagem, navegando entre sete e oito horas, com a média de 4 milhas horárias. Pescávamos alguma coisa e, de vez em quando, dávamos um mergulho nágua, a fim de espantar o sono. Quase não falávamos; apenas sorríamos, evitando risos altos. Havia qualquer coisa de grave no descer aquele rio imponente e tão silencioso, deitados de costas, a olhar para as miríades de estrelas que cintilavam na imensidão. O bom tempo favoreceu-nos durante as noites que durou a aventura, nada acontecendo que viesse perturbar a nossa relativa tranquilidade.

Passamos por várias cidades ribeirinhas, vendo apenas as luzes a tremelicar no interior das casas. A estas não podíamos distinguir, envoltas como se achavam nas trevas noturnas. Na quinta noite, defrontamos a cidade de St. Louis, que mais se afigurava a um mundo iluminado. Em St. Petersburg, costumava-se dizer que St. Louis possuía uma população de 20 a 30 mil almas, asserção que me parecera inverossímil. Mas, à vista daquela imensidade de luzes, às 2 horas da madrugada de uma noite calma, mudei de opinião.

Todas as noites, lá pelas 10, eu descia em terra firme, perto de algum burgo, e comprava uns tantos centavos de toucinho, farinha ou do mais que necessitássemos. Por vezes, também trazia algum frango que não soubera procurar pouso conveniente. Meu pai sempre dizia que nunca se deve deixar uma galinha para o que vem atrás, mesmo que a gente não goste de galinha. E um bom conselho dificilmente é esquecido.

Seguindo os cânones da vida errante, eu pulava em terra pela madrugada e ia ver se conseguia nas roças (emprestado) um melão, algumas espigas de milho, melancias e outras frutas que me ficassem a jeito. Meu pai dizia que não há mal algum em pedir emprestado, desde que a intenção seja boa. Já a viúva me ensinava que entre pedir emprestado e furtar ia muito pequena a distância. Segundo Jim, tanto a viúva como meu pai estavam com a razão. A moral de Jim era eclética, e o melhor que tínhamos a fazer consistia em obter sempre a metade do que necessitávamos. Mas restava saber o que nos era mais necessário. Algumas frutas não serviam, e outras ainda estavam verdes. Resolvemos, pois, que as verdes seriam respeitadas.

De vez em quando, atirávamos em uma ave ribeirinha despertada muito cedo, ou que se recolhia demasiado tarde. Bem considerado, passávamos um vidão.

Na quinta noite, depois de havermos deixado atrás St. Louis, apanhamos um tremendo temporal, fecundo em descargas elétricas de ruído ensurdecedor. Jim e eu estávamos a coberto da chuva, mas não deixávamos de vigiar a marcha da balsa, quase que abandonada aos caprichos da corrente. Os relâmpagos iluminavam a imensa massa d'água, permitindo-nos entrever as rochas escarpas que ladeavam o rio.

— Olhe, Jim! — disse eu, mostrando-lhe uma barca a vapor que batera de encontro a um bloco de granito, ficando presa.

Nossa balsa deslizava velozmente em direção ao encalhe. À luz dos relâmpagos, pudemos ver a metade da coberta fora d'água. Notamos também alguns objetos e, ao lado da sineta, uma cadeira, sobre a qual se via um velho chapéu de timoneiro.

Sendo noite escura e tempestuosa, com um quê de mistério a envolvê-la, senti a mesma curiosidade que qualquer outro rapaz sentiria diante daqueles restos de naufrágio, perdidos na solidão do Mississipi. E resolvi escabichar o que havia no barco.

— Vamos ver o que há por lá, Jim.

Mas Jim fez ouvidos de mercador.

— Para que procurar perigo, Huck? Temos sido felizes até agora. É bem capaz de haver algum vigia naquele barco.

— Só se for sua avó — retruquei. — Então acha que iria alguém arriscar a vida metendo-se numa embarcação prestes a afundar? E, ademais, destroços de naufrágio não têm dono. Na cabina do comandante talvez haja coisas de valor. Pelo menos charutos encontraremos lá. Ponha uma vela no bolso; não descansarei enquanto não examinar esse barco. Acredita que Tom Sawyer perderia tão bela oportunidade? A isso ele chamaria uma boa aventura. Pena que não esteja aqui. Havia de ter ares de Cristóvão Colombo a descobrir novas terras.

Jim resmungou, mas acabou cedendo. Aconselhou que não fizéssemos o que não estivesse ao nosso alcance, e que falássemos o menos possível. Encostamos a balsa a estibordo da embarcação, a qual, naquele momento, se tornara visível à luz de um relâmpago, e galgamos o convés subindo por uma corda. Às apalpadelas, devido ao escuro, conseguimos ganhar a escada que ia ter ao camarote do capitão. Ao chegarmos à porta, que estava aberta, quase nos parou o coração. Havia luz no interior! E, segundos depois, ouvimos um confuso rumor de vozes.

Jim procurou qualquer coisa, confessando que já estava se sentindo mal, e girou nos calcanhares. Eu dispunha-me a segui-lo quando me bateu aos ouvidos esta frase:

— Perdoem-me, pelo amor de Deus! Juro que guardarei segredo!

E outra voz, em tom alto e ameaçador:

— Mentes, Jim Turner! Não é a primeira vez que fazes isto. Sempre pedes mais do que tens direito, com ameaças de denúncia. Mas agora chegou a tua vez. És o mais vil sabujo de quantos conheço.

A prudência aconselhava-me a seguir Jim, que já devia estar na balsa; mas, espicaçado pela curiosidade, fiquei. Pensei cá comigo que, em idênticas circunstâncias, Tom Sawyer também ficaria. Agachei-me, pois, e, de gatinhas, fui atravessando o corredor dos camarotes, até ficar separado do salão em que se encontravam os homens, apenas por um pequeno compartimento. Donde estava, pude ver um homem por terra, de mãos e pés amarrados. Ao seu lado, vi mais dois homens; um deles empunhava uma lanterna, e o outro, um revólver com o cano voltado para o primeiro.

— Bem que mereces uma bala — dizia este.

— Pelo amor de Deus, Bill, nada direi a ninguém — protestava a vítima, com voz trêmula.

O homem da lanterna riu-se e acrescentou:

— Duvido. Sempre disseste a verdade. Não tomássemos cuidado, e a esta hora estaríamos cadáveres. Tudo porque pretendemos o que de justiça nos cabe. Mas, de hoje em diante, as tuas traições vão ter fim, Jim Turner. Guarde a pistola, Bill.

— Prefiro matá-lo, Jacke Packard. Não foi isso que ele fez para o velho Hatfield? Merece sorte igual.

— Mas eu não o quero morto — tenho cá as minhas razões.

— Que os anjos digam amém — tornou o manietado. — Serei grato por toda a minha existência.

Jacke não deu importância a essas palavras. Pendurou a lanterna a um prego e, dirigindo-se para o lado em que eu me encontrava, fez sinal ao companheiro para que o seguisse. A embarcação estava de tal modo inclinada que não pude retroceder tão rápido quando desejei; e, para não ser surpreendido no corredor, meti-me numa das cabinas. Mas Jacke Packard também entrou nessa cabina, seguido do seu companheiro. Mal tive tempo de ocultar-me em um leito superior, profundamente arrependido do passo que havia dado.

Os dois homens detiveram-se ali, com as mãos apoiadas no rebordo do leito, e puseram-se a discutir. Eu não os via, mas percebia-os pelo forte bafo de uísque que exalavam. Felizmente que nunca bebi, mas, ainda que fosse todo álcool por dentro, a minha presença passaria despercebida, pois o pavor me fizera suster completamente a respiração. A conversa dos dois homens era de arrepiar os cabelos.

— Este velhaco — dizia Bill — ainda acabará nos denunciando, embora receba a parte a que tem direito. Não devemos perder a oportunidade. Temos que mandá-lo desta para melhor quanto antes, é a minha opinião.

— Pois bem, que seja assim.

— Ora, graças! Nesse caso, toca a dar cabo do patife.

— Espere um pouco. Ainda tenho o que dizer. Uma bala seria meio eficaz, mas há outros melhores...

— Diga um.

— Muito simples. Em primeiro lugar, passemos revista nos camarotes, a ver o que podemos levar. Daqui a umas duas horas, esta carcaça será arrastada pela correnteza e irá ao fundo. Jim Turner passará para o rol dos afogados, sem que nenhuma responsabilidade nos caiba da sua morte. Sou inimigo de matar quando posso atingir o mesmo fim por outros meios. Essa é a verdadeira moral. Tenho ou não razão?

— Sem dúvida que tem. Mas suponhamos que a carcaça continue encalhada, e não role?

— Esperaremos duas horas; depois, veremos o que cumpre fazer.

— Perfeitamente. Vamos a isso, então.

Saíram, e eu atrás, suando frio. A escuridão era completa, pior que a do breu. No convés, chamei por Jim, com voz sussurrada. O negro respondeu perto, numa lamentação.

— Depressa, Jim! — murmurei. — Nada de lamúrias, que não temos um segundo a perder. Há aqui um bando de malfeitores. Se não nos apoderarmos da canoa deles, que deve estar amarrada a este vapor, um dos homens vai morrer afogado. Temos de deixá-los todos presos aqui, à mercê do xerife. Depressa! Dê uma busca a bombordo, enquanto procurarei a estibordo. Saia na balsa e...

— Meu Deus! A balsa? Já não temos balsa nenhuma! Rompeu as amarras e lá se foi pelo rio abaixo. Estamos perdidos...

XIII

Senti um frio na espinha e quase desfaleci. Preso juntamente com três bandidos numa embarcação naufragada! Mas de que adiantava lamentar-me? Urgia apoderarmo-nos do barco dos criminosos e fugirmos antes que eles surgissem na coberta. Pareceu-me um século o tempo que levamos para chegar até a popa. Nem sinal de canoa! Jim mostrava-se paralizado pelo terror. Animei-o, pintando-lhe com tons negros o que nos aconteceria, caso permanecêssemos a bordo em tão terrível companhia. Investigamos, às cegas, o único ponto que nos restava explorar. Baixamos até a linha d'água, descendo com dificuldade pelas vigias. Ao atingirmos a porta do salão do navio, sentimos um grande alívio — lá estava a canoa amarrada. Em segundos estaríamos nela. Mas eis que se abre a porta de ferro e um dos bandidos assoma a cabeça, apenas a alguns passos de mim. E, voltando-se para o interior, exclama:

— Não deixe aparecer essa maldita lanterna, Bill!

Em seguida, arrojou um embrulho ao barco e tomou assento. Era Packard. Momentos depois, Bill fazia o mesmo, acomodando-se.

— Tudo pronto? Toca, então — disse Packard, em voz baixa. Eu mal podia suster-me à vigia a que me achava agarrado.

— Não esqueceste de revistá-lo? — indagou Bill.

— É verdade! Não me lembrei disso...

— Pois, então, está com o dinheiro que lhe demos.

— O remédio é voltarmos. Do contrário, será o mesmo que tomar o trem e deixar os cobres em casa.

— Será que ele não suspeita de nada?

— Suspeite ou não, pouco importa. Vamos.

E, deixando a canoa, os dois novamente ganharam o interior do navio. A porta fechou-se com forte pancada, em consequência da inclinação em que se encontrava o vaporzinho.

Sem perder um instante, precipitei-me para a canoa, seguido de Jim. Rapidamente, cortei a amarra, e partimos. Não tocamos nos remos; não falamos e mal respirávamos. A canoa correu ao sabor das águas. Um minuto depois, estávamos a 100 metros da embarcação naufragada, agora transfeita em massa confusa, envolta nas sombras da noite. Estávamos salvos!

Nisso, os movimentos da luz fraca da lanterna nos fizeram ver que os bandidos, dando pela falta da canoa, agitavam-se, inquietos; sua situação tornara-se tão perigosa como a de Jim Turner.

— Jim, — disse eu ao preto, que começara a remar na direção da nossa balsa — estou com pena daqueles homens! Por culpa minha vão morrer afogados. Melhor determo-nos uns 100 metros acima ou abaixo da primeira luz avistada. Você ficará escondido e eu irei dar alarma. Prefiro vê-los enforcados pela justiça. Forjarei uma história qualquer.

Jim não fez a menor objeção à minha piedosa ideia. Infelizmente, porém, a borrasca, que amainara por certo tempo, recomeçou, mais terrível do que nunca, e foi-nos impossível divisar qualquer luz nas ribanceiras do Mississipi. Após um lapso de tempo que se nos afigurou infinito, a chuva cessou, mas o céu continuou densamente enublado. Graças à luz dum relâmpago, percebemos à pequena distância qualquer coisa a boiar n'água. Cheios de ansiedade, aproximamo-nos. Era a nossa balsa!

Mal tínhamos saltado para ela, divisamos luz na margem direita. Resolvi pular em terra. Depois de transferir para a balsa o produto da pilhagem do vapor encalhado que os bandidos haviam deixado na canoa, instalei-me nesta. Recomendei a Jim que conservasse a lanterna acesa uma ou duas milhas mais abaixo, até que eu voltasse.

Remando vigorosamente, rumei para a margem do rio. Lá chegando, vi que a luz, que me despertara a atenção, era uma pequena lanterna pendente do mastro dum *ferryboat*. Subi a bordo e procurei pelo vigia, imaginando onde poderia encontrá-lo. Não me foi difícil topar com um homem sentado em um banco e a dormitar de cabeça entre os joelhos. Bati-lhe levemente nos ombros e pus-me a chorar.

— Que é? — perguntou ele, descerrando os olhos e bocejando preguiçosamente. — Não chore, rapaz! Que lhe aconteceu, fale?

— Papai, mamãe e minha irmã... — comecei, rompendo em soluços convulsivos.

— Não desespere, menino. Todos nós temos as nossas desgraças. Conte-me o que há.

— Eles estão... Estão... É o senhor o guarda deste barco?

— Sim — respondeu, com certo orgulho. — Sou o vigia, o capitão, o proprietário, o piloto, o foguista e, algumas vezes, também o passageiro e a carga. Não posso comparar-me em riqueza com o velho Jim Hornback, nem fazer o que ele faz, mas já disse e repito que não me troco por ele. Nasci para ser marinheiro e não residiria longe do meu barco nem por um decreto. Além disso...

Como vi que iria longe, cortei-lhe a verbosidade.

— Eles estão em situação desesperadora e...

— Eles quem?

— Papai, mamãe, minha irmã e a srta. Hoocker. Se o senhor pudesse chegar até lá numa lancha...

— Até lá onde? Em que lugar estão?

— No navio naufragado.

— No "Walter Scott"? E que diabo foram fazer lá?

— Não foi por vontade própria que ficaram presos, garanto-lhe. A srta. Hoocker estava visitando a vila de... De...

— Booth's Landing.

— Isso mesmo. Estavam em visita a Booth's Landing e resolveram, ao cair da noite, dar uma chegada à casa duma velha amiga chamada... Chamada... Não me lembro o nome. Mas, ao atravessarem o rio, a barca perdeu o leme e derivou pela correnteza, sossobrando nas imediações do navio encalhado. O barqueiro, este foi tragado pelas águas, o que não aconteceu à srta. Hoocker, que conseguiu agarrar-se ao "Walter Scott". Uma hora mais tarde, vínhamos descendo o rio, e tão escuro estava que batemos de encontro ao casco do vapor. Salvamo-nos todos, com exceção de Bill Whipple, uma das melhores criaturas que já conheci, o pobre! Por que não morri eu em lugar de Bill?...

— Horrível, não há dúvida. E depois? Que fizeram?

— Pusemos a boca no mundo. Gritamos com toda a força, mas debalde. Ninguém nos ouviu. Como fosse eu o único que soubesse nadar, atirei-me à água e peguei terra u'a milha abaixo, procurando por toda parte uma alma caridosa que nos pudesse socorrer. Mas ninguém quis arriscar a vida por uma noite destas, com o rio bravo como está. Disseram-me que só o senhor seria capaz de tamanha temeridade...

— Irei, sem dúvida. Mas, afinal, quem vai pagar o meu trabalho? Seu pai?...

— Com toda a certeza. Ademais, a srta. Hoocker disse-me que o seu tio, Hornback...

— Quê? É sobrinha dele? Por que já não me disse? Vê aquela luz lá adiante? É onde fica a taberna. Vá correndo lá e indague da residência de Jim Hornback. Conte-lhe o que se passa que ele encherá um cheque. Avise-o também que, quando chegar à vila, encontrará a sobrinha sã e salva. Vá, corra, enquanto eu acordo o maquinista.

Parti, correndo, na direção indicada, mas, logo que me vi fora das vistas do marinheiro, voltei para onde se achava o meu bote e remei pelo espaço livre que deixavam as balsas estacionadas no embarcadouro. Ocultei-me por trás duma embarcação, curioso de assistir à partida da lancha de socorro aos náufragos. Sentia-me satisfeito comigo mesmo, por ter feito o que estava ao meu alcance para salvar os bandidos. Que diria a viúva se soubesse desse meu rasgo de humanidade? Havia de orgulhar-se de mim, pois, como todas as velhas, interessava-se muito por patifes e animais mortos.

Não me demorei nessas cogitações. Atraiu-me a atenção um enorme vulto negro a descer o rio: era o navio naufragado, que se havia destacado das rochas. Um calafrio riscou-me a espinha dorsal. Sem perda dum minuto, remei para junto da carcaça, que não poderia flutuar por muito tempo. Voltei a gritar, mas não obtive resposta; silêncio absoluto. Tive uma grande pena do trio criminoso.

Nisso surgiu a lancha do homem do *ferryboat*. Mais que depressa, busquei o meio do rio, a ver se apanhava uma corrente favorável. De lá pude presenciar os movimentos da lancha em procura do corpo da srta. Hoocker, que talvez fosse bem pago pelo tio. Vendo infrutíferos os seus esforços, o patrão rumou de volta para a terra, enquanto eu descia o rio.

Pareceu-me decorrer uma eternidade antes que divisasse a lanterna de Jim, a qual se me afigurava a 1.000 milhas além. Quando nos reunimos, já começava a clarear o dia. Procuramos, então, uma ilhota para ocultar a balsa.

XIV

Ao despertarmos, o nosso primeiro movimento foi examinar o saco com os objetos que os bandidos haviam furtado. Nele encontramos botinas, cobertores, roupas, alguns livros, um óculo de alcance, três caixas de charutos e mais uma infinidade de coisas. Nunca havíamos possuído tanta riqueza junta. Os charutos, principalmente, eram de excelente qualidade. Passamos grande parte da tarde estirados na relva, que crescia sob o bosque, a fumar e a conversar sobre vários assuntos. Narrei a Jim tudo o que me acontecera durante o tempo em que estivera no navio.

— A isto, sim, chamo uma verdadeira aventura — concluí.

— Deus me livre dessas aventuras — tornou o negro. — Quando voltei em procura da balsa e não encontrei nada, vi o meu fim... Estava perdido. Ou morria afogado, ou era apanhado e levado para a srta. Watson, que, com certeza, me venderia para New Orleans. Não. Huck, dessas aventuras não quero saber, não... Credo!

Jim estava certo. Afogar-se ou ser vendido a um mercador de escravos não eram perspectivas risonhas. Indubitavelmente, Jim possuía um cérebro nada comum em gente da sua raça.

Para matar o tempo, pus-me a ler um dos livros em que havia histórias de reis, duques, condes, gente que se vestia com extraordinário luxo e mutuamente se tratava de vossa majestade, vossa graça e vossa alteza. Jim abria os olhos, cheio de admiração e profundo interesse. Por fim, falou:

— Pois eu não sabia que houvesse tantos reis. Só ouvi falar num chamado Salomão, isso não contando os reis de baralho. Quanto ganha um rei?

— Ganha? Eles podem ter até 1.000 dólares por mês, se quiserem. Possuem tudo quanto desejam, pois tudo que há lhes pertence.

— Que gostosura! E que é que eles fazem, Huck?

— Nada. Que pergunta tola! Passam o dia flanando.

— Parece incrível! Que boa vida não?

— Só se mexem em tempo de guerra. Fora daí, dedicam-se à caça com o falcão e... Que é isso? Ouvi um barulho...

Pusemo-nos de pé, alertas. Nada de grave. Apenas um vapor que vinha subindo o rio.

— Outras vezes, para matar o tempo, eles brigam com o parlamento, como aquele Rei Carlos, da Inglaterra. E, então, entra em cena o verdugo, com o seu cutelo. A maior parte da vida, porém, os reis a passam no harém.

— Onde?

— No harém.

— Que vem ser isso?

— Uma grande casa em que conservam as mulheres. Nunca viu falar no harém de Salomão, que continha 1 milhão de esposas?

— Agora sei! Harém é como uma casa de pensão, segundo minha ideia. Nossa mãe! Como elas não hão de bater boca e brigar... E ainda dizem que o rei Salomão era o mais sábio dos homens! Nessa não vou, não. Onde se viu um homem viver no meio de tanta barulhada e brigaria? Se ele fosse mesmo sábio como dizem, montava uma boa fábrica de tecido e punha a mulherada a trabalhar. Isso que seria descanso.

— Mas o certo é que Salomão foi o mais sábio dos homens, como me explicou a viúva.

— Fosse lá como fosse, minha opinião não muda. Para mim, a

sabedoria do rei Salomão é história. Onde já se viu mandar cortar uma criança pelo meio para dar um pedaço a cada mãe? Então isso é sabedoria? Suponha que aquele pau ali seja uma das tais mulheres e você, a outra. Eu fico sendo Salomão, e esta nota de 1 dólar aqui é a criança. Você reclama a nota, dizendo que é sua. O pau também reclama, dizendo a mesma coisa. Que é que eu faço? Saio pelas vizinhanças perguntando a quem pertence, de verdade, a nota, para depois a entregar ao verdadeiro dono, como faz qualquer pessoa com um pouquinho de senso na cabeça? Não. Vou e pego na nota e rasgo em dois pedaços e entrego um pedaço para cada mulher, uma aí para você e outra para o pau. Foi o que o rei Salomão fez. Ora, já se viu que desarranjo? Que é que vale uma nota rasgada pelo meio? Nada. Eu não dava 1 centavo por 1 milhão de crianças cortadas pelo meio.

— Vejo que você não compreendeu o fundo da história, Jim. E está longe de compreendê-la.

— Quem? Eu? Ora, deixe disso. Eu sei o que é bom senso, coisa que o rei Salomão nunca possuiu. A disputa não era por causa das metades da criança, mas sim por causa da criança inteira; e muito bobo é quem julga poder ajustar uma questão sobre uma criança com meia criança, fique você sabendo. Não me fale mais do rei Salomão, Huck. Conheço esse rei de sobra.

— Repito que você não entendeu a moral do caso, Jim.

— Qual moral, qual nada! Sei o que estou dizendo. O segredo de tudo estava no modo de vida desse rei. Se tivesse só um filho, não havia de querer cortar o coitadinho pelo meio; mas, como talvez possuísse uns 5 milhões de pequenos a fazer reinações pela casa, já tudo mudava para ele. Um filho a mais ou a menos não fazia diferença. Isso é que é.

Nunca vi negro tão cabeçudo como Jim! Uma vez metida uma ideia na cabeça, nada havia que o fizesse mudar de opinião. Deixei de lado Salomão com a sua sabedoria, e pus-me a falar de outros reis. Contei-lhe a história de Luís XVI, guilhotinado em França há muito tempo; e a do seu filho, o delfim, que teria sido rei se não fosse encarcerado em uma masmorra, onde morreu.

— Coitadinho! — exclamou Jim, condoído.

— Alguns dizem que ele conseguiu fugir para a América.

— Que bom! Mas vai levar uma vida muito triste, aqui, sem companheiros. Nós não temos reis por aqui, não Huck?

— Não.

— Então como ele vai viver?

— Não sei. Poderá entrar para a política ou tornar-se professor de francês.

— Então os franceses não falam como nós?

— Você não seria capaz de entender uma só palavra do que eles dizem — nem uma só!

— Engraçado!...

— Eu consegui aprender algumas frases num livro que andei folheando. Suponha que um francês chegasse para você e dissesse: "Parlê vu francê?". Que é que você responderia?

— Nada. Arrumava um bom soco na cara dele, se não fosse branco. Negro algum havia de me chamar desse nome.

— Não seja tolo, Jim. Ele apenas estaria perguntando se você falava francês.

— Pois, então, que diga logo claramente. Que coisa ridícula, perguntar assim! Não tem senso.

— Mas é a língua deles.

— Que seja. Não tem pé nem cabeça.

— Vamos a ver se você compreende melhor, Jim. Os gatos falam como nós, diga-me?

— Não.

— E uma vaca?

— Também não.

— E um gato fala como uma vaca, ou vice-versa?

— É claro que não.

— Logo, é natural que não se entendam, não acha?

— Sim.

— E também não é natural que um gato e uma vaca não nos entendam?

— É.

— Nesse caso, por que você se assombra que gente de outros países fale de maneira diversa? Responda-me a isso.

— Um gato é uma vaca, Huck?

— Não.

— Então ela não tem obrigação de falar como gato, nem tampouco como nós. Mas um francês é um homem como nós, não é?

— Sem dúvida.

— Por que diabo, então, não fala como a gente? Responda-me agora.

Vi ser inútil manter a discussão, e calei-me.

XV

Acreditamos que mais três noites nos levariam a Cairo, cidade situada na confluência dos rios Ohio e Mississipi. Lá venderíamos a balsa e embarcaríamos num dos vapores que sobem para os Estados livres.

Na segunda noite, fomos envolvidos por densa neblina, que nos forçou a suspender viagem. Era perigoso continuar vagando quase sem visibilidade. Pulei à canoa e remei para a margem, levando comigo um cabo preso à balsa, a fim de amarrá-la a algum tronco. Mas só encontrei pequenos arbustos, a um dos quais atei a corda. Perdi todo o meu trabalho. Impetuosa como era a corrente naquele ponto, arrastou-nos a balsa, com o arbusto arrancado preso à corda. Em poucos segundos, Jim desaparecia, envolto na cerração. Saltei de novo para a canoa e mergulhei com força o remo n'água. Nada. A frágil embarcação não saía do lugar. Só então me lembrei que, com a pressa, tinha esquecido de desamarrá-la. Era tal o meu nervosismo que fui com custo desatar a corda.

Parti, furiosamente, em busca da balsa, mas, instantes depois, perdi-a de vista à margem e, sem ponto de referência, vi-me completamente desorientado dentro da neblina.

Remar sem direção seria inútil. Melhor deixar-me levar pela correnteza. Mas não me resignava a permanecer inativo; levei as mãos à boca e gritei por Jim, ficando à escuta por alguns segundos. Muito longe, percebi um rumor indistinto, que me pareceu resposta ao chamado. Recobrei de ânimo e apressei a marcha da canoa, de ouvidos atentos. Por mais duas vezes, ouvi o mesmo brado, ora à direita, ora à esquerda, mas sempre vindo da mesma distância.

Eu lamentava que Jim não tivesse a ideia de bater uma caçarola a fim de orientar-me. Os intervalos entre os seus brados me desnorteavam. Continuei remando e, ao cabo de algum tempo, percebi-o a gritar atrás de mim. A situação complicava-se. Seria mesmo Jim, ou piloto de alguma outra embarcação?

Larguei o remo e, novamente, ouvi o berro às minhas costas, mas em ponto diferente. E o aviso foi se aproximando, ora fazendo-se ouvir aqui, ora ali mais à esquerda, até que, de novo, passou à minha frente. Eu continuava perplexo, sem saber se, de fato, era Jim ou não. Um minuto depois, porém, eu passava rente a um trecho de terra cheia de árvores, escolhos e vegetação rasteira. Tudo se explicou. A ponta de terra não passava duma ilha, e Jim movia-se do outro lado. Não era tão pequena a ilhota, podendo ter, mesmo, algumas milhas de comprimento, e a lentidão da balsa relativa à canoa veio elucidar aquele mistério.

Mantive-me em silêncio por algum tempo, mais calmo, e deixei que a barca seguisse a corrente. Eu devia estar fazendo de 4 a 5 milhas horárias, embora com a impressão de estar parado à flor d'água. É interessante isso. Se entrevemos alguma árvore, que imediatamente desaparece, não nos admiramos da nossa velocidade, mas sim da rapidez com que o objeto parece caminhar. Só mesmo por experiência própria se poderá saber o que é navegar à noite, às cegas, completamente só, dentro da bruma.

Durante meia hora, não deixei de soltar meus brados de aviso. Por fim, uma voz respondeu muito longe, e procurei remar na direção que me pareceu certa. Minha tentativa, entretanto, era idêntica à de quem persegue um fogo-fátuo, pois a voz constantemente mudava de rumo. Acabei por convencer-me de que me encontrava em um arquipélago de ilhotas cobertas de vegetação. Duas ou três vezes, tive de servir-me do remo para impedir que a canoa batesse de encontro a troncos de árvore. O mesmo devia estar acontecendo com a balsa, pois, do contrário, navegando com maior velocidade que a canoa, já deveria achar-se a grande distância de mim.

Aos poucos, vi-me de novo em águas livres e, como não mais ouvisse os brados de Jim, calculei que talvez tivesse amarrado a balsa nalgum ponto. Sentia-me de tal modo rendido que me deitei no fundo da canoa e, se bem que não quisesse dormir, fui vencido pelo cansaço. Ao desperta,r já a neblina se dissipara, e o céu fizera-se todo estrelas. A princípio, ignorando onde me encontrava, julguei estar sonhando; e, quando se me aclarou a memória, pareceu-me que os últimos acontecimentos datavam de uma semana ou mais.

O Mississipi ostentava ali largura imensa, ladeado de ambas as margens de impenetrável floresta de árvores gigantescas. À luz fosca das estrelas, pareciam duas muralhas compactas e negras. Percebendo um ponto escuro à minha frente, aproximei-me; mas eram apenas dois toros de madeira unidos. Outro vulto, mais adiante, também ludibriou-me; mas, da terceira vez, não me enganei — era a balsa!

Encontrei Jim adormecido, com a cabeça entre os joelhos e uma das mãos sobre o remo que servia de leme. O outro estava em pedaços. Lama, galhos secos e folhas indicavam que a balsa passara bem maus bocados. Deitei-me ao lado do preto e pus-me a bocejar e a espreguiçar, despertando-o, depois, com uma palmada nas costas.

— Por que não me acordou há mais tempo? — perguntei, ao vê-lo abrir os olhos.

— Deus do céu, será mesmo você, Huck? Pensei que estivesse afogado, a estas horas. Nem sei como dizer a minha alegria pelo seu aparecimento, Huck! Deixe apalpar para ver se é você mesmo. Nem acredito...

— Que aconteceu, Jim? Será que andou bebendo?

— Bebendo? E onde eu ia encontrar uísque?

— Então, por que todo esse espanto? Fala como se eu tivesse sumido...

— Huck, Huck Finn, olhe para mim, bem fixo nos olhos, e diga se não esteve ausente.

— Nem um só instante, Jim. Você parece que está delirando, homem de Deus!

— Então não sei o que há. Afinal de contas, sou eu, Jim, ou sou outra pessoa? Estou aqui ou não estou? É o que quero saber.

— É claro que você está aqui, mas o que acho é que não anda muito bom dos miolos.

— Mas, afinal, você, Huck, não tomou a canoa para amarrar a balsa?

— Eu? Tomar a canoa?

— E a corda não arrebentou, e a balsa não rodou pela correnteza? E você não ficou perdido na cerração, Huck?

— Que cerração, essa, Jim? Explique-se. Parece que está sonhando...

— Aquela cerração danada, que durou a noite inteira! Você gritava, e eu respondia. E assim levamos um tempão, sem um conseguir encontrar o outro, porque nós dois estávamos num labirinto de ilhotas. Não foi o que se passou, diga?

— Continuo na mesma, Jim. Não vi cerração alguma, tampouco ilhotas ou o que quer que fosse. Estávamos aqui a conversar: súbito, você adormeceu e eu também. Como não creio que possa ter bebido, o mais certo é que você sonhou todas essas coisas sem pé nem cabeça que está a me dizer.

— Mas como eu poderia sonhar tanta coisa em tão poucos minutos de sono?

— Repito que só pode ter sido sonho.

— Impossível, Huck! Foi verdade, tudo.

— Não importa. Você sonhou, e está acabado. Não arredei pé daqui.

Jim guardou silêncio por alguns instantes, imerso em profundas reflexões. Ao cabo, disse:

— Então foi sonho mesmo, Huck. Mas nunca na vida tive um sonho tão claro e que me deixasse tão cansado.

— Não sabe que, às vezes, certos sonhos muito vivos nos deixam com o corpo fatigado? Mas conte-me lá esse sonho; estou curioso de saber por onde andou a sua imaginação aloucada.

Jim narrou tintim por tintim o que lhe sucedera, apenas carregando um bocado nas descrições. Em seguida, tentou interpretações, pois, segundo acreditava, o sonho tinha sido aviso.

O lugar onde a balsa fora amarrada representava um homem que nos desejava o bem; a correnteza, outro homem, que nos desejava o mal. Os berros significavam advertências; e ai de nós se não ouvíssemos um ao outro! As ilhotas representavam desgostos e discussões com gente amiga de brigas. Mas, se não déssemos ouvido a essa gente, chegaríamos sãos e salvos aos Estados livres. Foi essa a interpretação de Jim.

— A explicação parece-me satisfatória, Jim. Mas você ainda não contou tudo. Que significam essas folhas, esse ramo quebrado, esses pedaços de galhos e a lama que vejo sobre a balsa?

Jim olhou para a balsa, fitou-me em seguida e, novamente, correu os olhos pela embarcação. A ideia de haver sonhado já de tal modo o empolgara que não lhe foi possível coordenar os fatos de pronto. Por fim, após algum esforço de raciocínio, fixou-me um olhar sério, dizendo:

— Vou explicar tudo, Huck. Quando peguei no sono, quebrado de canseira, senti o coração apertado e um desânimo tomar conta de mim. Imaginei você perdido. Mas, quando vi você aqui outra vez, meu contentamento até me deu vontade de beijar seus pés. Em troca, você só pensou em troçar do pobre Jim, forjando mentiras. Está vendo essa lama? Pois, quando alguém quer envergonhar um amigo, cobre-o de lama...

Depois dessas palavras, Jim ergueu-se e, sem dizer mais nada, procurou a coberta que havíamos feito na balsa. Isso foi o bastante para que eu me sentisse envergonhado do meu procedimento e com vontade de arrojar-me aos seus pés e pedir-lhe perdão. Durante um quarto de hora, debati-me entre a consciência e o orgulho. Por fim, dominei o orgulho e, humildemente, aproximei-me do negro, prometendo a mim mesmo jamais zombar dele.

XVI

Dormimos quase o dia todo e, à noite, reencetamos a viagem, navegando na esteira de uma balsa monstruosa, tão comprida que mais parecia procissão. A equipagem talvez fosse composta de uns 30 homens, por aí afora. Cinco toldos e dois mastros de boa altura em cada extremidade. Os tripulantes certo que tinham motivo para se orgulhar.

Descemos por uma grande curva do rio, ali consideravelmente espraiado. Densas florestas cobriam as terras marginais, e apenas de quando em quando lobrigávamos a luz vacilante de algum fogacho. A noite estava enublada e quente. Falamos de Cairo.

— Reconheceremos a vila? — quis saber Jim.

— Creio que não — respondi. — Não possui esse burgo mais que umas 10 ou 12 casas, e, se não estiverem iluminadas, nos será impossível reconhecê-lo.

Jim lembrou que a junção dos dois rios, que era lá, nos poderia servir de ponto de referência.

— Mas podemos confundir o ângulo de junção com a extremidade de alguma ilha e, assim, continuar a viagem inadvertidamente.

— Então, que devemos fazer, Huck? — perguntou Jim, preocupado.

— Quando avistarmos a primeira luz, chegarei à margem de canoa e avisarei que meu pai vem descendo o rio com um carregamento de madeira. Indagarei, então, a que distância estamos de Cairo, dizendo ser a primeira vez que navego por estas paragens.

Jim aprovou a ideia, e ficamos à espera da primeira oportunidade.

Para ele, o caso era de suma importância. Se passasse pela vila sem avistá-la, iria parar em terras escravagistas, e tudo estaria perdido. Caso, pois, de vida ou de morte. E de tal modo Jim apurara os sentidos que volta e meia exclamava, erguendo-se:

— Lá está ela!

Mas eram apenas fogos-fátuos, ou algum pirilampo. Sentava-se e, de novo, mantinha-se atento. A ideia da liberdade punha-o nervoso e inquieto. Por meu lado, também sentia um não sei quê lá dentro, pois quem, senão eu, seria responsável pela libertação de Jim? Isso me preocupava sobremaneira. Não fui eu quem aconselhou Jim a fugir; mas, uma vez sabedor da sua fuga, meu dever era avisar as autoridades. Um negro que escapa é propriedade que se perde, e eu não tinha direito de prejudicar a srta. Watson, que nunca me havia feito mal. A consciência me dizia ser uma vergonha auxiliar um escravo fugido a buscar a liberdade.

Quanto mais raciocinava, mais crescia o meu desespero, por não saber o que fazer. Jim pulava de alegria ao julgar-se próximo de Cairo, e comigo se dava o inverso. Ele falava em voz alta, ao passo que eu me reprochava a mim mesmo, mentalmente. Dizia ele que, quando se visse num Estado livre, iria trabalhar arduamente, sem gastar um centavo, até economizar o suficiente para comprar a liberdade de sua mulher, escrava numa propriedade próxima de St. Petersburg. E, então, ambos trabalhariam para resgatar os dois filhos; e, se porventura o senhor não os quisesse vender, contratariam alguém que os raptasse.

A linguagem de Jim enregelava-me. Jamais fora ele tão ousado em sua vida. Mal se via livre, e já pensava em libertar os filhos, propriedade de um homem que eu não conhecia mas que nunca me havia feito nenhum mal. E dizer que eu o tinha auxiliado na fuga! Incrível! Sempre o tivera em boa conta, e agora... Minha consciência ardia, e não pude deixar de refletir, intimamente, que o melhor seria denunciá-lo. Denunciá-lo quanto antes, na primeira oportunidade. Só então sentir-me-ia aliviado. E fiquei à espera de avistar uma luz...

Nisso, Jim exclamou, jubilante:

— Estamos salvos, Huck, estamos salvos! Lá está a vila, enfim! Qualquer coisa me diz que não me engano. Estamos em Cairo!...

— Irei até à margem certificar-me — volvi eu. — É bom não cantar vitória antes do tempo.

Jim aprestou a canoa, colocando no assento o seu capote, para que eu fosse mais comodamente; depois, entregou-me o remo, dizendo:

— Logo estarei pulando de contente; serei um homem livre, graças ao Huck! Não fosse você, e eu me conservaria toda a vida um escravo sofredor. Jamais hei de esquecer disso, Huck. Você é o melhor e o único amigo que já tive nesse mundo.

Eu estava deliberado a denunciá-lo, mas, ao ouvir as suas últimas palavras, faltaram-me forças. E ainda me conservava em luta comigo mesmo quando ouvi sua voz, já distante:

— Lá vai o amo Huck, o único homem branco que soube ser nobre com o velho Jim!...

Essas palavras deixaram-me doente. Mas era preciso não fraquear e levar avante a minha resolução, tirando um peso da consciência.

Nisso, surgiu um barco trazendo dois homens armados. Pararam e obrigaram-me a fazer o mesmo.

— Que vai ali adiante? — inquiriu um deles.

— Um pedaço de balsa.

— É sua?

— Sim, senhor.

— Há mais alguém?

— Um companheiro.

Estamos à procura de cinco negros fugidos. O seu companheiro é preto ou branco?

Não respondi de pronto. As palavras esroscavam-se-me na garganta. A situação tornou-se por demais grave. Senti que ia fraquejando e atirei uma resposta:

— Somos brancos.

— Acho bom verificarmos isso — disseram eles.

— Será um favor — acrescentei. — Meu pai está lá, e talvez os senhores nos pudessem auxiliar a rebocar a balsa. Ele está doente... Tão doente quanto minha mãe e Mary Ann.

— Temos pressa, meu rapaz. Mas vamos lá; toma o remo e toca para a frente.

Principiamos a remar e, enquanto as canoas cortavam a superfície das águas, voltei ao assunto.

— Papai vai ficar muito grato aos senhores. Ninguém nos quis auxiliar, e faltam-me forças para rebocar a balsa sozinho.

— Essa gente é assim mesmo. Mas que tem o seu pai?

— Está com... Não é nada grave.

Já íamos perto da balsa. Meus interlocutores cessaram de remar, e um deles interpelou:

— Vamos, conte a verdade que não se arrependerá. Que é que seu pai tem?

— Pois bem, direi, mas não nos abandone, por favor. Ele... Basta que os senhores cheguem um pouco mais perto que eu mesmo amarrarei o cabo. Não há perigo nenhum...

— Toca para trás, John, depressa! — disse um deles. — O pai do garoto está com varíola. Queira Deus o vento não nos tenha trazido algum germe! Por que não nos disse antes, menino? Pretende espalhar a epidemia?

— Quando falo, todos correm de mim... — redargui, gaguejante.

— Temos pena de você, mas também temos medo da moléstia. Vou dar-lhe um conselho. Não tente rebocar a balsa sem auxílio, que é perigoso. Daqui a 20 milhas encontrará uma cidade, do lado esquerdo do rio. Ao clarear o dia, grite por socorro, mas não deixe ninguém suspeitar que a sua gente está com varíola. Não perca tempo e não tente parar onde está aquela luz. Espere. Creio que vocês são pobres. Aqui está uma moeda de 20 dólares-ouro, que vou pôr sobre esta tábua. Sinto muito não poder auxiliá-lo, mas varíola não é brincadeira.

— Espere um pouco, Parker — exclamou o outro. Aqui estão outros 20 dólares. Até logo, garoto. Faça como o sr. Parker indicou que tudo sairá certo. Se enxergar algum negro fugido, trate de prendê-lo com ajuda de alguém. Lembre-se de que poderá receber boas gratificações.

— Até logo, e muito obrigado a todos. Se eu encontrar algum negro, podem ficar certos de que está seguro.

Os dois guardas afastaram-se, e, logo depois, eu encostava a canoa na balsa, descontente comigo mesmo por ter-me faltado a precisa coragem para cumprir o meu dever. Um minuto de reflexão, porém, trouxe-me outras ideias. Se houvesse entregado Jim, estaria porventura mais satisfeito? Não iria sentir-me tão preocupado quanto agora? Que importa agir corretamente ou erradamente, quando tudo vem a dar no mesmo? Que é o bem e que é o mal? Já que não posso responder a mim mesmo como desejo, o melhor que tenho a fazer é agir como melhor me parecer no momento.

Não vendo o negro na balsa, gritei por ele em voz alta.

— Aqui estou, Huck! Já se foram eles? Não fale alto.

Jim estava submerso debaixo da embarcação, tendo apenas o nariz fora dágua. Ao ser informado de que os guardas já iam longe, subiu novamente para a balsa.

— Ouvi toda a conversa, e já estava pronto para nadar até a margem, caso chegassem até aqui — disse ele. — Gostei da sua esperteza,

Huck. Você foi fino! Mais uma vez devo a minha salvação a você. Fique certo de que minha gratidão será eterna.

Em seguida, falamos sobre o dinheiro, que dividi com ele fraternalmente, 20 dólares para cada um. Poderíamos, agora, tomar passagem em um vapor que nos levasse até os Estados livres. Tínhamos ainda 20 milhas pela frente, pouca coisa, era verdade, mas muito melhor seria se já tivéssemos chegado.

Ao romper da aurora, encostamos à ribanceira, e Jim, após ocultar a balsa cuidadosamente, passou o dia arrumando nossa bagagem, a fim de desembarcarmos de vez.

Naquela noite, lá pelas 10 horas, avistamos luzes em uma curva do rio. Imediatamente, saí com a canoa em busca de informações. Não tardei a topar um pescador, que estendia as suas linhas. Indaguei:

— Senhor, que cidade é esta aqui perto? Cairo?

— Cairo? Não. Você está muito enganado.

— Então, que cidade é?

— Se quer saber, vá perguntar a outro. E, se continuar a perturbar-me, sairá daqui arrependido. Suma-se das minhas vistas.

Voltei à balsa e contei a Jim que estávamos enganados. O pobre negro ficou deveras aborrecido. Consolei-o, dizendo que não devíamos estar longe, e que a próxima cidade seria Cairo, forçosamente.

Pela madrugada, passamos por outra vila, situada num planalto, o que me fez desistir de ir à terra. Segundo Jim, Cairo ficava numa planície. Encostamos a certa ilhota a fim de passar o dia, e, como nutrisse algumas suspeitas, não demorei em confessá-las a Jim.

— Creio que deixamos Cairo para trás, naquela noite nevoenta — disse eu.

— Não fale assim, Huck. Os negros já têm tanta falta de sorte! Não sei se aquela pele de cobra não irá fazer outros malefícios...

— Antes nunca tivéssemos posto os olhos nela, Jim!

— A culpa não é sua, Huck, desde que não soubesse o azar que poderia trazer.

Ao amanhecer, as águas claras nas margens e barrentas ao centro do rio indicaram que os meus receios não eram infundados. Havíamos deixado para trás a confluência do Ohio com o Mississipi...

Depois de muito discutirmos, acordamos que tanto seria inconveniente desembarcar como remontar o rio na balsa. Nada mais nos restava senão aguardar a noite e retroceder de canoa, afrontando todos os azares. Descansamos o dia todo em meio dum algodoal, pois a labuta se nos afigurava rude. Mas eis que, ao chegarmos à balsa, demos com o desaparecimento da canoa!

Por algum tempo, nenhum de nós disse palavra. A situação não pedia comentários. Para que repetir que em tudo aquilo estava manifesta a ação da pele da víbora?

Afinal, entramos a debater sobre o melhor meio de sair de tão embaraçosa situação, e resolvemos continuar a descer com a balsa, até que se nos apresentasse a oportunidade de adquirir nova canoa. Também acertamos não obtê-la por empréstimo, à moda de meu pai, pois que poderíamos ser perseguidos.

E, tudo assim combinado, partimos protegidos pelas sombras da noite.

Se alguém ainda duvida dos malefícios que uma pele de cobra pode trazer a quem a toca, continue a ler esta crônica que, por certo, acabará tão convencido como Jim.

Durante três ou quatro horas, descemos o rio sem encontrar um só estaleiro ou embarcadouro. Súbito, o céu toldou-se, e a noite fez-se como que nevoenta, pressagiando neblina espessa, dessas que tiram por completo a visibilidade. Devia ser tarde quando nos chegou o ruído de uma embarcação a vapor, que vinha em sentido contrário. Acendemos a lanterna. Esses vapores, embora geralmente margeiem o rio, em noites como aquela procuram o meio da correnteza, certos de que todo o curso d'água lhes pertence.

Ouvíamos o ronco da máquina, mas só percebemos o vaporzinho quando já a curta distância e avançando em nossa direção. A princípio, nada receei, pois é costume dos pilotos roçar nas embarcações menores, sem, contudo, danificá-las. Por vezes, as rodas propulsoras lhes levam um remo, e os timoneiros espicham fora a cabeça e riem-se do infeliz, que nada pode fazer. Julguei que o vaporzinho nos quisesse pregar tal peça, mas estranhei que não torcesse de rumo nem um bocado e continuasse de proa para a balsa. Súbito, o barco se me afigurou crescer, monstruosamente, qual nuvem negra rodeada de pirilampos. As fornalhas abertas assemelhavam-se a bocas de fogo expelindo faúlhas; mais um segundo, e a mole precipitou-se sobre nós. Ouviu-se um baque surdo, um repique de campainha assinalando retrocesso, uma confusão de gritos e pragas, dominada pelo silvo prolongado da sereia... E, quando Jim se via arrojado para um lado e eu para outro, a balsa desconjuntava-se completamente.

Mergulhei rápido, tentando alcançar o leito do rio para não ser apanhado por uma das rodas propulsoras. Em minhas experiências anteriores, havia conseguido manter-me imerso por todo um minuto, mas, dessa vez, julgo que fiquei debaixo d'água minuto e meio. Voltei à tona ansiado, pois já me faltava o ar, e respirei a plenos pulmões.

O vapor pôs-se novamente em marcha, dez segundos depois de deter-se, sem dar maior atenção ao acidente. Eu ainda ouvia o ruído das máquinas, embora não mais avistasse a embarcação, e fungava fortemente para expelir a água que me enchia as narinas.

Bradei por Jim repetidas vezes, sem, contudo, obter resposta. Apanhei uma prancha que resvalou por mim e impulsionei-a para diante, acompanhando uma das correntes oblíquas que se encaminhavam para a margem esquerda.

Graças ao auxílio da tábua, consegui atingir a ribanceira, não sem grande esforço, pois tive de vencer 2 milhas de correnteza cruzada. Galguei as barrancas, que eram altas, e continuei subindo por uma colina, às apalpadelas, devido ao negror da noite. Em certo ponto, dei com uma casa de madeira. Já me ia afastando dali quando vários cães me cercaram, a latir furiosamente. Vi que nada mais me restava a fazer senão ficar imóvel. E imobilizei-me.

XVII

Antes que me viesse qualquer ideia, alguém falou da janela da casa, sem pôr a cabeça de fora.

— Quem está aí?

— Sou eu! respondi.

— Eu, quem?

— George Jackson.

— Que deseja?

— Nada. Ia passando quando os cães me atacaram e não me deixam seguir caminho.

— E que anda fazendo por aqui a estas horas da noite?

— Caí da embarcação em que vinha e, por pouco, não morri afogado.

— Ah, isso é outra coisa. Acendam uma luz. Qual o seu nome, mesmo?

— George Jackson. Sou um menino ainda.

— Se, de fato, estiver falando a verdade, nada terá a temer. Mas não se mova do lugar.

E voltando-se para o interior da casa:

— Digam ao Bob e ao Tom que tragam as espingardas. Está em companhia de alguém, George?

— Não, senhor. Estou só.

Notei movimento no interior da casa; alguém apareceu com uma lanterna acesa. O meu interlocutor voltou a falar.

— Que está fazendo, Betsy? Ponha a lanterna no chão, atrás da porta. A postos, Bob e Tom! Diga-me uma coisa, George: conhece, porventura, os Shepherdson?

— Nunca ouvi falar nessa gente.

— Pode ser mentira ou verdade. Agora, todos a postos! Achegue-se bem devagar, George. Se alguém o acompanha, que não se mova; do contrário, levará um tiro. Vá se aproximando bem devagarinho e empurre a porta, o suficiente para esgueirar-se com cuidado, entendeu?

Não me apressei, nem o poderia fazer, ainda que quisesse. Avancei a passos lentos, ouvindo o pulsar do meu próprio coração, acompanhado de muito perto pelos cachorros. Ao chegar à porta, percebi que retiravam a aldrava. Eu principiara a empurrá-la quando uma voz advertiu:

— Basta. Agora, assome a cabeça.

Obedeci, receoso de que me fossem decepá-la. No chão, vi uma vela. Todos os presentes olhavam-me, desconfiados. Três homens mantinham apontados para mim os seus rifles, com tal disposição de atirar que senti um frio na espinha. O mais velho dos três teria 60 anos; e os outros dois teriam 30. Além desses homens, havia três mulheres, uma velha, de feições muito simpáticas, e duas jovens, cuja fisionomia não me foi possível distinguir no momento.

— Pode entrar! — disse o ancião.

Logo que me viu dentro da casa, ele se apressou em trancar a porta, correndo o ferrolho. Em seguida, chamou os dois rapazes — e, à luz da vela, os três examinaram-me atentamente. Findo o exame, declararam que em nada eu me assemelhava com os Shepherdson; mas, mesmo assim, revistaram-me, para se certificarem de que eu não trazia armas. Apalparam-me, apenas, sem rebuscarem nos bolsos. Dando-se por satisfeito, o velho informou-me de que eu podia ficar à vontade, e pediu que lhe narrasse a minha história.

— Não vê que o pobrezinho está encharcado, Saul? — atalhou a velha. — E talvez esteja com fome...

— É verdade, Raquel. Você tem razão.

— Betsy! — chamou ela, dirigindo-se a uma pretinha. — Vá arranjar qualquer coisa de comer, e diga ao Buck... Ah, aqui está ele. Buck, leve este pequeno para mudar de roupa. A sua deve servir-lhe.

Buck parecia ter a minha idade — 13 para 14 anos —, não obstante ser mais crescido. Vestia calça e camisa, trazendo os cabelos em desalinho. Achegou-se de mim bocejando, esfregando o punho num dos olhos e empunhando uma espingarda.

— Não há nenhum Shepherdson pelas redondezas? — indagou.

— Não. Foi rebate falso — responderam os outros.

— Que pena! Estava com esperança de mandar um deles para o outro mundo...

Todos riram-se, e Bob acrescentou:

— Você demorou tanto que eles teriam tempo de nos esfolar.

— A culpa não foi minha. Ninguém foi acordar-me. Acham que não presto para nada...

— Não fique triste, meu filho — consolou o velho. — Você ainda tem muito tempo para mostrar a sua valentia. Faça agora o que sua mãe mandou.

Ao chegarmos ao seu quarto, localizado no andar superior, Buck deu-me uma calça e uma camisa das suas. Enquanto eu me vestia, indagou do meu nome, mas, antes que eu tivesse tempo de responder, narrou-me as suas aventuras no bosque, onde havia matado um pássaro azul e um coelho. E, logo em seguida, inquiriu:

— E onde estava Moisés, depois que a vela se apagou?

— Ignoro por completo. Nunca ouvi a menor referência a esse fato.

— Veja se descobre — insistiu ele.

— Como poderei descobrir, se não sei do que se trata?

— Mas não pode adivinhar? Experimente.

— Que vela é essa?

— Qualquer uma.

— Confesso que não sei onde o tal Moisés estava...

— Estava no escuro, seu bobo. Tão simples...

— Mas, se você sabia, por que me perguntou?

— Isto é um simples passatempo. Diga-me outra coisa. Quanto tempo vai ficar aqui? Não sabe? Pois quero que se demore. Agora que estou de férias, poderemos divertir-nos à grande. Não trouxe cachorro? Eu tenho um, ensinado, que sabe buscar tudo o que se joga no rio. Você gosta de pentear os cabelos aos domingos? Pois eu detesto, mas sou obrigado. Também tenho horror a estas calças; muito quentes e incômodas. Já está pronto? Vamos descer, então.

Ao chegar à sala, encontrei algumas iguarias que haviam preparado para mim, e confesso que jamais havia comido coisas tão apetitosas em toda a minha vida.

Enquanto eu ceava, os demais cachimbavam, com exceção da pretinha e das duas moças, que já se haviam retirado. Como era natural, choveram perguntas. Tive de informar-lhes que minha família morava numa pequena propriedade ao sul de Arkansas; que a minha irmã, Mary Ann, fugira com o namorado e nunca mais aparecera em casa; que Bill saíra à procura dos dois e que, desde então, ninguém mais soube do que foi feito dele; que, falecendo Tom e Mort, a família ficou reduzida a meu pai e eu. Roído pelos desgostos, meu pai veio a morrer logo depois, deixando-me na mais negra miséria. Recolhi o pouco que me restava, e, como a fazenda não nos pertencesse, tomei passagem num vapor — e acabei caindo n'água. Eis como fora ter àqueles sítios.

Compadecidos da minha desdita, ofereceram-me hospedagem por quanto tempo eu desejasse, e, como já fosse tarde da noite, cada qual seguiu para sua cama. Eu dormi com Buck.

Ao despertar na manhã seguinte, a primeira coisa que me veio à mente foi que havia esquecido o meu suposto nome — o nome que eu dera. Durante uma hora, dei tratos à mioleira, a fim de ver se conseguia recordar esse apelido. Mas foi debalde. Quando Buck acordou, indaguei dele se era capaz de soletrar o seu próprio nome.

— Perfeitamente — redarguiu Buck.

— Mas o meu você não é capaz!...

— Como não? Quer apostar alguma coisa?

— Aceito. Vamos ver.

— G-e-o-r-g-e J-a-c-k-s-o-n, está vendo?

— Pensei que não o conseguisse... É um nome complicado, que poucos soletram facilmente.

Tratei logo de tomar nota para não ser apanhado de surpresa, caso me pedissem para soletrá-lo.

Fiquei gostando muito daquela família. Achei a casa bem mobiliada, uma das melhores vivendas de campo que já conhecera. Em vez de simples aldrava de ferro, ou tranca de madeira, havia na porta um ferrolho de bronze, como nas residências da cidade. A chaminé ostentava tijolinhos vermelhos e traziam os metais reluzentes. Na parede, via-se belo relógio com um desenho abaixo do mostrador. Admirava-me, sobretudo, a sonoridade dos tique-taques e das badaladas desse relógio, antiqualha que eles não venderiam por dinheiro algum.

Ladeando a chaminé, havia dois papagaios de gesso, pintados de cores berrantes. Junto a um dos papagaios, um cachorro de porcelana, e, junto ao outro, um gato, também de porcelana. Quando premidos em certo ponto, os dois papagaios guinchavam, mas nem abriam o bico, nem mudavam de expressão. Atrás, nas paredes, abria-se um par de leques feitos de penas de peru selvagem.

A mesa do salão ostentava, bem ao centro, uma cesta de louça cheia de frutas. Eram maçãs, laranjas, pêssegos e uvas, mais perfeitas que as naturais. Só se percebia que eram de louça porque deixavam ver, aqui e ali, pequenas quebraduras.

Cobria a mesa um belo oleado, com uma águia azul e vermelha de asas abertas, estampada no centro. Diziam na casa que o oleado fora trazido de Filadélfia. Em cada canto da mesa, alguns livros em perfeita ordem. Uma *Bíblia* de família, cheia de figuras; o *Pilgrim's Progress*, história dum homem que abandonou a família sem dar explicações. Outro chamava-se *Friendship's Offering* e trazia muita coisa bonita, inclusive lindas poesias. Havia ainda, nas estantes, inúmeros volumes sobre os mais variados assuntos, que dava gosto a gente ler, mormente dispondo-se daquelas fofas poltronas que em nada se pareciam com essas cadeiras sem fundo, tão minhas conhecidas.

Adornavam as paredes retratos de Washington e Lafayette, cenas de batalhas famosas e uma gravura cujo título era: "Assinatura da Declaração da Independência". Havia também alguns desenhos a creiom, feitos por uma das filhas do casal, falecida aos 15 anos. Eram desenhos inteiramente diversos dos que eu até então conhecia. Um deles representava uma senhora vestida de preto, recurva sobre um túmulo, tendo numa das mãos o no rosto e, na outra, um lenço bordado de preto. Sobre a cabeça da triste dama, pendiam ramos de salgueiro. Por baixo, lia-se esta inscrição: "Ai de mim, nunca mais tornarei a ver-te".

Outro painel representava uma jovem a chorar com o lenço nos olhos, tendo na mão esquerda um passarinho morto. Embaixo, lia-se: "Ai, nunca mais ouvirei o seu doce trinar".

No terceiro quadro, uma donzela contemplava a lua do balcão do seu quarto. Pelas faces lhe rolavam grossas lágrimas. Beijava uma medalha presa a uma corrente e conservava na mão uma carta de luto. A inscrição era a seguinte: "Ai, partiste, partiste para nunca mais voltar...".

Os desenhos eram admiráveis, mas deixavam-me triste. Todos

da casa lamentavam o prematuro desaparecimento da menina, que, se tivesse vivido, teria produzido coisas ainda mais admiráveis. Mas, para mim, devido à sua inspiração fúnebre, ela devia dar-se muito bem no túmulo. Ao cair enferma, achava-se trabalhando no que chamavam a sua obra-prima. Noite e dia, a pobre menina rogava a Deus que lhe concedesse apenas o tempo preciso para terminar sua obra; mas tais preces nada valeram. O quadro representava uma mulher ainda jovem, trajando um longo vestido branco, de pé sobre o gradil de uma ponte, prestes a arrojar-se ao rio. Trazia os cabelos soltos ao vento, os olhos afogados em lágrimas e fitos na lua. Tinha dois braços cruzados sobre o busto, dois estendidos para a frente e dois alçados para o céu. Os seis braços davam à jovem, apesar do seu rosto angelical, um aspecto de aranha. Buck explicou-me ser aquilo um esboço, e que a pintora deixaria apenas a postura dos braços que melhor efeito desse à tela. Mas, como a artista morrera sem terminar o seu trabalho, foi esse estudo colocado à cabeceira do seu leito e recoberto com um véu. Todos os anos, no aniversário da menina, a família enfeitava-o de flores.

Essa jovem possuía um caderno de apontamentos, no qual registrava todos os casos de morte, acidentes e sofrimento, que encontrava no *Espectador Presbiteriano*. Também escrevia sentidas rimas sobre os casos que mais a impressionavam. Todas as vezes que falecia algum conhecido, Emeline Grangerford compunha um "tributo". Todos diziam que, na casa em que se finava alguém, primeiro entrava o médico, depois Emeline e, por último, o coveiro. Tornou-se conhecido o caso em que o coveiro se antecipou a Emeline. E, desde esse dia, ela foi definhando, até morrer.

Muitas vezes, eu subia até o seu quarto e punha-me a folhear os seus apontamentos, sempre entristecido com a contemplação dos seus quadrinhos. Considerei um dever da minha parte pagar a hospitalidade daquela bondosa família dedicando algumas rimas a quem havia passado a vida compondo versos sobre os que deixavam este mundo para sempre. Mas, por mais que me esforçasse, nada consegui, e tudo não passou de boa intenção.

O quarto de Emeline vivia sempre bem arrumado, com a mobília e os objetos dispostos da maneira que a jovem mais apreciava quando viva. A mãe não consentia que as criadas fizessem a limpeza, tarefa de que ela própria se incumbia. Era nesse aposento que ela costurava e lia a *Bíblia*.

Como ia dizendo, havia na sala pesadas e ricas cortinas, com bordados que representavam castelos cobertos de hera ou vacas em torno do bebedouro. Havia também um velho piano, que eu gostava imensamente de ouvir quando uma das moças tocava o Último Adeus, ou a *Batalha de Praga*, músicas que me extasiavam.

As paredes dos quartos eram de estuco e os soalhos, recobertos de tapetes.

Dividia a casa uma agradável varanda, na qual, nos dias quentes, se tomavam as refeições. Eu não podia conceber vivenda mais luxuosa e confortável, nem alimentação melhor e mais abundante.

XVIII

O coronel Grangerford era um cavalheiro, na verdadeira acepção da palavra. E não havia um só membro da família que desmerecesse o seu chefe. Era de alta linhagem, o que vale tanto em um homem como em um cavalo, como dizia a viúva Douglas. E ninguém jamais negou que ela pertencesse à alta aristocracia de St. Petersburg; meu pai também sempre dizia isso, apesar de não valer mais que um gato pingado.

O coronel Grangerford era homem alto, esguio, de um moreno pálido, rosto fino, lábios delicados e nariz adunco. Seus olhos negros brilhavam no fundo de órbitas encimadas por grossas sobrancelhas. Possuía fronte alta e cabelos compridos e negros, que lhe caíam sobre os ombros. Barbeava-se diariamente e usava sempre ternos brancos. Aos domingos, trajava jaquetão azul com botões dourados, e saía com a sua bengala de castão de prata. Jamais alçava a voz, sempre delicado e afável. Mas, quando empinava o busto e seus olhos principiavam a adquirir um fulgor estranho, eu tinha vontade de subir na primeira árvore e, só depois, cuidar de saber do que se tratava. Homem grave, tinha, contudo, o mais doce dos sorrisos, e a simpatia que inspirava era tão grande quanto a atmosfera de respeito ambiente.

Quando o coronel e sua esposa entravam na sala pela manhã, todos se punham de pé para o "bom-dia" e só retomavam assento depois que o chefe o fazia. Em seguida, Bob e Tom dirigiam-se ao aparador e preparavam um bíter, que ofereciam ao pai. O coronel tomava a taça nas mãos, mas só a levava aos lábios depois que os dois rapazes estivessem com a sua bebida pronta. E os moços, antes de beber, diziam a uma voz, curvando-se, reverentemente:

— Com os nossos respeitos, senhor e senhora.

— Obrigado — respondia o casal, com leve mesura.

Em seguida, os três homens sorviam a bebida a um tempo. Feito isso, preparavam uma mistura de água, uísque e açúcar, que davam a mim e a Buck.

Bob era o filho mais velho do casal, e tanto ele como Tom, eram belos homens, altos, espadaúdos, morenos e de cabelos e olhos negros. À feição do pai, trajavam terno de linho branco e usavam chapéu de palha.

A srta. Charlote, a mais idosa das moças, tinha 25 anos. Alta, bela e orgulhosa, mas de bom gênio — se a não contrariavam. Quando a irritavam, tornava-se irascível como o pai.

A srta. Sofia andava pelos 20 anos. Tão formosa quanto a irmã, era, porém, de rara meiguice: todos os seus gestos traduziam docilidade.

O coronel perdera três filhos varões assassinados, e também tivera uma filha falecida aos 15 anos, como já sabemos.

Cada membro da família dispunha de um escravo. Admitido que fui em pé de igualdade com os demais, também passei a dispor de um pretinho como criado, o qual, entretanto, pouco trabalhava, não estando eu acostumado a ser servido. O mesmo não acontecia ao moleque de Buck, que não tinha tempo de coçar-se.

O coronel Grangerford era proprietário de várias fazendas, com centenas de escravos. Em certas ocasiões, os parentes de 10 a 15 milhas em roda vinham fazer-lhe uma visita e ficavam por lá cinco, seis dias, que eram dias de festas, piqueniques e caçadas que terminavam sempre com bailes à noite. Dava gosto ver aqueles fazendeiros a cavalo, rumo às caçadas.

Havia também, na zona, um outro clã, composto de cinco ou

seis famílias, quase todas do ramo Shepherdson, tão aristocráticas, orgulhosas, ricas e importantes como os Grangerford. Utilizavam-se do mesmo embarcadouro, de modo que, muitas vezes, me cruzei com esses fidalgos cavalgando fogosos corcéis, quando me acontecia ir esperar algum vaporzinho.

Duma feita em que eu e Buck nos encontrávamos caçando no mato, ouvimos tropel de cavalo e, como estivéssemos à beira da estrada, agachamo-nos para espiar por entre a ramagem dos arbustos. Instantes depois, surgiu um garboso rapaz, de boa presença, a galopar um lindo corcel. Trazia espingarda a tiracolo. Reconheci-o imediatamente, pois já o tinha visto uma vez. Era Harney Shepherdson. Assim que o moço cruzou a nossa frente, Buck levou a arma à cara e fez o chapéu de Harney voar da sua cabeça com um tiro. O atirado deteve-se e, empunhando a espingarda, lançou o cavalo na direção do nosso esconderijo. Pusemo-nos em fuga. Duas vezes olhei para trás e vi Harney de pontaria feita para Buck. Atirou-o, por fim, errando o alvo. Em seguida, vimo-lo voltar e apanhar o chapéu. Nossa corrida foi boa. Só paramos ao chegar em casa.

O coronel Grangerford não manifestou surpresa nem desagrado. Seu rosto iluminou-se dum resplendor passageiro, e foi afavelmente que disse:

— Não gosto de emboscadas, meu filho. Por que não o enfrentou no limpo?

— Porque é assim que os Shepherdson fazem. Matam sempre de tocaia.

Enquanto Buck narrava o incidente, a srta. Charlote mantinha-se em atitude de princesa, mas com o busto a arfar e um brilho estranho nos olhos. Os dois filhos do coronel nada disseram, mas conservaram-se de semblante carregado. A srta. Sofia, esta fez-se lívida, e suas cores só voltaram quando soube que o jovem Shepherdson havia escapado incólume.

Logo que me vi só com Buck, indaguei:

— Mas, afinal de contas, queria você matá-lo, Buck?

— Era a minha intenção.

— Que lhe fez ele?

— Nada.

— Queria matá-lo por que, então?

— À toa — apenas por vindita.

— Que vem a ser isso?

— Será você tão tolo que não saiba o que é vindita?

— Confesso a minha ignorância.

— Vindita é mais ou menos isto: um homem briga com outro e mata-o. O irmão do morto vem e elimina o assassino. Em seguida, entram em cena outros irmãos e os primos, os quais se liquidam mutuamente. E, assim, duas famílias se vão exterminando, até que termine a vindita. É um processo vagaroso, que leva anos e anos.

— E é muito velha a sua vindita, Buck?

— Se não me engano, começou há 30 anos. Surgiu duma questão que foi parar nos tribunais. O que perdeu a demanda matou, muito naturalmente, o que venceu, coisa que qualquer um outro faria.

— E de que se tratava? Questões de terra?

— Talvez; não sei ao certo.

— Quem iniciou a matança — um Grangerford ou um Shepherdson?

— Como posso saber, se começou há tanto tempo?

— E ninguém sabe?

— Sim, papai sabe, bem como os mais velhos da outra família. O que todos nós ignoramos é o fato que deu origem à vindita.

— E já morreu muita gente, Buck?

— Digo-lhe que já houve um bom número de enterros. Mas

não é sempre que os atacados morrem. Papai tem alguns grãos de chumbo no corpo, que pouco o incomodam, pois ele é magro e não pesa muito. Bob tem uma cicatriz feita à faca, e Tom já foi ferido uma ou duas vezes.

— Não morreu ninguém neste ano?

— Cada família perdeu um membro neste ano. Três meses atrás, um primo meu, Bud, de 14 anos apenas, cometeu a imprudência de sair a cavalo, e desarmado, para a outra margem do rio. Súbito, num recanto deserto, ouviu um tropel, voltou-se e avistou o velho Baldy Shepherdson, de rifle em punho e cabeleira branca solta ao vento, galopando em sua direção. Em vez de saltar do cavalo e ocultar-se, Bud julgou que poderia vencer o velho na corrida e confiou na ligeireza do seu animal. Percorreu 5 milhas em desabalada carreira, com Baldy sempre a ganhar terreno. Por fim, vendo-se perdido, estacou e esperou de frente para o adversário, pois, como é natural, não queria ser morto pelas costas. Baldy abateu-o com um tiro. Mas não pôde gabar-se do feito por muito tempo, visto que, uma semana depois, os nossos o mandavam desta para melhor.

— Esse velho era um covarde, Buck!

— Você está enganado. Não há covardes entre os Shepherdson, tampouco entre os Grangerford. Esse velho já havia, uma vez, enfrentad,o durante meia hora, três Grangerford, e saíra vitorioso. Ele mais o seu cavalo tornaram para casa em petição de miséria, mas os nossos tiveram de ser carregados. Um morreu no mesmo dia e o outro, no dia seguinte. Luta terrível, aquela! Fique sabendo, meu caro, se algum dia alguém precisar de um covarde perderá tempo procurando-o entre os Shepherdson. Não há covardes entre eles.

No domingo seguinte, fomos todos à igreja, 3 milhas distante, cada qual no seu cavalo. Os homens, inclusive Buck, levavam armas e, na igreja, mantiveram-se com os rifles entre os joelhos, ou apoiados à parede, ao alcance da mão. Os Shepherdson também lá estavam, e igualmente armados. O sermão versou sobre a fraternidade humana e outros assuntos ainda mais aborrecidos. De volta para casa, todos vieram comentando as sábias palavras do reverendo, e só se falou da fé, das boas ações, da predestinação, da graça e não sei que mais. O que sei é que foi um dos piores domingos para mim.

Terminado o almoço, cada qual foi repousar. Uns repoltrearam-se em cadeiras preguiçosas; outros recolheram-se aos seus quartos; e Buck, juntamente com o seu cachorro, estirou-se sobre a relva. Resolvi subir para tirar uma soneca. Encontrei a meiga srta. Sofia recostada à porta do seu quarto, que era contíguo ao nosso. Fez-me entrar, cerrou a porta muito delicadamente e, após acariciar-me, indagando se lhe tinha afeição, perguntou-me se eu era capaz de lhe fazer um grande favor. Sem titubear, respondi que sim. Confessou-me, então, haver esquecido a sua *Bíblia* na igreja, juntamente com mais dois livros, e queria que eu fosse buscá-los — mas guardando rigoroso sigilo. Saí imediatamente e, pouco depois, estava na igreja, deserta àquela hora, com apenas uns dois ou três porcos escarrapachados no chão. A diferença entre o homem e o porco é que este só entra numa igreja quando tem vontade e encontra a porta aberta.

Estranhei que uma jovem se preocupasse tanto com a sua *Bíblia*, mas, folheando o volume, encontrei um pedaço de papel com estas palavras a lápis: "Às duas e meia". Nada mais achei, por mais que buscasse, e, sem compreender a significação daquele escrito, repus o papel em seu lugar. Em casa, encontrei a srta. Sofia à minha espera. Fez-me entrar em seu quarto e, logo que viu o papel no livro, teve o rosto iluminado de súbita alegria. Abraçou-me, dizendo que eu era um anjo, e novamente pediu-me discrição. Por alguns instantes, as faces da moça tornaram-se carmesim, e os seus olhos fulguraram, fazendo-a extremamente bela. Aventurei-me, levado pela curiosidade, a perguntar a significação daquele pedaço de papel. Ela, por sua vez, indagou se eu o havia lido, e se entendia letra escrita à mão. Respondi negativamente, confessando que só lia letra de forma, e então a srta. Sofia explicou que usava aquele pedaço de papel para marcar a página em que interrompia a leitura. Após acariciar-me mais uma vez, mandou-me brincar. Saí e, enquanto descia para o rio, pensando no que acabava de ocorrer, notei que o meu negrinho me acompanhava a certa distância. Logo que perdemos de vista a casa, ele olhou para trás e, verificando não haver ninguém por perto, achegou-se a mim, com ar misterioso.

— Sinhô Jorge, vamos até o brejo que quero lhe mostrar um ninho de cobra-d'água.

Aquela insistência em levar-me ao pântano intrigou-me, pois já era a segunda vez que ele me fazia tal proposta. Resolvi acompanhá-lo.

Segui-o por meia milha, e, logo que atingimos o brejo, caminhamos outro tanto com lodo pelo tornozelo. Ao alcançarmos um ponto de terra mais seca, onde a vegetação se espessava, o moleque me disse:

— É ali na frente que o ninho está. Eu já o vi tanto que não me interesso mais.

E, dizendo isso, afastou-se, encoberto pelos arbustos. Avancei alguns passos na direção indicada e vi-me numa pequenina clareira, em que um preto ressonava. Imaginem a minha satisfação ao reconhecer o velho Jim!...

Despertei-o imediatamente, antegozando a surpresa do preto ao rever-me, mas quem se admirou fui eu, pois Jim apenas demonstrou contentamento. Contou-me que me havia seguido a nado e que não respondera aos meus gritos de medo que o prendessem e o enviassem novamente ao cativeiro.

— Fiquei um pouco machucado, — continuou Jim — e por isso não pude alcançar você, Huck. Logo depois que você ganhou terra firme, eu fazia o mesmo, mas, ao ver a casa da fazenda, perdi a coragem. Não podia ouvir o que da janela diziam para você. Eu tinha de ficar de longe por causa da cachorrada. Mas vi você entrar na casa e resolvi passar a noite no mato. Na manhã do outro dia, os escravos da lavoura trouxeram eu até aqui, neste lugar onde os cachorros não chegam por causa da água. Esses escravos, todos os dias, trazem comida e notícias suas.

— Por que não me avisou há mais tempo, Jim?

— De nada adiantaria, antes de eu fazer certas coisas. Mas, agora, consegui bastante mantimento e consertei a balsa.

— Que balsa, Jim?

— A nossa balsa.

— Quê?! Então a nossa velha balsa não ficou reduzida a cacos?

— Nada disso. Os estragos não foram grandes. Perdemos só a nossa bagagem. Se a noite não estivesse tão escura, se o susto não fosse tão grande e se nós tivéssemos mais calma nas nossas cabeças de vento, teríamos encontrado a balsa poucos minutos depois do desastre. Mas foi o mesmo que nada ter acontecido, já que estamos com a balsa em boas condições e cheia de mantimento.

— Como pode apanhá-la, Jim?

— Eu não podia apanhar a balsa estando aqui no mato. Mas a coisa passou-se assim. Os negros encontraram ela num remanso e esconderam ela num certo ponto, coberta com folhagem. Mas tanto discutiram o caso que a notícia veio até meus ouvidos. Contei logo a eles que a balsa era propriedade sua, Huck, e, portanto, ninguém tinha o direito de se apossar do que pertencia a um branco. Para não entristecer os negros, dei 10 centavos a cada um, e todos ficaram muito contentes, querendo que mais balsas aparecessem. Só assim acabariam ricos. Esses negros são muito bons para mim, e, mais que todos, o pretinho Jack, moleque esperto como quê!

— Ele é inteligente, sim. Não me avisou que você estava aqui. Convidou-me para vir ver umas cobras-d'água. Desse modo, se acontecer alguma coisa, ele não será envolvido e poderá afirmar, sem mentir, que não nos viu juntos.

Pouco direi sobre o que se passou no dia seguinte. Vou resumir os fatos. Despertei cedo e não vi o meu companheiro na cama. A casa estava imersa em profundo silêncio. Levantei-me, admirado, e desci ao pavimento térreo. Ninguém. Fora, a mesma coisa. Não havia ninguém. "Que teria acontecido?", pensei com os meus botões. Mais adiante, topei com Jack junto a um monte de lenha e indaguei do que havia ocorrido de anormal.

— Ainda não sabe? — exclamou ele, surpreso.

— Não. Que foi?

— Pois a srta. Sofia fugiu! Fugiu de noite, ninguém sabe a que horas, para casar com Harney Shepherdson, segundo ouvi falar. De madrugada é que deram pela coisa, e a fazenda toda se movimentou. Nunca vi tanto cavalo e tanta arma como hoje! As mulheres foram avisar os parentes, e o sinhô com os filhos tomaram o rumo do rio, para ver se matam Harney antes que ele consiga passar para o outro lado com a srta. Sofia. Vai haver barulho grosso hoje, ouça o que lhe digo...

— Por que Buck não me acordou?

— Não quer meter o sinhozinho no embrulho. Ele carregou a espingarda e disse que só voltaria para casa com a cabeça de um Shepherdson. Fique certo de que fará o que prometeu, se tiver jeito...

Não esperei por mais. Desci correndo pelo caminho do rio e, momentos depois, principiei a ouvir as primeiras detonações, ao longe. Ao avistar o embarcadouro, procurei esconder-me como melhor pude nas moitas circunvizinhas, até obter um excelente posto de observação, ao alto de uma árvore.

Quatro ou cinco cavaleiros movimentaram-se de um lado para outro, a praguejar em altos brados, no espaço aberto em frente à madeira empilhada no embarcadouro. Atrás das pranchas estavam dois moços, um de costas para o outro, a rechaçar a tiros as investidas dos cavaleiros.

Pouco a pouco, estes cessaram de galopar, e já iam tomando a direção do armazém que fica à margem do rio quando um dos moços, fazendo boa pontaria, deu com um deles em terra. Os demais apearam-se *incontinenti* e recolheram o ferido ao armazém. Aproveitando-se disso, os dois rapazes saíram de corrida em direção à árvore em que eu me havia encarapitado, perseguidos pelos cavaleiros. Mas, como levassem boa dianteira, foi-lhes fácil alcançar uma outra pilha de tábuas, atrás da qual tomaram posição para enfrentar o inimigo. Vi, então, que um dos jovens era Buck e o outro, um rapaz dos seus 18 anos.

Os cavaleiros deram algumas voltas e retornaram ao ponto de partida. Logo que os perdi de vista, gritei por Buck, que olhava em volta, procurando saber de onde partia minha voz. Admirou-se grandemente ao ver-me na árvore, e recomendou-me que ficasse alerta, pronto para avisá-lo da chegada dos inimigos, que não deviam tardar. Eu quisera ver-me longe da árvore, mas não tinha coragem para descer.

Buck e o seu primo Joe — que era o moço que o acompanhava — ainda nutriam esperanças de um revide. Buck chorava amargamente, lamentando a perda do pai e dos irmãos, mortos de emboscada pelos Shepherdson, que, por sua vez, também haviam perdido dois ou três homens. Fora-lhes fatal a ousadia — deveriam ter aguardado o auxílio dos parentes. Perguntei o que tinha sido feito de Harney e da srta. Sofia, e soube que já haviam transposto o rio. O que mais me impressionou, porém, foram as lamentações de Buck por não haver morto Harney dias antes, quando lhe arrancara o chapéu com um tiro.

Súbito, três estampidos espoucaram bem perto de nós. Os Shepherdson, abandonando os cavalos, avançaram pela retaguarda, protegidos pelo mato. Os dois rapazes, já baleados, correram para o rio e atiraram-se à água. Os inimigos continuaram atirando das barrancas, aos gritos de:

— Mata! Mata! Mata!...

O espetáculo de tal forma impressionou-me que estive a ponto de cair da árvore. É-me impossível narrar todos os acontecimentos daquele dia, como me é impossível olvidá-los. Só direi que, se soubesse que iria presenciar tais cenas, jamais teria procurado alcançar a terra na noite do naufrágio.

Continuei na árvore até a noitinha, sem ânimo de descer. De vez em quando, ouvia tiros ao longe; e via passar em várias direções grupos, montados, o que significava que as hostilidades ainda prosseguiam. No meu desalento, eu tomara uma resolução: não pôr mais os pés na casa da qual saíra naquela manhã, pois que eu era um dos culpados daquele morticínio. O bilhetinho da *Bíblia* era um recado de Harney marcando encontro com a srta. Sofia. Houvesse eu avisado o corone,l e ele por força tomaria as necessárias medidas para impedir a fuga — e estaria evitada toda aquela imensa desgraça.

Desci da árvore e fui beirando o rio, até encontrar os cadáveres dos dois jovens, encalhados junto à barranca. Retirei-os para terra firme e lhes cobri o rosto, afastando-me, em seguida, o mais rapidamente possível. Tive os olhos marejados de lágrimas ao pensar que nunca mais iria rever o meu companheiro Buck.

Já era noite fechada, e, tomando através do mato, para não passar por perto da casa, dirigi-me ao pantanal. Não encontrei Jim. Supus que me estivesse esperando na balsa, e rumei para lá, ansioso por ver-me a bordo da velha embarcação. Mas qual não foi o meu espanto ao verificar que a balsa havia desaparecido! Impossível descrever o medo que se apoderou de mim. Tão grande que soltei um grito de desespero. Uma voz tranquilizadora, entretanto, respondeu, a poucos metros de distância:

— É você, Huck? Pelo amor de Deus, não faça barulho.

Era Jim. Corri na direção da voz, encontrei a balsa e, logo que nela pisei, fui estreitado nos braços do pobre negro, que não cabia em si de contente por ver-me são e salvo.

— Que Deus o abençoe, meu filho! — disse ele. — Eu estava certo de que tinha sido assassinado. Jack esteve aqui e contou que você não tinha voltado desde a manhã. Eu já me preparava para levar a balsa ao rio. Só esperava que o moleque confirmasse a sua morte para continuar minha vida. Você não pode imaginar o meu contentamento, Huck! Não pode, não...

— Nada de perder tempo, Jim. Eles não me encontrarão e ficarão certos de que morri também e fui atirado ao rio. Há qualquer coisa junto ao embarcadouro que os fará pensar assim. Agora, é tocar, Jim, o mais depressa possível.

Só me senti verdadeiramente aliviado quando a balsa deslizou pelo meio do caudaloso Mississipi, 2 milhas abaixo do ponto de partida. Acendemos a lanterna e, mais uma, vez respiramos o ar balsâmico da liberdade. Como passara o dia todo sem comer, foi com extraordinário apetite que devorei a excelente refeição preparada por Jim. E, enquanto comíamos, íamos comentando os últimos acontecimentos, satisfeitos — eu, por ver-me longe daquele inferno de vinditas, e Jim, por ter, finalmente, deixado o pântano. Éramos tão livres ali, e nos sentíamos tão à vontade, que concordamos não haver casa que se comparasse à nossa velha balsa.

XIX

    Passaram-se dois ou três dias, ou, antes, escoaram-se, pois foram dias de completa quietude e calma. Durante a noite, deslizávamos pelo caudaloso Mississipi, largo de milha e meia em certos trechos, para nos ocultar ao romper do dia, escondendo a balsa nalgum remanso. Preparávamos os anzóis e, após um refrescante banho, sentávamo-nos a uma das margens arenosas, a ver a manhã despontar. Nem um só ruído. Tudo silêncio, como se o mundo estivesse em coma. Apenas de quando em quando, um coaxar pachorrento de sapo. Estendendo a vista para o horizonte, divisamos a linha escura da vegetação bordejante. Pouco a pouco, surgiam as primeiras estrias de claridade no céu, e o Mississipi tomava uma coloração gris. Manchas negras moviam-se, lentas, levadas pela correnteza — eram balsas e outras pequenas embarcações mercantes. Por vezes, ouvia-se um farfalhar de ramos ou um murmúrio distante de vozes. Agora, uma densa neblina subia das águas. Para o lado do nascente, o céu se tornava cada vez mais carmesim, e já se podia divisar uma cabana de madeira à beira da mata, do outro lado do rio.

    Uma brisa leve e perfumada pelo aroma das florzinhas silvestres soprava suavemente. Outras vezes, essa mesma brisa vinha empestada pelo cheiro nauseabundo do pescado que ficava a decompor-se à margem do rio.

    Afinal, surgiu o dia, em todo o seu esplendor. A passarada abandonou os pousos, ou os ninhos, num chilreio que enchia de música a natureza. E tudo sorria sob a luz tépida do sol radioso.

    Certos de que ninguém daria pela nossa presença, denunciada

pela fumaça, resolvemos preparar alguns peixes colhidos nos anzóis. Em seguida ao almoço bem matutino, após contemplar por algum tempo o imenso curso dágua, a fadiga nos venceu, e dormimos profundamente.

Despertou-nos um rumor; procuramos saber o que se passava. Que poderia ser, se não um vaporzinho a lutar bravamente contra a correnteza? Mais uma hora se escoou, e o mesmo silêncio anterior nos envolveu. Completa solidão. Agora lá ia uma balsa. Alguém a bordo estava rachando lenha, coisa comum nas balsas. Via-se o lenhador alçar e descer o machado, sem que se percebesse o menor ruído; só quando o fez pela segunda vez é que o baque do primeiro golpe nos chegou aos tímpanos, tão grande era a distância. E assim passávamos o dia, a descansar e a perscrutar o silêncio.

Quando a cerração se tornava muito forte, as pequenas embarcações passavam batendo caçarolas e outros instrumentos sonantes, para prevenir abalroamentos com os vapores. Uma lancha ou uma balsa passou tão perto de nós que ouvimos a conversa a bordo, sem que nos fosse possível distinguir o menor vulto. Aquilo até arrepiava a gente. Dir-se-ia espíritos a vagar pelos ares, e Jim estava firme nessa crença. Fui obrigado a dizer-lhe que os espíritos não conversam, nem temem as cerrações a ponto de andarem maldizendo "aquela infame neblina".

Logo que escureceu, reembarcamos e, ao atingirmos o meio do rio, abandonamos a balsa ao sabor da correnteza. Em seguida, acendemos nossos cachimbos e, sentados no bordo da balsa, com as pernas dentro d'água, fomos cavaqueando sobre uma porção de coisas. Eu preferia andar nu, sempre que os mosquitos deixavam, pois as roupas que me dera a família de Buck eram demasiado boas para serem cômodas; ademais, sempre gostei de andar à frescata.

Por vezes, éramos únicos senhores do rio, durante grande parte da noite. Ao longe, destacavam-se ilhotas e bancos de areia. Era frequente lobrigarmos uma ou outra luz — lâmpada a arder por trás da janela de uma casinhola, ou lanterna de uma balsa ou lancha —, ou escutarmos os acordes de um violino, ou as cantilenas provindas dessas embarcações. Como é delicioso viver em balsa, sob um céu tauxiado de estrelas! Deitávamo-nos de costas e púnhamo-nos a debater se elas tinham sido feitas ou não. Jim era de parecer que as estrelas haviam sido feitas, e eu, que não. Imagine-se o tempo necessário para fazer tantas estrelas, uma por uma! Jim também achava possível que a lua tivesse "posto" as estrelas, o que era mais razoável, pois eu já vira uma rã pôr centenas de ovos. Também gostávamos de ver as estrelas cair. Segundo Jim, eram estrelas goradas, que a lua jogava fora do ninho.

Para quebrar a monotonia da noite, surgia um vapor a cuspilhar fagulhas pelas chaminés, fagulhas que se esparziam qual chuva de fogo por sobre a superfície das águas. Depois que o vaporzinho desaparecia numa curva do rio, tudo voltava ao silêncio habitual. Só permaneciam por algum tempo, morrendo aos poucos, as marolas deixadas na sua esteira, que vinham balouçar de leve a nossa embarcação.

Depois da meia-noite, os habitantes ribeirinhos iam dormir, e, durante três ou quatro horas, tudo eram trevas. Desapareciam as luzes por trás das janelas dos casebres. Essas luzes eram o nosso relógio, pois a primeira que volvia a brilhar nos anunciava o romper da aurora. Procurávamos, então, um sítio onde nos abrigar.

Uma bela manhã, pela madrugada, encontrei uma canoa e, com ela, atravessei o rio. Remei milha e meia, talvez, subindo um ribeirão, em procura de frutas silvestres. Mas, ao frontear uma aberta que se rasgava na mata marginal, vi dois homens a correr desesperadamente em minha direção. Julguei logo que desejassem capturar-me, pois, sempre que via alguém correr, tinha a impressão de perseguição a mim ou a Jim. E já me dispunha a safar-me o mais rápido possível quando os ouvi suplicar que lhes salvasse a vida, que nada haviam feito e, apesar disso, estavam sendo perseguidos por um grupo de homens e uma matilha de cães.

Fizeram menção de saltar para a canoa, mas eu os detive.

— Agora, não. Ainda não ouço o tropel dos cavalos, nem o latir dos cães. Margeiem o ribeirão até mais acima e, depois, entrem n'água para tomar a canoa. Desse modo, os cachorros perderão a pista.

Assim fizeram, e, logo que tomaram assento na canoa, retornei ao ponto de partida, ouvindo, alguns minutos depois, os furiosos latidos da cachorrada e os berros dos homens. Percebíamos que vinham de rumo ao ribeirão, mas não os víamos. Às vezes, pareciam parar em certos pontos, para recontinuar logo depois a batida. Aos poucos, fomo-nos distanciando, e os latidos foram-se tornando cada vez mais indistintos. Logo depois, reaparecíamos no rio, breve alcançando o esconderijo da balsa.

Um dos fugitivos era um homem de seus 70 anos, ou mais, calvo e de suíças. Envergava um velho e roto chapéu de feltro, ensebada camisa de lã azul, culote em míseras condições e botas. No braço direito, trazia um jaquetão azul, já bem usado, de botões de metal. Tanto ele como o companheiro vinham com mala e bugigangas.

O outro apresentava uns 30 anos e trajava-se tão andrajosamente como o velho. Findo o desjejum, começamos a conversar, e a primeira coisa que ficamos sabendo era que um desconhecia o outro.

— Que lhe aconteceu? — perguntou o calvo ao outro.

— Eu andava vendendo um preparado para limpar os dentes — ótimo preparado, que realmente limpa, mas também faz cair o esmalte — e fiquei na vila uma noite mais do que devia. Já estava em preparativos para retirar-me quando você surgiu a pedir que o auxiliasse na fuga; e, como você me disse que mais atrás vinham os perseguidores, e eu contava ser perseguido no dia seguinte, resolvi antecipar a minha fuga, acompanhando-o. É tudo. E com você, que se passou?

— Há uma semana que eu andava pregando moderação no beber, o que me fez cair nas graças das mulheres. Fazia os meus 5 a 6 dólares por noite — e 10 centavos por cabeça, crianças e escravos grátis. Ia o negócio de vento em popa quando, não sei como, começou a propalar-se pelo lugarejo o boato de que eu andava encobrindo com os meus conselhos fins ocultos. Esta manhã fui despertado por um preto. Avisou-me de que os homens estavam a reunir-se, com cavalos e cães, para intimarem-me a abandonar a povoação. Diante de tais perspectivas, não esperei nem pelo café — perdi o apetite...

— Meu velho, — tornou o outro — creio que faríamos bom negócio, se daqui por diante agíssemos conjuntamente. Que tal?

— Não acho má ideia. Qual o seu principal meio de vida?

— De profissão, sou tipógrafo; mas conheço alguma coisa de medicina e já trabalhei em teatro — como trágico, já se vê. Também entendo de mesmerismo e frenologia, quando se me apresenta ocasião; ensino geografia e canto, quando quero espairar o espírito; sei também fazer minhas conferências. Enfim, entendo de tudo um pouco. Vario conforme o momento e o lugar em que me encontro. E você?

— Nos bons tempos, banquei o médico. Minha especialidade era o câncer, a paralisia e doenças similares. Tenho também o dom de revelar o futuro, quando encontro alguém que previamente me fornece informações. Sou bom pregador e já tenho passado por missionário em muitos lugares.

Seguiu-se um profundo silêncio, quebrado pelo mais moço, que, suspirando amargamente, exclamou:

— Ai de mim!

— Por que suspira? — indagou o calvo.

— Pensar que levo vida tão ingrata, em companhia de gente tão ruim! — e enxugou o canto dos olhos com a ponta de um trapo.

— Essa é boa! — tornou o velho, a um tempo ofendido e arrogante. Acha, então, que não está em boa companhia?

— Pelo contrário. Tenho o que mereço. Pois quem, senão eu, foi o causador da minha ruína, fazendo-me descer a tão degradantes condições? Não culpo a ninguém senão a mim mesmo, senhores. Sou o culpado. Que este mundo desalmado continue girando. De uma coisa estou certo: que nalgum sítio deve estar a minha sepultura. Que me despojem de tudo o que possuo de mais caro: amor, riquezas, felicidades... Não importa, a sepultura, ninguém ma roubará. Algum dia ver-me-ei nela, e, então, este pobre coração sofredor repousará para sempre...

E continuou a enxugar as lágrimas.

— Seu pobre coração sofredor... — repetiu o velho. — Para que tantas lamentações, se não fomos os causadores de sua desdita?

— Sei disso, e não os estou culpando, senhores. A mim mesmo devo toda a minha desgraça — já o disse. Eu devo sofrer, sem dúvida alguma; e sofrer resignadamente a minha queda.

— Que queda é essa? Quem era você, afinal de contas?

— Ah, ninguém me dará crédito! O mundo é incrédulo. Mas não importa que continue ignorando o segredo do meu nascimento.

— O segredo do seu nascimento? Quer você insinuar que ...

— Senhores, atalhou o moço com solenidade, vou revelar-lhes o meu segredo, pois sinto que devo confiança a todos aqui. Saibam que, por direito de nascimento, sou duque!

Jim arregalou dois olhos enormes ao ouvir semelhante afirmação, e creio que o mesmo se deu comigo. O velho falou:

— Não, não pode ser. Você deve estar caçoando...

— Falo sério e digo a verdade pura. Meu avô, primogênito do duque de Bridgewater, veio para estas terras em fins do século passado, ansioso de respirar o ar puro da liberdade. Aqui casou e aqui morreu, deixando um filho. Seu pai finou-se quase ao mesmo tempo que ele. O segundo filho do duque apossou-se do título e da fortuna do pai, e o filho do legítimo herdeiro viu-se despojado dos seus direitos e completamente esquecido. Eu sou descendente direto do primogênito do duque e, portanto, de direito, o próprio duque de Bridgewater! Apesar disso, aqui me acho, abandonado, esbulhado das minhas prerrogativas, caçado pelos homens, desprezado de todo o mundo, andrajoso, roído de desgostos, com o coração amargurado e em degradante camaradagem com fugitivos da justiça nesta pobre balsa!...

Jim e eu sentimos sincera compaixão pelo mísero. Tentamos consolá-lo, mas debalde, pois nos disse logo que nada lhe traria consolo. A única coisa que o confortaria um pouco era reconhecermos a sua linhagem e o tratarmos com o devido respeito. Acedemos ao seu desejo, inquirindo de como devíamos tratá-lo. Respondeu-nos que devíamos curvar-nos quando lhe dirigíssemos a palavra e dar-lhe o tratamento de sua graça, ou sua alteza. Não importaria, entretanto, que lhe chamássemos Bridgewater, simplesmente, que, afinal, era um título, e não um nome. Um de nós deveria servi-lo à mesa e atendê-lo em outras pequenas coisas.

O que o jovem duque pedia não era muito, e acedemos de bom grado. Durante o almoço, Jim lhe permaneceu ao lado, volta e meia a dizer: "Sua Graça aceita um pouco disto, ou daquilo?". Não se fazia precisa muita perspicácia para ver que essa deferência agradava sumamente ao pobre fidalgo.

O velho, porém, encerrou-se num profundo mutismo. Nada dizia, mas percebia-se que não estava apreciando as atenções dispensadas ao duque. Parecia ter algo a comunicar-nos.

— Bridgewater, — disse ele — sinto muito a sua desgraça, mas é preciso que saiba não ser o único a sofrer tais desventuras. Não foi somente você que se viu destituído dos seus direitos.

— Ai de mim! — suspirou o duque.

— Não é só você que tem um segredo de nascimento — continuou o velho, rompendo a soluçar.

— Que me diz?

— Bridgewater, posso confiar na sua amizade? — inquiriu o velho, com os olhos rasos d'água.

— Até a morte — redarguiu o duque, e, tomando-lhe as mãos, apertou-as, dizendo: — O segredo do seu nascimento... Vamos, fale!

— Bridgewalter, eu sou o delfim!

Eu e Jim entreolhamo-nos dessa vez. O duque volveu a indagar:

— É... quê?

— Sim, meu amigo. Os seus olhos ducais contemplam neste momento o infeliz desaparecido delfim Luís XVII, filho de Luís XVI e Maria Antonieta.

— Você? Com essa cara? Impossível!

— Desgostos e atribulações deixaram-me em tão lastimáveis condições, Bridgewater. Desgostos e atribulações encaneceram-me prematuramente. Sim, meus senhores, aqui está, nem mais nem menos, o sofredor e infeliz rei da França, coberto de andrajos, exilado e desprezado.

Tanto chorava o pobre homem que nem eu nem Jim sabíamos o que fazer. Estávamos realmente consternados, e ao mesmo tempo orgulhosos, de termos um rei ao nosso lado. Como já havíamos feito ao duque, tratamos de consolá-lo. Ele, porém, nos disse ser inútil qualquer tentativa nesse sentido, visto que só a morte lhe traria consolo. Somente se sentia um pouquinho feliz quando alguém o tratava de acordo com a sua grandeza, ajoelhando-se à sua frente, dando-lhe vossa majestade, servindo-o à mesa em primeiro lugar e nada fazendo sem a sua permissão. Jim e eu resolvemos comprazê-lo em tudo e só nos sentávamos quando tínhamos licença. Nossa conduta parecia enchê-lo de satisfação.

Quem não se mostrava muito satisfeito com o tratamento dispensado ao rei era o duque, embora sua majestade se mostrasse condescendente para com ele, dizendo que o seu bisavô, e todos os duques de Bridgewater, haviam sido muito amados do velho rei, tendo até permissão de entrar no palácio a qualquer hora. Apesar disso, o duque mantinha-se reservado. Em certo momento, o rei falou:

— Bridgewater, não sabemos quantos dias vamos permanecer juntos nesta balsa, e, sendo assim, acho melhor que ponha de lado qualquer rivalidade e desamarre o focinho. Eu não tenho culpa de não haver nascido rei, nem você de não haver nascido duque. Que adianta amofinar-se? Viver como melhor puder é o meu lema. Aqui levaremos vida fácil, e não nos faltará alimento. Vamos, duque, aperte estes ossos, e sejamos bons amigos!

Jim e eu rejubilamo-nos com a reconciliação dos sangues-azuis. Já agora reinava novamente a cordialidade no bando. O essencial, numa balsa, é que todos se sintam satisfeitos uns com os outros.

Não levei muito tempo para descobrir que aqueles dois sujeitos nada eram do que diziam, e sim um par de refinados impostores. Mas não deixei transparecer a menor desconfiança. Conservei comigo o segredo, excelente política que evitou discussão e brigas. Se desejavam ser tratados como duque e rei, eu nada tinha a objetar, se fosse para o bem de todos. Também nada adiantava desiludir Jim, e, pois, calei-me.

Se alguma coisa aprendi com meu pai foi que a melhor maneira de andar bem com uma criatura é não contrariá-la, deixando-a fazer o que bem entende.

XX

Já nem me lembro das perguntas que o duque e o rei me fizeram, tantas foram. Queriam saber por que nos ocultávamos de dia para navegar só de noite, e se Jim era algum escravo fugido.

— Que loucura! Acham, então, que um negro fugido iria procurar o sul?

Ambos convieram que não.

— Minha gente vivia em Pike, no Estado de Missouri, onde nasci; — expliquei eu — mas, ao cabo, foram morrendo, e só restaram três: meu pai, eu e o mano Ike. O velho decidiu, então, morar com o tio Ben, proprietário de uma fazendola nas cercanias de New Orleans. Como tivesse dívidas, tratou de liquidá-las — e só restaram 16 dólares e o nosso Jim. O dinheiro não chegava para uma viagem de 1.400 milhas. Mas, ao subir o rio, meu pai encontrou esta balsa, num momento de felicidade, e resolveu continuar nela a viagem. A boa sorte do meu velho, entretanto, pouco durou. Uma noite, fomos de encontro à proa de um vapor e, instantes depois, estávamos os quatro submersos. Jim e eu voltamos à tona, sãos e salvos, mas meu pai morreu afogado, o mesmo acontecendo ao meu irmão Ike, que não tinha mais de 4 anos. Nos dois ou três dias que se seguiram, vimo-nos em apuros, pois todo mundo queria capturar o pobre Jim, julgando-o negro fugido. Por isso passamos a só navegar à noite — para que ninguém nos moleste.

— Vou cogitar um meio de navegarmos livremente de dia — prometeu o duque. —Deixem-me em paz que arranjarei tudo. Mas, por hoje, nada de inovações. Não nos convém passar por aquela cidade em plena luz do dia...

Ao anoitecer, o céu toldou-se bruscamente, e, de quando em quando, um relâmpago riscava o espaço. A folhagem do arvoredo tremia, anunciando tempestade iminente. O duque e o rei mostraram desejos de conhecer o interior da cabana construída na balsa. Meu leito consistia num colchão de palha, o que o tornava muito superior ao de Jim, simples monte de palha de milho. Além de incômoda, devido ao ruído que a palha produzia ao menor movimento, não era nada macia a cama do negro. O duque achou conveniente escolher o meu colchão, ao que se opôs o rei.

— Um rei sempre é mais que um duque, — disse ele — e, portanto, não me fica bem dormir sobre um monte de palha de milho. Fique Sua Graça com a palha.

Eu e Jim ficamos apreensivos, antevendo sérias complicações. Felizmente, foi susto passageiro, e muito nos alegramos ao ouvir o duque dizer:

— É minha sina ver-me sempre sob o calcanhar de ferro da opressão. A desgraça já abateu a altivez do meu espírito. Submeto-me, pois. É o meu destino. Estou só no mundo. Deixem-me sofrer enquanto posso suportar o sofrimento...

Assim que a escuridão envolveu a terra, deixamos o pouso. O rei nos recomendou que navegássemos sempre pelo meio do rio, e que só acendêssemos luz quando bem afastados da vila. Pouco depois, avistávamos as luzes da povoação, e só três quartos de milha abaixo içamos lanterna. Lá pelas 10 horas, começou a chover torrencialmente; era tempestade acompanhada de vento e faíscas elétricas. O rei, imediatamente, mandou que estivéssemos de atalaia até que o temporal amainasse, e recolheu-se, juntamente com o duque. Eu devia render Jim à meia-noite, ficando de guarda até o amanhecer; mas, mesmo que dispusesse duma cama, não teria ido deitar-me. Tormenta como aquela não é coisa que se veja diariamente. Santo Deus, como o vento sibilava! A cada instante, um relâmpago mostrava as ilhotas batidas pela chuva e a copa das árvores violentamente sacolejadas. Em seguida, um estrondo ensurdecedor, que ia rolando pela escuridão afora, a atroar os ares. E, logo após, outro relâmpago e outro estrondo. Por vezes, as ondas atiravam-se fora da balsa, tal a violência; mas, como eu estivesse completamente nu, pouco importava. Também não nos preocupávamos com os troncos de árvores. A frequência dos relâmpagos tornava fácil divisá-los a distância e evitá-los.

Como disse, eu deveria entrar de sentinela à meia-noite, mas, como a essa hora estivesse pendendo de sono, Jim prontificou-se a ficar mais algum tempo de guarda. Jim sempre foi muito camarada nesse ponto. Tentei meter-me na cabana, mas, como o rei e o duque dormissem de pernas abertas, não houve espaço para mim e continuei fora. A chuva não me incomodava, dado o calor que fazia. Lá pelas 2 horas, as ondas começaram a crescer. Súbito, um vagalhão varreu a balsa e atirou-me ao rio. Jim quase morreu de rir. Nunca vi negro mais propenso ao riso do que ele...

Voltei à balsa e rendi-o. Jim deitou-se e, imediatamente, passou a roncar. Aos poucos, a chuva foi amainando, até cessar por completo. Ao ver brilhar ao longe a luz duma cabana, despertei-o, e, juntos, ocultamos a balsa em lugar conveniente. O dia começava a romper.

Após o desjejum, o rei sacou dum baralho muito ensebado e pôs-se a jogar o sete-e-meio com o duque, a 5 centavos a parada. Ao cabo, entediaram-se e resolveram lançar "um plano de campanha". O duque tirou da sua mala um pacote de impressos e pôs-se a ler em voz alta. Um deles anunciava que o célebre doutor Armand de Montalban, de Paris, faria uma conferência sobre a frenologia em tal lugar, a 10 centavos a entrada, fornecendo também "certificados de caráter" a 25 centavos. Disse o duque que o tal doutor era ele. Em outro impresso, passava por ser o "mundialmente afamado intérprete de Shakespeare — Garrick, o moço —, de Drury Lane, Londres". Em cada impresso, usava um diferente nome e anunciava coisas maravilhosas, como encontrar água e ouro com varinhas mágicas, tirar os maus espíritos do corpo — e assim por diante. Ao cabo, falou:

— A musa histriônica, porém, é a minha predileta. Já operou na ribalta, majestade?

— Não — respondeu o rei.

— Pois irá ter esse prazer antes que envelheça de mais três dias, ó destronada majestade! No primeiro burgo de importância por que passarmos, alugaremos uma sala e representaremos a cena do duelo de *Ricardo III* e a cena do balcão, de *Romeu e Julieta*. Que tal?

— Estou pronto a fazer tudo o que renda dinheiro, Bridgewater; mas, para ser franco, devo confessar que nada entendo de teatro, e poucas foram as vezes que assisti a uma peça. Eu era ainda muito criança quando tive de abandonar a corte. Acredita que posso aprender?

— Sem dúvida. Ensiná-lo-ei...

— Comecemos já, então. Estou ao seu dispor.

O duque explicou-lhe quem foi Romeu e quem foi Julieta; e, como ele, duque, estivesse acostumado a fazer o papel de Romeu, o rei faria o de Julieta.

— Mas, duque, se Julieta era uma jovem tão graciosa como diz, não acha que a minha careca e estas suíças grisalhas produzirão mau efeito?

— Não se preocupe, majestade. Esses palermas do interior não darão por isso. Ademais, aparecerá convenientemente trajado. Julieta está num balcão, apreciando o luar antes de recolher-se: veste, portanto, camisola e traz à cabeça uma carapuça. Aqui estão os trajes para a cena.

Dizendo isso, retirou da mala dois ou três saiotes, que declarou serem as cotas d'armas de Ricardo III, também uma camisola de dormir e uma touca. O rei mostrou-se satisfeito. Em seguida, o duque sacou dum livro e pôs-se a ler em voz alta, fazendo gestos e, ao mesmo tempo, representando, a fim de mostrar como devia ser conduzida a coisa. Finda a cena, passou o livro ao rei, dizendo que decorasse o seu papel.

Distante 3 milhas de onde estávamos, havia uma pequenina cidade. Terminado o almoço, o duque declarou que descobrira um meio de navegarmos durante o dia sem o menor perigo para Jim, e que necessitava de ir à vila para ultimar uns planos. O rei resolveu ir também. Como nos faltasse café, Jim pediu-me que fosse com eles na canoa e comprasse algum.

A povoação parecia abandonada. Não víamos viv'alma nas ruas. Tudo morto, como num domingo. Nos fundos de certa casa, encontramos um preto doente a tomar sol, e foi quem nos disse que os moradores da vila, à exceção das criancinhas de colo, dos velhos que não podiam andar e dos enfermos, haviam todos ido assistir a u'a missa campal, celebrada em um bosque distante 2 milhas. Diante dessas informações, o rei declarou que também iria até lá, a fim de tirar partido da missa, permitindo-me que o acompanhasse.

O duque necessitava duma tipografia, que logo encontrou. Ficava sobre uma oficina de carpinteiro; e tanto carpinteiros como tipógrafos haviam ido à missa, deixando as portas abertas. Por todos os cantos, viam-se pedaços de papel e tinta derramada. Pelas paredes, gravuras de cavalos e retratos de negros fugidos. O duque tirou o paletó, disposto a trabalhar, enquanto eu e o rei saímos para assistir à tal missa.

Meia hora depois, estávamos em meio de enorme aglomeração, talvez mais de mil pessoas, vindas de 20 milhas em roda. Chegamos alagados de suor, tal a canícula. O bosque enchera-se de carros, troles e outros veículos. Havia barracas de pau a pique, recobertas de folhagens com limonadas, melancias, milho verde e outras gulodices.

As prédicas eram feitas em barracas semelhantes, apenas maiores e mais abarrotadas de gente. Troncos de árvores haviam sido improvisados como bancos, e, num dos extremos das barracas, erguiam-se plataformas para os pregadores. As mulheres traziam chapéus de abas largas, que as protegiam do sol; umas tinham vestido de lã, outras, de chita; e, ainda, outras de algodãozinho. Havia moços descalços, e, entre as crianças, algumas só trajavam camisa. Mais de uma velha fazia crochê, e muitas moças conversavam com o namorado.

Na primeira tenda em que entramos, estava sendo cantado um hino. O pastor recitava um verso, e o povo repetia em voz alta. Dava gosto ouvir aquele coro de centenas de vozes. A assistência animava-se cada vez mais, e, no fim, já era um coro de gemidos e berros a plenos pulmões. Logo depois, o pregador deu início ao sermão, gesticulando muito, voltando-se para um lado e para outro e alçando a voz o mais possível, a fim de ser ouvido longe. Por vezes, abria a *Bíblia* e exclamava, aos berros:

— É a serpente traiçoeira do deserto! Vede-a! Vede-a!

E os fiéis entoavam, em coro:

— Glória! Amém!

— Vinde para o banco das lamentações! — continuava o pregador. — Vinde, vós, que tendes a alma enegrecida pelo mal! — (Amém). Vinde, doentes e aflitos (Amém), os cegos, os aleijados, os pobres (Amém), os que se atolaram na vergonha (Amém). Vinde todos vós, que padeceis e tendes o coração dilacerado! Vinde com todos os vossos pecados! A água purificadora vos espera, as portas do paraíso estão abertas. Entrai e descansai! (Amém! Glória! Glória! Aleluia!).

Não se entendia claramente o que o pregador dizia, tanto era o tumulto. De todos os pontos levantavam-se penitentes, que ,à força bruta, abriam passagem na turba a fim de conseguir lugar no banco das lamentações. Grossas lágrimas lhes rolavam pelas faces. Quando todos se viram reunidos junto à plataforma, puseram-se a cantar e a berrar, arrojando-se ao solo como verdadeiros dementes.

Quando dei de mim, vi que o rei não estava mais ao meu lado.

Ouvi a sua voz sobrepor-se às demais. Conseguiu ganhar a plataforma e estava pedindo ao pregador que lhe desse permissão de falar alguns minutos. Começou dizendo ser um pirata — havia 30 anos que pirateava no Oceano Índico. Os seus seguidores tinham sido dizimados na última primavera numa terrível luta. Viu-se, então, obrigado a regressar aos Estados Unidos em busca de mais aventureiros. Já estava em vias de retornar com os novos homens quando, graças a sua boa estrela, foi assaltado e posto fora do navio sem um centavo no bolso. Agradecia a Deus o que lhe acontecera; sim, agradecia de coração, pois era agora outro homem. Começava a compreender o que era a verdadeira felicidade. Pobre como era, mesmo assim, iria partir para o Oceano Índico, a fim de chamar todos os piratas ao bom caminho, mesmo que isso lhe custasse a vida. Quem melhor do que ele para tal empresa, conhecedor que era de todos os flibusteiros do Oceano Índico? E, embora muito lhe custasse chegar até lá, sem recursos como se achava, havia de consegui-lo e, a cada converso, diria: "Não, não me agradeça! A mim nada deve. Renda graças ao bom povo de Pokeville, meus irmãos e benfeitores da raça! E também àquele pregador ali — o melhor amigo que já teve um pirata!...".

Mal terminou de falar, rompeu em prantos, no que foi acompanhado por todos os que o ouviram. Nisso, alguém exclamou:

— Façamos uma coleta para o regenerado!

Imediatamente, meia dúzia de homens movimentou-se, solícita para dar início à obra. Então, uma voz bradou:

— Que ele passe de chapéu na mão!

— Isso mesmo, isso mesmo! — responderam todos, inclusive o pregador.

Sem esperar por mais, o rei foi passando de um em um, com o chapéu na mão, a enxugar os olhos e a abençoar o povo que sabia ser tão magnânimo para com os pobres piratas distantes. Moças bonitas erguiam-se de onde estavam, com os olhos rasos d'água, e pediam-lhe permissão para beijá-lo. E o rei acedia, abraçando e beijando algumas cinco e seis vezes seguidas. Também foi convidado a permanecer na povoação por mais tempo, pois seria uma honra para todos ter-no como hóspede. O regenerado, porém, agradeceu, declarando que, sendo aquele o último dia da reunião religiosa, sua permanência na vila de nada adiantaria; ademais, estava ansioso por retornar ao Oceano Índico e iniciar a conversão dos piratas.

Quando regressamos à balsa, o rei pôs-se a contar o dinheiro recebido e viu ter coletado 87 dólares e 75 centavos. Trouxe, ainda, um garrafão de uísque que, de volta, encontrara sob um dos troles, ao passar pela floresta. Fora o dia mais rendoso de quantos dedicara a prédicas.

O duque também declarou ter feito excelente negócio, mas foi obrigado a reconhecer a sua inferioridade diante do realizado pelo rei. Na tipografia, imprimiu talões de recibos e, com eles, obteve anúncios no valor de 10 dólares para o jornal da cidade, anúncios que seriam publicados por 4 dólares se pagos adiantadamente. Aceita a proposta, o duque embolsou os cobres. A assinatura anual do periódico era 2 dólares; ele conseguiu três assinantes a dólar e meio, sob a mesma condição de pagamento antecipado. Recusou-se a receber mercadorias em pagamento, alegando haver comprado o jornal e baixado o preço das assinaturas. Também improvisou uns versos, algo doces e tristes, que se intitulavam: "Dilacera de vez, ó gélida humanidade, com este coração sofredor!", e lá os deixou, prontos para ser impressos, sem cobrar um ceitil. Em resumo, obtivera 9 dólares e meio durante o dia.

Por último, mostrou-nos um outro trabalho, pelo qual nada cobrou — por ser para nós. Era um impresso que continha o retrato de um negro fugido com um saco às costas, sob o qual escreveu: "Recompensa de 200 dólares!". O texto referia-se a Jim, descrevendo-o detalhadamente. Dava-o como tendo escapado no último inverno de uma fazenda de St. Jacques, 40 milhas ao sul de New Orleans, e como havendo, provavelmente, tomado rumo norte. Quem o capturasse e o entregasse na tal fazenda receberia o prêmio e mais as despesas.

— De agora em diante, podemos viajar de dia, se quisermos — disse o duque. —Sempre que alguém nos abordar, manietaremos Jim com uma corda e o apresentaremos com este aviso, acrescentando que o surpreendemos a subir o rio; diremos, ainda, que, como nos faltasse dinheiro para viajar de vapor, obtivemos de empréstimo esta balsa. Algemas e correntes ficariam melhor num negro fugido, mas não estão em nossas posses. Pareceriam até joias...

Elogiamos a inteligência do duque, pois agora nada nos impedia de viajar à luz do sol. Tínhamos de navegar bastante aquela noite, para nos pormos a salvo da indignação que o seu trabalho na tipografia iria produzir no povoado. Até às 10 da noite, mantivemo-nos em silêncio e sem arredar pé do esconderijo. Em seguida, afastamo-nos e só acendemos a lanterna depois que perdemos de vista o último vestígio de Pokeville, milhas abaixo.

Às 4 da madrugada, ao render Jim na vigilância de bordo, ele indagou:

— Huck, acha que vamos encontrar mais reis pelo caminho?

— Não — redargui. — Suponho que não.

— Ainda bem. Um ou dois reis já bastam. Este está bêbado que nem uma cabra — e o duque lhe fez boa companhia.

Soube que Jim tentara fazer o rei falar francês, para ver como era essa língua. Mas o rei esquivou-se, dizendo que a sua longa estada na América e os sofrimentos por que passara o tinham feito esquecer o idioma dos seus pais.

XXI

O sol já despontara no horizonte, mas nós continuamos a navegar. Pouco depois, o rei e o duque despertavam, de gosto amargo na boca. Fez-lhes bem um mergulho na água fria da manhã. Findo o desjejum, o rei sentou-se numa das quinas da balsa, sacou as botas, arregaçou as calças, mergulhou as pernas n'água, acendeu o cachimbo e pôs-se a decorar o seu papel em *Romeu e Julieta*. O duque, sempre incansável, fazia-o repetir várias vezes as mesmas frases, ensinando-lhe o melhor modo de enunciá-las, de suspirar e de levar a mão ao peito.

— Está tudo muito bem — dizia ele. — Apenas você não deve mugir como touro quando pronunciar o nome de Romeu. Deve fazê-lo docemente, languidamente, assim: Romeu!, com voz de mel. Julieta é uma donzela delicada, uma flor que, ao falar, não zurra, como você supõe.

Depois desse ensaio, cada qual tomou duma espada de madeira, que o duque havia feito, e meteram-se a praticar o duelo. O duque representava Ricardo III, e dava gosto vê-lo manejar a espada. Mas tanto saltaram de um lado para o outro que o rei acabou tropeçando e caindo n'água. Depois disso, sentaram-se para descansar e ficaram de prosa sobre as aventuras passadas.

Findo o almoço, o duque volveu a falar.

— Temos de fazer uma coisa grandiosa e preparar um número extra, para o caso de pedirem bis. Eu dançarei um bailado escocês; e você — deixe-me ver... Ah, já sei... Você recitará o solilóquio de Hamlet.

— O... quê?

— O solilóquio. A coisa mais célebre de Shakespeare. Ah, é sublime, sublime! Entusiasma o público sempre. Infelizmente, não o tenho no livro, pois só trouxe o primeiro volume. Mas talvez ainda o saiba de cor. Dê-me um minuto de silêncio, a ver se consigo retirá-lo da caixa forte da memória.

E, dizendo isso, pôs-se a andar e desandar de um lado para o outro, pensativo, franzindo horrivelmente os sobrolhos. A espaços, dava tapas na fronte, entreparando ou inclinando o corpo para trás, com a respiração suspensa. Vinha-lhe, então, um gemido, a que se seguia profundo suspiro, acompanhado de lágrimas... Era um prazer vê-lo em tais momentos. Aos poucos, recordou tudo e pediu atenção. Tomou atitude nobre, com uma perna à frente, um braço estendido e a cabeça erguida, de olhos fitos no céu. Pôs-se a recitar e rilhava os dentes, gesticulava, voltando-se para um lado e para outro, a arfar o peito. Foi a melhor representação que já vi em minha vida.

O velho também gostou muito, e acabou por recitá-lo de modo tão admirável que parecia não ter nascido para outra coisa. Na primeira oportunidade, o duque mandou imprimir os programas.

Continuamos navegando, por mais dois ou três dias, com a balsa transformada em verdadeiro palco. Eram duelos e ensaios a todo momento. Certa manhã, quando já estávamos no Estado de Arkansas, avistamos, numa curva, as casinholas dum burgo. Amarramos a balsa três quartos de milha antes de chegarmos, à embocadura dum riacho recoberto de ciprestes, e dirigimo-nos à vila de canoa, deixando Jim de guarda à balsa.

Tivemos muita sorte. Ia haver função no circo naquela tarde, e os espectadores já começavam a chegar, em troles e a cavalo. O circo tencionava deixar a vila ao anoitecer, o que nos favorecia grandemente. O duque alugou o teatro local e, depois, saiu comigo a colocar cartazes nas ruas. Anunciavam o seguinte:

FUNÇÃO DEDICADA A SHAKESPEARE!!!

Maravilhosa atração...
Somente esta noite!
O trágico de fama mundial!

David Garrick, o Moço, do teatro de Drury Lane, Londres, e o grande Edmundo Kean, o Velho, do Teatro Real de Haymarket e dos teatros de White Crapel, Pudding Lane, Piccadilly, em Londres, e vários outros da Europa apresentam o sublime espetáculo hakespeareano intitulado

"A cena do balcão de Romeu e Julieta"!!!

ROMEU .... Mr. Garrick
JULIETA .... Mr. Kean

Com a cooperação de toda a companhia!
Novo guarda-roupa, cenários novos, novos papéis. E também:

"A cena magistral, sangrenta e horripilante do duelo de Ricardo III"

RICARDO III ....Mr. Garrick
RICHMOND .... Mr. Kean

E, ainda, a pedido do público:
"O imortal monólogo de Hamlet!"
pelo ilustre Kean

Que o repetiu 300 noites consecutivas em Paris!!!
Só esta noite!

Devido aos contratos com os principais empresários das principais cidades da Europa!

Os dois grandes atores só darão um espetáculo!

Entrada: — 25 centavos. Crianças e criados, 10 centavos.

Feito isso, fomos passear pela vila. As casas eram de madeira, sem pintura, e erguidas 3 ou 4 pés acima do solo, para evitar as águas do rio nas épocas de cheia. Cercavam-nas pequenos jardins em abandono, com flores silvestres por entre montes de lixo, sapatos e latas velhas. As sebes de madeira já demonstravam desejos de repouso, inclinando-se de um lado e de outro, com porteirinhas de uma só dobradiça, e essa mesma de couro. Talvez já houvessem recebido tinta aquelas cercas, mas, segundo o duque, devia isso ter sido no tempo de Colombo. Em muitos jardins, vimos porcos fossando a terra.

As casas comerciais e os armazéns localizavam-se todos na mesma rua. Cada botequim dispunha dum toldo branco com dois moirões, em que os cavaleiros amarravam as suas cavalgaduras. Sob o toldo, sentados em caixas vazias (que riscavam com a ponta das facas), vários homens passavam o dia a mascar tabaco, bebericar uísque e contar casos heroicos. Usavam enormes chapeirões de palha, de abas desmesuradamente largas, sempre em mangas de camisa. Chamam-se mutuamente Bill, Buck, Hank, Joe, Andy e falavam em voz arrastada e sonolenta, com intercalamento de pragas a cada frase. Junto aos moirões, viam-se vagabundos recostados, dos que só tiram a mão do bolso para passar adiante um pedaço de fumo ou coçar-se. Eram comum diálogos como este:

— Passa uma lasca, Hank.

— Não posso. Só me resta um pedacinho. Peça a Bill.

Talvez Bill o satisfizesse; talvez mentisse, dizendo que não tinha mais. Alguns desses malandros não possuíssem um cêntimo no bolso, e o tabaco que mascavam era obtido de empréstimo. Um disse ao outro:

— Você bem que podia emprestar-me uma lasca de fumo, Jack. Acabo de dar a última que tinha a Ben Thompson.

Quase sempre isso é mentira, que só engana a estranhos; mas, como Jack não era um estranho, redarguiu:

— Você deu-lhe fumo? Nessa não creio. Só se foi para a avó dele. Devolva-me o que já lhe dei emprestado, que porei às suas ordens uma tonelada.

— Já lhe devolvi várias lascas.

— Sim, apenas seis, e me deve dúzias.

Geralmente, o que esses homens mascam são folhas de fumo torcidas. Quando pedem uma folha, não a cortam ao meio com uma faca; mascam-na e devolvem o talo. É de ver-se a cara enfezada do que a recebe.

— Por que não fica também com o talo?

As ruas mostravam-se enlameadas, de uma lama negra como piche. Barro por toda parte. Porcos de todos os tamanhos tranquilamente chafurdavam nos lodaçais. Uma porca, seguida dos seus leitõezinhos, veio postar-se bem no meio da calçada, obrigando os transeuntes a desviar-se. Em seguida, deitou-se e cerrou os olhos, enquanto amamentava os filhotes, na mais completa felicidade porcina. Nisso, alguém açulou: "Pega, Tigre!". E, no mesmo instante, a porca saiu em disparada, a berrar, atropelada por dois cães que lhe mordiam as orelhas, com grande gáudio dos vagabundos que modorravam à porta das tabernas. Terminado o espetáculo da fuga da porca, eles só de novo se movimentaram quando dois cachorros se atracaram. Nada os divertia tanto como briga de cães ou este outro espetáculo: um cão ensopado em terebentina em chamas, com uma lata amarrada no rabo, em desabalada corrida pelas ruas até cair de exaustão.

À margem do rio, algumas habitações em abandono já haviam perdido o prumo e inclinavam-se para a frente, como prestes a um mergulho. Em inúmeros pontos, a barranca do rio mostrava-se grandemente solapada; e, mesmo assim, havia gente residindo ali. Por vezes, a erosão da água carregava extensos tratos de terra, sobretudo nas cheias. A povoação ia retrocedendo, à medida que o Mississipi alargava o seu leito.

Ainda não era meio-dia, e grande número de carros e cavalos já se achava postado junto aos passeios. A cada momento, chegava mais gente. Muitos dos que tinham trazido farnel haviam dado início ao almoço. Bebia-se com furor. Pude presenciar três brigas.

— Lá vem Boggs! — brada alguém. — Hoje é dia do seu pileque mensal! Lá vem ele, rapaziada!

Os vagabundos assanharam-se. Indubitavelmente, a presença de Boggs lhes proporcionava excelente oportunidade de recreio com a miséria alheia. Um exclamou:

— Vamos ver a quem vai matar desta vez. Se tivesse matado a todos que jurou liquidar nestes últimos 20 anos, estaria com boa reputação.

Outro acrescentou:

— Eu quisera que Boggs me tivesse ameaçado; só então ficaria certo de viver mil anos...

Boggs chegou no galope e aos berros.

— Abram caminho! Abram caminho! Vou na trilha da guerra, e os caixões vão subir de preço!

Estava embriagado, mantendo-se precariamente na sela. Homem aí dos seus 50 anos, extremamente rubicundo. Os presentes riam-se, atirando-lhe insultos, que ele devolvia com insolência, ameaçando a todos. A matança ficaria para a próxima vez, pois desta viera apenas para liquidar o coronel Sherburn.

Vendo-me, indagou logo:

— De onde é você? Está preparado para morrer? — e passou adiante.

Fiquei deveras amedrontado; mas um dos presentes desfez-me os receios.

— Não se assuste — disse ele. — Boggs é assim mesmo, quando bebe. Um pobre diabo; a melhor criatura de Arkansas, incapaz de matar uma mosca.

Sofreando o cavalo diante da porta do mais importante estabelecimento da povoação, Boggs baixou a cabeça para ver melhor sob o toldo, e berrou:

— Salta fora, se tem coragem, Sherburn! Venha bater-se com o homem que você trapaceou. Há tempos que ando à sua procura, ladrão!

E continuou nesse tom, insultando pesadamente o outro, cercado da malta que ria, gozosa. Mas, às tantas, um senhor de porte elevado e aspecto severo, aparentando 50 anos e o mais bem trajado de quantos ali se achavam, veio à rua. A turba recuou para lhe dar passagem.

— Já estou cansado disto — disse, calmamente, dirigindo-se a Boggs. — Terei paciência somente até uma hora mais; nem mais um minuto. Se, depois de uma hora, você abrir a boca, Boggs, irei pegá-lo onde estiver, ouviu?

Dito isso, voltou as costas e retirou-se. Ninguém se atreveu a rir ou fazer o menor comentário. Boggs, porém, lá se foi rua abaixo, vomitando as maiores injúrias contra Sherburn na sua cólera de ébrio, para minutos depois voltar, esbravejando sempre. Alguns da turba tentaram, inutilmente, fazê-lo calar-se. Faltavam 15 minutos para uma hora, e, pois, era conveniente que ele tornasse à casa quanto antes. Boggs, porém, não lhes deu atenção. Redobrou de insultos, atirando o chapéu por terra e pisando-o com o cavalo. Mais uma vez, desceu a rua, em galope desordenado, os cabelos grisalhos soltos ao vento. Em vão tentaram meios suasivos de fazê-lo apear-se, a fim de que ficasse detido até melhorar. Pela terceira vez, voltou à taverna, com mais insultos para Sherburn.

Nisso, uma voz sugeriu:

— Tragam a filha! Depressa! É a única pessoa a quem ele ouve.

Alguém saiu a correr. Eu caminhei até certo ponto e parei. Cinco ou dez minutos depois, vi Boggs reaparecer, não a cavalo, mas ladeado por dois amigos que o sustinham pelos braços. Caminhavam apressados, e o borracho mostrava certo temor na fisionomia transformada. Eis que uma voz soou:

— Boggs!

Volvi a cabeça e avistei o coronel Sherburn no meio da rua, de pistola em punho, mas sem pontaria feita, mantendo a arma de cano para cima. E, no mesmo instante, vi uma jovem a correr desesperadamente, seguida de dois homens. Boggs mais os seus companheiros voltaram-se para ver quem o chamava. Ao darem com Sherburn, cada qual, mais que depressa, pulou para um lado, abandonando o pobre bêbado na rua. Imediatamente, a pistola do coronel tomou posição horizontal, com ambos os gatilhos levantados. Boggs alçou os braços, implorando misericórdia, mas em vão. Ecoou o primeiro disparo, e o pobre homem pendeu para trás, tentando agarrar-se ao ar. Mais outro disparo, e o seu corpo caiu num baque surdo, de braços abertos. A moça, que viera a correr, soltou um grito lancinante e arrojou-se aos braços do pai. A multidão cerrou-se em volta, cada qual esticando mais o pescoço para ver melhor. Os de dentro esforçavam-se por romper o cerco, aos brados de:

— Para trás! para trás! Deem-lhe ar, deem-lhe ar!

O coronel Sherburn atirou a pistola ao chão, girou nos calcanhares e foi-se.

Boggs foi carregado para uma farmácia. A multidão de curiosos também transportou-se para lá. Consegui obter ótimo lugar, numa das janelas, junto à qual deitaram o corpo do moribundo. Por sob sua cabeça, colocaram uma *Bíblia*, e outra, aberta, lhe foi posta sobre o peito. Como lhe houvessem desabotoado a camisa, pude ver o ferimento produzido por uma das balas. Boggs ainda respirou pesadamente umas tantas vezes, até que se imobilizou por completo — estava morto. Em seguida, retiraram dali a pobre orfãzinha, que não cessava de chorar e gritar doidamente. Devia ter 16 anos, era bonita, mas estava horrivelmente pálida, com uma expressão de horror gravada nos olhos assustados.

As imediações da farmácia regurgitavam de gente, ansiosa por uma espiada. Os que se encontravam à janela não queriam ceder o lugar, provocando protestos:

— Que diabo! Vocês já se fartaram de ver. Não é direito ficarem aí toda a vida, atrapalhando os outros. Nós também queremos!

Com medo de que aquilo ainda acabasse em briga, resolvi afastar-me. As ruas estavam apinhadas. Todo mundo comentava o caso, acaloradamente. As testemunhas visuais contavam como se passara o fato. Cada um tinha em volta de si um grupo que o ouvia atentamente. Um homem alto e magro, de cabelos compridos e chapéu largo atirado para trás, indicava, com a bengala, o lugar onde Boggs caíra e o ponto em que Sherburn se postara. Os curiosos seguiam-no de um ponto a outro, meneando a cabeça para mostrar que estavam entendendo e ouvindo-o atentamente. Detendo-se onde Sherburn estivera, o homem empertigou-se todo, derrubou o chapéu sobre a fronte e bradou: "Boggs!". Depois, fez pontaria com a bengala e desfechou um tiro de boca: "Bum!". Deu uns passos atrás, bamboleante, e repetiu o segundo "Bum!". E deixou-se cair pesadamente ao solo. Os que haviam presenciado a cena acharam-na perfeita e convidaram-no para um uísque.

Não demorou muito para que surgisse e tomasse corpo a ideia do linchamento de Sherburn. Virou entusiasmo, e, minutos depois, uma multidão vociferante demandava a residência de Sherburn, colhendo de passagem tudo quanto era corda de varal de roupa para o enforcamento do assassino.

CAPÍTULO XXII

Caminhava a turbamulta aos brados de "Lincha! Mata!", obrigando os que encontravam pelo caminho a afastar-se, apressados, se não quisessem ser atropelados. Ao verem aquela avalancha humana que avançava ameaçadora, as crianças fugiam, espavoridas; mulheres espiavam, assustadas, pelas janelas; moleques encarapitavam-se nas árvores, e, por trás das cercas, espiavam negros; mas, quando a turba se aproximava, as janelas fechavam-se, e todos fugiam para dentro. Muitas mulheres choravam, retransidas de medo.

Em frente da residência de Sherburn, a multidão fez alto. A grita continuava, ensurdecedora. Os mais audazes transpuseram o gradil de madeira do jardim, fazendo-o em pandarecos, e aglomeraram-se diante da casa, terrivelmente ameaçadores.

Nisso, o coronel Sherburn assomou à sacada de uma das janelas, demonstrando a mais absoluta calma e tendo nas mãos uma espingarda de dois canos. Por alguns instantes, manteve-se calado. O populacho refluiu, já mais arrefecido.

O coronel continuou mudo, contemplando, desdenhosamente, a multidão. Ninguém ousava enfrentar-lhe o olhar. Por fim, soltou uma risada desagradável, dessas que dão a impressão, a quem as ouve, de estar comendo pão com areia. E, com voz pausada e ar insolente, pôs-se a falar:

— Com que então queriam linchar-me, hein? É da gente rir! Como se lá tivessem coragem para linchar um homem! Julgam que, por terem expulsado umas pobres coitadas que apareceram por aqui, são capazes de deitar mão em um homem? Quem realmente for homem nada receia de 10 mil vilões como vocês — enquanto for dia e tiver as costas protegidas.

Acreditam, talvez, que os não conheço? Enganam-se, meus caros. Eu os conheço de sobra. Nasci e criei-me no Sul, e vivo no Norte muitos anos. Conheço os homens e posso afirmar que, na grande maioria, são covardes. No Norte, deixam-se pisar pelos outros, e vão para casa pedir humildade a Deus. No Sul, um só homem já fez parar uma diligência cheia de marmanjos em pleno dia, e os roubou a todos. Tanto estão vocês acostumados a receber dos seus jornais a alcunha de valentes que se julgam mais valentes do que os outros, quando, na verdade, não passam de covardes. Por que motivo os jurados aqui não condenam os assassinos? Porque temem ser mortos. Por isso mesmo, absolvem sistematicamente — e, durante a noite, saem acompanhados de cem tão covardes como eles, mascarados, para linchar o assassino absolvido. Vocês laboram em erro não trazendo um homem que os dirija; outro erro foi não virem mascarados e protegidos pelas sombras da noite. Trouxeram apenas a metade de um homem — Buck Harkness — e, não fosse ele, não teriam vindo nem até aqui.

Vocês não quiseram vir. Não são muitos os homens que procuram o perigo, e vocês, acima de tudo, temem o perigo. Mas basta que a metade de um homem, como Buck Harkness, brade: "Lincha! Lincha!" para que todos o acompanhem, não por valor, mas temerosos de demonstrar que são covardes. Agarram-se ao paletó desse meio homem e chegam até aqui barulhentos, a berrar que vão fazer e acontecer. Não há coisa mais triste do que uma multidão; um exército não passa disso; os soldados não lutam animados de coragem própria, mas sim com a coragem que a ideia do número e do valor dos oficiais lhes empresta. Mas um populacho sem um homem à frente chega a produzir comiseração. O que lhes resta fazer agora é meter o rabo entre as pernas e voltar para casa, escondendo-se no primeiro buraco encontrado. Se tiver de haver linchamento, será feito à noite, à moda do Sul. Agora, retirem-se e levem consigo esse meio homem! — terminou o Coronel Sherburn, engatilhando a arma ao pronunciar as últimas palavras.

Os poltrões afastaram-se rapidamente, cada qual indo para o seu canto. Buck Harkness, este dava vergonha vê-lo depois das afrontas sofridas. Também retirou-se, sem dizer palavra. Eu poderia ter permanecido, mas preferi ir-me também.

Dirigi-me ao circo e fiquei rondando a parte dos fundos. Assim que pilhei o guarda desprevenido, entrei por baixo do pano. Trazia comigo uma moeda de ouro de 20 dólares e mais alguns níqueis, mas achei melhor economizar — pois vá a gente saber quando irá necessitar de dinheiro, longe de casa e em meio de estranhos. Não me importo de gastar dinheiro com circo, quando sou forçado. Mas, do contrário, é esbanjar.

O circo entusiasmava. Jamais presenciei espetáculo tão belo! Homens e mulheres a cavalo, aos pares, começaram a voltar a arena. Os cavaleiros trajavam apenas calção curto e camiseta; vinham descalços e sem esporas, apoiando as mãos nos quadris, muito garbosos. As amazonas, guapas e bonitas, pareciam verdadeiras rainhas com os seus vestidos que deviam ter custado milhões de dólares, inteiramente enfeitados de brilhantes. Que espetáculo grandioso! Repito que nunca vi coisa tão bonita em minha vida!

Em seguida, um por vez, cada qual se pôs de pé sobre o cavalo que trotava macio em torno da arena. Os homens afiguravam-se tão altos que davam a impressão de roçar a cabeça no pano; e as damas, com os vestidos cor-de-rosa a tremular aos movimentos do animal, ainda pareciam mais belas.

Cada vez corriam mais depressa; o domador, que ocupava o centro do picadeiro, ia aumentando a velocidade dos cavalos a estalos de chicote. E os cavaleiros e cavaleiras bailavam, ora erguendo uma perna, ora outra. Enquanto isso, o palhaço não parava de fazer graças às costas do domador. Em dado momento, todos largaram as rédeas; as moças levaram as mãos à cintura, os moços cruzaram os braços, enquanto os cavalos pareciam prestes a tombar de um lado! Por último, foram saindo, um por um, curvando-se para o público, que os aplaudia freneticamente, nas mais graciosas reverências que a gente possa imaginar.

Durante todo o espetáculo, houve coisas extraordinárias. O palhaço fazia-nos morrer de rir. Não permitia que o domador pronunciasse uma frase sem interrompê-la com um aparte engraçado. Custava-me compreender como pudesse inventar tantas piadas e ditos cômicos! A mim, não me ocorreria nada daquilo, nem que levasse um ano inteiro a escarafunchar.

Ia tudo correndo muito bem, quando surgiu um ébrio que, a todo transe, queria penetrar na arena, alegando que montava tão bem quanto o melhor cavaleiro. Pôs-se a discutir com os empregados do circo, que lhe vedavam a entrada, e de tal modo se portou que o espetáculo teve de ser interrompido. Vendo-se vaiado pelos espectadores, encolerizou-se e atirou insultos à plateia. Diante disso, alguns homens ergueram-se, aos gritos de "Fora com ele! Pau nele!". Várias mulheres começaram a gritar. Para que o tumulto cessasse, o domador pediu silêncio e prometeu ao bêbado deixá-lo montar, se é que estava certo de não cair.

O público riu-se, antegozando gostosas gargalhadas.

Mal o bêbado cavalgou, o animal pôs-se a corcovear furiosamente em torno do picadeiro. Dois homens tentaram, inutilmente, contê-lo. O improvisado peão, agarrado ao pescoço do enfurecido corcel, fazia tremendos esforços para não ser cuspido da sela, enquanto os espectadores se riam a não poder mais. Por fim, o animal livrou-se dos que tentavam prendê-lo e disparou, desenfreado, pela arena, levando ao pescoço o ébrio, que ora tocava o chão com uma perna, ora com outra. A assistência contorcia-se em frenéticas gargalhadas. Só eu não estava achando muita graça, apavorado com o perigo iminente. Mas, ao cabo de uns instantes, o borracho ganhou o dorso da alimária e agarrou as rédeas, inclinando-se para um lado e para outro. Súbit,o deixou cair o freio e pôs-se de pé sobre o cavalo, que continuava em desabalada corrida. Equilibrou-se sem o menor esforço, como se não estivesse embriagado; e, ante a admiração geral, começou a despir-se com tal rapidez que, em breves instantes, mudou nada menos de 16 fatos. E ei-lo que surgiu, afinal, esguio, elegante num lindo traje, empunhando um chicote, a cavalgar destramente o belo cavalo. Minutos depois, apeou-se e, curvando-se numa reverência para o público, recolheu-se aos bastidores, debaixo do espanto geral.

Só então o diretor do circo percebeu o logro em que havia caído. O suposto bêbado não passava de um dos seus próprios artistas, que planejara a comédia sem nada dizer a ninguém. Confesso que me senti com vexame de ter sido enganado daquela forma, mas não queria estar na pele do diretor do circo nem por 1.000 dólares! Não sei; talvez existam circos mais engraçados do que aquele, mas eu jamais vi nenhum. Para mim, foi ótimo; e, todas as vezes que o encontrar pelo caminho, não deixarei de aplicar o meu método de entrar por baixo do pano.

Naquela noite, demos o nosso espetáculo; mas a assistência não passou de 12 pessoas — o suficiente para cobrir as despesas. E riram-se durante todo o tempo, o que muito enfureceu o duque. Também saíram antes de findo o espetáculo, à exceção de um garoto, que ficou a dormir. Para se vingar, o duque declarou que aqueles cretinos de Arkansas não compreendiam Shakespeare; só apreciavam as pantomimas grosseiras, ou coisa ainda mais baixa. E, assim, na manhã seguinte, arranjou umas tantas folhas de papel de embrulho e, com tinta preta, preparou novos cartazes, que anunciavam:

NO TRIBUNAL

3 noites apenas!
Os trágicos de fama mundial

DAVID GARRICK, O JOVEM!

e

EDMUNDO KEAN, O VELHO

Dos teatros de Londres e do Continente

Na emocionante tragédia

O CAMELOPARDO DO REI

ou

UMA SANDICE REAL

Entrada, 50 centavos.
E embaixo, em letras garrafais, este aviso:

PROIBIDA A ENTRADA A SENHORAS E CRIANÇAS

— Se este aviso não os atrair, então não conheço a gente do Arkansas — disse o duque.

XXIII

O rei e o duque trabalharam com afinco durante o dia todo, arranjando o palco, dando uma última demão no pano e colocando as velas de modo a projetar bastante luz na ribalta. À noite, a casa ficou repleta de homens — não havia um só lugar vago. Vendo que não cabia ninguém, o duque encerrou a venda de entradas e, pelos fundos do prédio, foi ter ao palco. Quando lá, pronunciou algumas palavras de agradecimento aos espectadores e teceu os maiores elogios à tragédia que ia ser representada, classificando-a entre as mais comovedoras e emocionantes até então produzidas. Em seguida, entoou loas a Edmund Kean, o principal intérprete, e, quando viu que conseguira elevar a um alto grau a expectativa do público, ergueu o pano — e eis que apareceu em cena o rei a andar de quatro, fazendo cabriolas e completamente nu. Tinha o corpo pintado de várias cores, todo listrado — um perfeito arco-íris. Estava de um grotesco terrivelmente cômico. O público já não se continha de tanto rir; e, quando o rei desapareceu por trás do pano, em saracoteios, estrugiram palmas e berros que o obrigaram a voltar à cena e repetir os corcovos. Por mais duas vezes foi chamado à cena. Mas não restava dúvida de que o velho idiota fazia rir até uma vaca, com seus trejeitos e esgares malucos!

A seguir, o duque desceu o pano, curvou-se, reverentemente, para a plateia e anunciou que a formidável tragédia seria levada à cena por mais duas noites. Os contratos com as empresas de Londres a tanto o forçavam... A lotação do teatro de Drury Lane já estava esgotada. E, com outra mesura, disse que, tendo logrado agradar ao respeitável público, gratíssimo ficaria se cada um conseguisse que os amigos e conhecidos viessem assistir à peça.

Umas 20 e tantas pessoas bradaram logo:

— Quê? Já acabou? É só isso?

À afirmação do duque, a assistência ergueu-se, indignada. O tempo esquentou. Só se ouviam exclamações de: "Fomos ludibriados! Fomos enganados!". E já se dispunham a arremeter contra o palco, furiosos, quando um homem trepou a um banco e pediu silêncio.

— Fomos enganados, é verdade; — começou ele — miseravelmente ludibriados; mas não me parece que, depois de logrados, ainda devamos servir de chacota à vila inteira. Não, senhores, não! O que precisamos fazer é sair daqui em silêncio, contar a todos a maravilha a que assistimos, e fazê-los cair no mesmo logro. Assim, um não poderá rir-se do outro. Não lhes parece mais razoável?

— Isso mesmo! O juiz tem razão! — gritaram todos.

E o orador terminou:

— Está combinado, então! Cada qual vai para casa, cala o bico sobre o logro de que fomos vítimas. E façamos que todos venham ver a peça.

No dia seguinte, só se falava sobre o maravilhoso espetáculo. Novamente, tivemos casa repleta, e mais uma vez o público se viu enganado. Ao retornarmos à balsa, saboreamos um esplêndido jantar. Lá pela meia-noite, os nossos dois fidalgos pediram a mim e a Jim que ocultássemos a balsa 2 milhas abaixo, o que fizemos.

Na terceira noite, a mesma enchente. Notei, porém, que não era gente nova, mas as mesmas caras que havia visto nas noites anteriores. Observei que todos traziam os bolsos cheios de não sei quê, e muitos ocultavam embrulhos sob o paletó. Ignorava o que fosse, mas vi logo não se tratar de perfumes. Senti um cheiro horrível, a ovo podre e repolho estragado; percebi um gato morto a léguas, e, se ali não havia entrado pelo menos uns 64 bichanos de barriga estufada, quero ser o maior dos mentirosos. Quando viu que já não cabia mais ninguém, o duque deu a um moleque uma moeda de 25 centavos, para que ficasse servindo de porteiro, e dirigiu-se à porta dos fundos, que dava acesso para a ribalta. Eu tratei de acompanhá-lo. Mas, na esquina, num canto escuro, ele parou e, voltando-se para mim, disse:

— Vamos andar depressa e, quando alcançarmos a última casa, é correr para a balsa, como se tivéssemos todos os diabos do inferno em nossa perseguição.

Assim fizemos. Chegamos à embarcação e, em menos de dois segundos, descíamos a correnteza, em procura do meio do rio. Ninguém ousava pronunciar palavra. Eu pensava nos apuros que o pobre rei devia estar passando no teatro. Mas eis senão quando o vejo surgir de dentro da cabana e perguntar ao duque:

— Então, como se foi de espetáculo?

Ele nem sequer havia ido à vila, o safado!

Só acendemos luz quando a balsa se pôs a 10 milhas da povoação. Enquanto ceávamos, o rei e o duque torciam-se de rir da peça pregada naquela gente.

— Perfeitos bocós — comentou o duque. — Eu tinha a certeza de que na primeira noite ficariam calados e traria os outros; como também sabia que iriam preparar a "revanche" para a terceira noite. Só desejava saber com que cara ficaram ao darem pela nossa fuga! Quem sabe se não aproveitaram a oportunidade para um piquenique? Provisões não lhes faltavam...

Os espertalhões fizeram nada menos que 465 dólares nas três noites! Ainda estou para ver tanto dinheiro ganho com menor esforço!

Horas depois, quando os dois entraram a dormir (roncando como não sei o quê), Jim achegou-se a mim.

— Huck, não está estranhando a conduta destes reis? — perguntou ele.

— Não — respondi.

— Por que, não?

— Porque acho muito natural o que fazem. Está na massa do sangue. São todos iguais, os reis.

— Mas Huck, esses nossos reis não passam de bons canalhas. Refinados espertalhões, é o que eles são.

— Perfeitamente. A conclusão que tirei é que todos os reis são da mesma laia; cada qual mais ordinário que o outro. Raros se salvam.

— Não diga...

— Basta ler a história dessa gente. Henrique VIII, por exemplo, não havia quem pudesse com a sua vida. O nosso rei aqui é um santo perto dele. E que dizer de Carlos II, Luís XV, Jaime II, Eduardo II, Ricardo III e 40 mais? E as heptarquias saxônicas, que pintavam o sete naquelas épocas? Você devia conhecer o velho Henrique VIII, quando moço. Casava todos os dias, para, na manhã seguinte, cortar a cabeça da mulher. E ordenava a execução com a maior naturalidade deste mundo, como se estivesse pedindo um ovo frito: "Tragam Nell Gwynn", ordenava. Lá vinha a pobre. E, na manhã seguinte: "Degolem-na!", e a moça perdia a cabeça. "Tragam-me Jane Shore", ordenava em seguida; e Jane Shore era trazida. "Degolem-na!", e mais uma cabeça rolava no chão. E assim foi fazendo, obrigando cada uma delas a contar-lhe uma história por noite, até conseguir reunir mil e uma, que enfeixou em um livro que se intitulou *Domesday Book — O Livro do Dia do Juízo*. Você está longe de saber o que são reis, Jim, mas eu sei. Afirmo-lhe que o nosso é dos mais direitos que já encontrei na história. Henrique, quando queria encrencar com o país, fazia o diabo, sem o menor aviso. Um dia, suspeitou do pai, o duque de Wellington. Que pensa você que fez? Que mandou chamá-lo? Qual nada; mandou afogá-lo, como a um gato. Se alguém deixava dinheiro ao seu alcance, ele tratava logo de arrecadar os cobres. Quando combinava uma coisa, fazia justamente o contrário. Quando abria a boca, se não a fechasse imediatamente, escapava uma mentira. Henrique era uma verdadeira peste. Se ele estivesse em lugar dos nossos reis, teria feito coisa muito pior na vila. Não quero, com isso, dizer que os nossos sejam pobres cordeiros; bem longe disso estão, se considerarmos friamente os fatos. Mas vai uma grande distância entre eles e aquele maroto do Henrique VIII. Só digo uma coisa: reis são reis, e temos de ser tolerantes. Considerados em conjunto, não passam de verdadeiras pragas. É da educação que recebem.

— Mas o nosso tem cara de ser um dos mais reles, Huck.

— Como todos, Jim.

— Já o duque é um pouco diferente.

— Sim, um duque é sempre diferente, mas não muito. Verdade que o nosso, quando está bêbado, não é qualquer que o diferencia do rei. É preciso prática...

— De qualquer maneira, não quero mais saber de reis. Bastam estes.

— E eu também, Jim. Mas, afinal, estes já estão conosco, e é forçoso tolerá-los. Felizes dos povos que não possuem reis!

Para que revelar a Jim que os nossos hóspedes não passavam de dois espertalhões? Ademais, é como eu já disse: tornava-se impossível distingui-los dos verdadeiros reis.

Fui dormir, e Jim, como muitas vezes fazia, não me despertou para render a guarda. Quando isso acontecia, ao acordar, de manhãzinha, eu o encontrava sentado de cabeça entre os joelhos, lamentando seu destino. Eu já sabia que ele pensava na mulher e nos filhos, acabrunhado das saudades que o torturavam, pois era a primeira vez que se separava dos seus. E atrevo-me a afirmar que Jim se preocupava tanto com a sua família como se fosse um branco. Não parece natural, mas garanto que era assim. Durante certas horas da noite, quando me julgava adormecido, ele se punha a lastimar, em tom choroso, falando consigo mesmo: "Minha pobre Isabel! Meu pobre Johnny. Acho que nunca mais voltarei a ver vocês! Ai, meu Deus!".

Jim era um negro como raros. Jamais vi coração tão bom!

— Estou muito triste, Huck — disse-me ele. — De madrugada, ouvi uns estalos na barranca do rio, como se fossem lambadas; e isso me fez lembrar de certa vez que fui mau para a minha pobre Isabel. Tinha ela apenas 4 anos quando apanhou escarlatina e quase morreu. Felizmente, sarou. Um dia em que ela estava no quintal, mandei-lhe que fechasse uma porta. Em vez de me obedecer, ela se pôs a rir para mim. Isso me deixou furioso, e berrei com toda a força: "Não ouve? Feche a porta!". Isabel nem se mexeu; continuou sorrindo, sem dar a menor importância às minhas palavras. Cego de raiva, dei-lhe com tanta violência um tapa na cabeça que a pobrezinha rolou por terra. Saí dali e fui fazer qualquer coisa. Quando voltei, uns dez minutos depois, encontrei a porta aberta como a tinha deixado e a minha filha, de cabeça baixa, soluçando. Furioso como estava, resolvi lhe dar umas boas palmadas. Mas, quando me cheguei, a porta empurrada pelo vento se fechou com estrondo nas costas da menina — e ela nem se mexeu. Não sei o que senti naquele momento. Parecia que me faltava a respiração. Cheguei, tremendo, pertinho dela e lhe preguei um susto, soltando um berro. Foi o mesmo que nada — a pobrezinha não se moveu. Não pude mais. Agarrei minha filha nos braços e chorei com ela e pedi perdão a Deus: "Misericórdia para o pobre Jim, que enquanto vivo for nunca mais perdoará a si mesmo!". A doença tinha deixado ela surda-muda, Huck — e eu não sabia.

XXIV

No dia seguinte, ao anoitecer, amarramos a balsa em uma ilhota recoberta de vegetação e situada no meio do rio, fronteira a duas povoações, uma em cada margem. O rei e o duque puseram-se logo a arquitetar um meio de operar em ambas. Jim pediu ao duque que agisse com presteza, pois só ele sabia o incômodo que era passar horas e horas manietado na balsa. Quando o deixávamos só, Jim ficava amarrado, pois, do contrário, se alguém o encontrasse, tomá-lo-ia por tudo, menos por escravo fugido. Concordou o duque ser penoso passar o dia inteiro de pés e mãos atados, e disse que iria descobrir meio de evitar o inconveniente.

Sem dúvida alguma, o duque era o que se pode chamar um homem inteligente, pois não tardou a descobrir uma solução para o caso. Vestiu Jim com a indumentária do rei Lear — uma longa túnica, peruca e suíças brancas de crina de cavalo. Em seguida, pintou-lhe o rosto, as mãos, as orelhas e o pescoço com tinta azul-escura, que lhe dava a aparência de um afogado de nove dias. A coisa mais horripilante que os meus olhos já viram. Por último, escreveu este aviso em uma tábua que, pregada a um pau de alguns pés de comprimento, foi espetado sobre a cabana da balsa:

"Árabe doente. Inofensivo quando não está fora de si!". Jim ficou satisfeito, achando aquilo mil vezes melhor do que passar amarrado alguns anos todo dia, a morrer de medo ao menor ruído que lhe despertava atenção. Disse-lhe o duque que ficasse à vontade, sem receio algum; e que, se aparecesse alguém, bastaria pular fora da cabana e urrar como fera bravia, para que o intruso procurasse outro rumo. A ideia era sensata; mas a média dos homens não ousaria esperar pelo berro, pois Jim, naquela caracterização, não se assemelhava somente a um morto — assemelhava-se a coisa muito pior.

Os espertalhões desejavam dar uma segunda exibição do *Camelopardo*, já certos de lucros, mas lembraram-se de que a notícia das últimas representações podia já haver batido ali, e arrepiaram carreira. Como, de momento, nada lhes ocorresse de que pudessem tirar partido, o duque acomodou-se a um canto da balsa, para espremer alguma ideia luminosa do cérebro, enquanto o rei ia até uma das povoações, sem nenhum plano em mente, esperando que a Providência o guiasse pelo caminho mais proveitoso. Falava na Providência mas referia-se ao demônio, segundo penso. Na última vila em que estivemos, compráramos roupas novas, e o rei mudou de encadernação. Só vendo a mudança por que passou o velhote! Parecia outro, no seu terno preto. Nunca imaginei que a indumentária mudasse tanto o aspecto de uma pessoa! Quando nos conhecemos, dava pena contemplá-lo; mas agora, se tirava o chapéu novo, curvando-se num cumprimento, tinha o ar tão solene como o do próprio Levi abandonando a arca. Jim limpou a canoa, e eu preparei o remo. A 3 milhas acima, achava-se ancorado um navio de avantajadas proporções, recebendo carga.

— Bem-vestido como estou, é melhor passar como tendo vindo de St. Louis ou Cincinnati, ou outra cidade importante. Vamos ao navio, Huck. Nele iremos até a vila.

À voz de viajar de navio, assanhei-me todo. Alcançamos a margem do rio, a meia milha da povoação, e de lá, em águas mais calmas, rumamos para o vapor. Logo adiante, encontramos um jovem aldeão sentado num tronco de árvore, a enxugar o suor que lhe escorria da fronte — abafado e quente estava o dia! Aos seus pés, vimos duas malas de mão.

Pedindo que abicasse a canoa junto à barranca, o rei perguntou ao aldeão que rumo tinha.

— Vou tomar o navio. Estou de viagem para New Orleans.

— Pois entre na canoa que o levaremos até lá — disse o rei.

— Espere um pouco, meu criado vai ajudá-lo a trazer as malas. Vá auxiliar o moço, Adolfo!

Adolfo não podia ser outro senão eu. Depois de convenientemente instalados na canoa, rumamos os três para o navio. O jovem mostrava-se imensamente agradecido, pois carregar dois sacos sob uma soalheira daquelas era de derrear um mortal, dizia ele. Indagado para onde se destinava, o rei declarou que desembarcara, pela manhã, na outra povoação, indo agora ver um amigo residente em um sítio nas redondezas.

— Quando o vi, assim de repente, — disse o aldeão — tomei-o pelo sr. Wilks, mas um rápido raciocínio mostrou-me que o sr. Wilks não viria de canoa. O senhor não é o sr. Wilks, segundo penso.

— Não. Chamo-me Blodgett — Alexandre Blodgett — reverendo Alexandre Blodgett, humilde servo do Senhor. Mas, de qualquer modo, lamento que o sr. Wilks não tenha vindo em tempo, e espero que nada tenha perdido com o seu atraso.

— Não terá prejuízos materiais, pois vai receber tudo o que lhe cabe; mas não pôde assistir à morte do seu irmão Pedro, que dava tudo por vê-lo antes de morrer. Nas três últimas semanas, o pobre não falava em outra coisa. Não se avistavam desde meninos. Por infelicidade, também faleceu sem ter conhecido o mano William, surdo-mudo, que deve estar hoje com seus 30 ou 35 anos. Pedro e George foram os únicos que estiveram na América; George era casado e morreu juntamente com a mulher no ano passado. William e Harvey são os únicos sobreviventes da família, e, como ia dizendo, não lhes foi possível chegar a tempo.

— Mas não foram avisados?

— Sem dúvida. Faz isso um ou dois meses, logo que Pedro caiu de cama. Dizia o coitado ter um pressentimento de que, do leito, só sairia para a sepultura. Era bem velho, e as filhas de George, demasiado jovens para cuidar dele, à exceção de Mary Jane, a de cabelos de fogo. Depois que perdeu o irmão e a cunhada, vivia triste, a esperar a morte. Desejava, sim, a todo o transe, ver Harvey e William também, pois era desses que não gostam de fazer testamento. Deixou apenas uma carta para Harvey, na qual — dizem por aí — indicava ao irmão o sítio onde o seu dinheiro está oculto e de como o resto das suas propriedades deve ser dividido entre as filhas de George, que morreu pobre. Como não quisesse fazer testamento, o muito que os seus amigos conseguiram foi que escrevesse essa carta.

— E sabe você por que Harvey não veio? Onde mora ele?

— Reside na Inglaterra, em Sheffield, e nunca esteve na América. É pastor protestante e não lhe sobra tempo para nada. Mas talvez nem tenha recebido a carta.

— É realmente doloroso que o pobre Pedro morresse longe dos irmãos. E você vai a New Orleans, não?

— Sim; e de lá partirei na próxima quarta-feira para o Rio de Janeiro, onde vive um meu tio.

— A viagem é longa, mas agradabilíssima. Quisera estar em seu lugar... Se não me engano, você disse que Mary Jane é a mais velha, não? Que idade têm as outras?

— Mary Jane tem 19; Susan, 15; e Joana, uns 14; é a mais caridosa e tem o beiço partido.

— Pobrezinhas, abandonadas neste mundo, mundo frio e cruel!...

— Podia ser pior! Os amigos de Pedro saberão protegê-las. São homens respeitáveis, como o reverendo Hobson, o diácono Lot Hovey, Ben Rucker, Abner Shackleford, o advogado Levi Bell, o dr. Robinson, a viúva Bartley e muitos outros. Estes são os íntimos, aos quais Pedro se referia nas cartas ao irmão. Harvey saberá para onde dirigir-se quando aqui chegar.

O velho rei fez perguntas sobre perguntas, até esgotar o rapaz. Que me empalem se não indagou sobre tudo e sobre todos daquela vila e se não se inteirou completamente da vida dos Wilks! Inquiriu dos negócios de Pedro, dono de um curtume; de George, que fora carpinteiro; de Harvey, ministro dissidente; e terminou perguntando:

— Por que não esperou pelo navio, em vez de vir tomá-lo aqui?

— Por ser uma das grandes embarcações de New Orleans; receei que não parasse na vila. Navios desses só recebem passageiros nos portos de embarque. Já um vapor de Cincinnati é diferente.

— Pedro Wilks estava bem de fortuna?

— Muito bem! Possuía terras e casas; calcula-se que deixasse 3 a 4 mil dólares em dinheiro.

— Quando foi que morreu?

— A noite passada.

— Com toda a certeza, os funerais realizam-se amanhã, não?

— Ao meio-dia.

— Tristíssimo, meu caro, mas é o destino de todos. O que cumpre a cada um é estar preparado, a fim de partir com a consciência tranquila.

— Isso mesmo, meu senhor; é o que minha mãe sempre dizia — concluiu o rapaz.

Quando chegamos ao embarcadouro, o vapor estava com o carregamento findo e, momentos depois, zarpava. O rei nem falou em subir a bordo, e eu perdi, assim, a oportunidade de um recreio. Dali me fez remar milha e tanto, indo descer num recanto solitário.

— Agora, volte o mais depressa possível e traga-me o duque e as duas malas novas — ordenou-me logo que pôs os pés em terra. — Se ele estiver na outra vila, procure-o e traga-mo de qualquer forma. Diga-lhe que venha, seja como for. Que não perca um minuto.

Eu vi logo do que se tratava, mas calei-me. Quando retornei com o duque e ocultamos a canoa, o rei narrou ao companheiro toda a conversa tida com o aldeão, procurando sempre falar com sotaque inglês. Às tantas, indagou do outro:

— Que me diz do papel de surdo-mudo, Bridgewater?

O duque respondeu que ficasse sossegado quanto a isso, pois várias vezes representara o papel de surdo-mudo, e com sucesso. Em vista do quê, nada mais lhes restava senão esperar por um vapor.

À tardinha, surgiram dois, mas embarcações pequenas, que não vinham de longe. Por fim, avistamos um barco de grandes dimensões, que, diante dos nossos brado,s parou as máquinas e enviou um bote para recolher-nos. Vinha de Cincinnati, e, quando souberam, a bordo, que íamos viajar apenas 4 ou 5 milhas, ficaram furiosos e, entre outras ameaças, nos fizeram a de não parar para que desembarcássemos. O rei, porém, não se alterou e fez-lhes uma proposta.

— Se estivermos dispostos a pagar 1 dólar por milha, cada um, não poderemos desembarcar onde mais nos convenha?

Foi aceita a proposta, e, ao chegarmos à vila, um bote deixou-nos em terra. Umas 20 pessoas agruparam-se para assistir ao desembarque. O rei adiantou-se e foi logo indagando:

— Poderão os senhores informar-me onde reside o sr. Peter Wilks?

Os curiosos entreolharam-se, como a dizer um para o outro: "Que foi que eu disse? Veio ou não?". E, logo após, um deles respondeu, com voz amável:

— Sinto muito, *sir*, mas tudo quanto podemos fazer é mostrar a casa em que ele viveu até ontem à noite.

Mal ouviu essas palavras, o rei estremeceu e, de cabeça baixa e olhos cerrados, lamentou, em voz alta:

— Meu Deus, foi-se o nosso pobre irmão... Foi-se para nunca mais! Oh, que golpe cruel, meu Deus!

E, voltando-se para o duque, fez-lhe uns sinais ininteligíveis.

Foi o bastante para que Bridgewater deixasse cair as malas e prorrompesse em pranto. Macacos me lambam se aqueles dois canalhas não formavam a mais acabada parelha de velhacos que já conheci em minha vida!

Todos os presentes rodearam-nos com expressões de consolo, não consentindo que carregassem as malas e permitindo que ambos recostassem a cabeça ora num, ora noutro, e chorassem amargamente. Narraram ao rei os últimos momentos do finado irmão, e o rei, por sua vez, transmitiu mimicamente ao duque o que lhe haviam dito. Ambos choravam como se houvessem perdido os 12 discípulos. Que me convertam em negro se já vi coisa igual em minha vida. Era da gente envergonhar-se da espécie humana!

XXV

A notícia da nossa chegada espalhou-se rapidamente pela povoação. Surgiu gente de todos os cantos, sendo que muitos vinham a arrumar-se pelo caminho. Em pouco tempo, encontramo-nos cercados de uma verdadeira turba, que, ao mover-se, produzia mais rumor que um batalhão em marcha. As janelas e portas estavam apinhadas de curiosos. De instante em instante, alguém indagava:

— Eles?

— Em carne e osso — respondiam alguns dos que nos seguiam.

A custo chegamos à residência do falecido Peter, tal o número de pessoas que se acotovelavam para nos ver passar, e lá vimos as três moças na porta. Mary Jane, a de cabelos ruivos, era extremamente formosa. Seus olhos brilhavam, sem dúvida de alegria pela chegada dos tios. O rei abriu os braços e recebeu-a num carinho amplexo, enquanto o duque fazia o mesmo com a de lábio fendido. Grande número dos presentes, principalmente as mulheres, choraram de satisfação por vê-los unidos, afinal.

Como o duque não soltasse a "sobrinha", o rei deu-lhe, dissimuladamente, uma cotovelada — a mim nada escapou —, e os dois voltaram-se para o caixão mortuário, a um canto da sala, sobre duas cadeiras. Diante do caixão, um apoiou o braço no ombro do outro e, enxugando as lágrimas, curvaram-se solenemente sobre o ataúde, em meio do mais respeitoso silêncio. Contemplaram as feições rígidas do defunto e prorromperam num chorar convulso, de ouvir-se longe. Unidos num abraço, ficaram três ou quatro minutos a verter lágrimas, como se fossem crianças de colo. Seguindo o exemplo, todos os que ali se achavam romperam em pranto, a ponto de o assoalho ficar úmido de lágrimas! Em seguida, o rei e o duque ajoelharam-se junto ao caixão e, de cabeça baixa, principiaram a rezar. O efeito que o ato produziu nos presentes foi chocante. Imediatamente, homens e mulheres, moços e velhos, aderiram à choradeira, com muitos soluços arrancados do fundo d'alma. As mulheres dirigiram-se para as sobrinhas do finado e, sem murmurar palavra, beijaram-nas na fronte; em seguida, levaram a mão à cabeça, olharam para cima e desfizeram-se em pranto, num carpir sem fim. Nunca presenciei coisa tão desagradável em minha vida.

Aos poucos, os soluços foram cessando. O rei, então, ergueu-se e, dando uns passos à frente, pronunciou uma alocução entremeada de suspiros e lágrimas. A morte do irmão fora, para ele e para William, uma bem dura prova; e o que mais lhe doía era não ter chegado a tempo de vê-lo com vida, após uma viagem de 4 mil milhas. Bem dolorosa provação, na verdade, mas amenizada e santificada por aquelas manifestações de simpatia e afeto ensopadas em lágrimas. O rei agradecia a todos do fundo d'alma, por si e por seu irmão, porque as palavras nada valem, sendo frias e inexpressivas; e foi por aí afora, zurrando sandices e mais sandices, até ficar exausto. Para terminar, pronunciou um Amém como poucos padres sabem fazê-lo, e, novamente, prorrompeu em choro.

Logo em seguida, alguém entoou um hino de glória ao Senhor; e, instantes depois, tinha-se a impressão exata de estar numa igreja em dia de ladainha. Eu sempre disse que a música é uma grande coisa. Depois de tanta choradeira, aquele hino veio trazer consolo e suavidade para tão fúnebre ambiente.

Terminado o coro, o rei voltou a trabalhar com as mandíbulas, declarando que tanto ele como as sobrinhas sentir-se-iam honrados se alguns dos íntimos da família ficassem para cear. Pudesse o finado falar, e diria quais os que mais estimava, cujos nomes tantas vezes mencionou em suas cartas. Mas, já que isso era impossível, ele iria tentar recordar-se de alguns, "verbi-gratia": o reverendo Hobson, o diácono Lot Hovey, o sr. Ben Rucker, Abner Shackleford, Levi Bell, o dr. Robinson, suas respectivas esposas e a viúva Bartley.

    O reverendo Hobson e o dr. Robinson estavam caçando, isto é, o médico fora embarcar um doente para outro mundo e o reverendo fora prepará-lo para a viagem. O advogado Bell fora a Louisville, tratar de uma causa. Mas os que ali se achavam apressaram-se a apertar a mão do rei, externando os seus agradecimentos. Depois, fizeram o mesmo com o duque, mas em silêncio, apenas sorrindo e meneando a cabeça, enquanto o surdo-mudo fazia toda sorte de sinais com os dedos e grugulejava sons incompreensíveis.

    O rei não se cansava de falar e indagar o nome de um e de outro, recordando fatos que se passaram na povoação e que se relacionavam com a família de Peter ou George. Não se olvidava de repetir que as cartas de Peter traziam-no sempre bem informado, o que não era verdade. Todos aqueles informes ele obtivera do papalvo que levamos na canoa até o vapor.

    Foi Mary Jane quem entregou ao rei a carta que o pai havia escrito. O velho leu-a em voz alta e, finda a leitura, desandou em choro. Peter legava às filhas a casa em que residira e mais 3 mil dólares-ouro; para os manos Harvey e William, deixara o curtume (em plena prosperidade), casas e terras avaliadas em 7 mil dólares e mais 3 mil dólares-ouro. A carta revelava também o lugar onde se achavam ocultos os 6 mil dólares no porão da residência.

    Os dois piratões apressaram-se em declarar que iriam buscar o dinheiro, para que fosse dividido à vista de todos, e me ordenaram que os seguisse com uma vela acesa. Uma vez no porão, trancamo-nos por dentro; e não foi preciso procurarmos muito para que encontrássemos as moedas dentro de um saco. Aberto, foram as moedas despejadas no chão. Dava gosto ver as rodelinhas amarelas amontoadas ali. Os olhos do rei chegaram a faiscar de cobiça! Com uma palmada nas costas do duque, ele disse:

— Isto até é demais! Ultrapassou todas as minhas expectativas. Bate longe o *Camelopardo*, não acha, amigo Bridge?

O duque concordou que sim. Os dois enchiam as mãos e deixavam as moedas cair pelo vão dos dedos, para vê-las rolar pelo assoalho.

— Não há o que discutir; — dizia o rei — só agora descobrimos a nossa verdadeira profissão: manos de um finado rico e tutores das herdeiras. Eu tinha confiança na Providência; é o melhor meio — confiar sempre na Providência. E quem lhe diz isso já experimentou todos os outros meios, Bridgewater!

Outros, que não aqueles dois, receberiam o dinheiro sem contá-lo, acreditando que de fato ali estivessem 6 mil dólares. Mas eles resolveram certificar-se e, depois de muito contarem, viram que faltavam 415 dólares.

— Com mil demônios! — praguejou o rei. — Que teria feito ele com 415 dólares?

Isso os aborreceu deveras, e, depois de procurarem, inutilmente, por todos os escaninhos, o duque lembrou que talvez o morto se houvesse enganado ao contar, homem doentio que era.

— Não nos preocupemos mais com isso — disse ele. — Podemos perfeitamente passar sem esses 415 dólares.

— Ora, bolas! O que me preocupa não é isso, e sim a conta. Aqui a coisa muda de figura; temos de trabalhar às claras, com as cartas viradas para cima, entendeu? Vamos levar as moedas e contá-las na frente de todos, para evitar suspeitas. Mas, se o morto declarou haver deixado 6 mil dólares, não podemos...

— Um momento — exclamou o duque. — Tenho uma ideia! Cubramos o "déficit" com nosso dinheiro — e, isso dizendo, foi sacando as suas moedas do bolso.

— Ótima ideia, duque! — aplaudiu o rei. — Você possui uma cabeça que vale ouro! E aqui está o *Camelopardo* a ser-nos útil!

Enquanto falavam, iam empilhando as moedas de ouro rendidas pelo *Camelopardo*. Momento depois, estavam com os 6 mil dólares, bem contadinhos.

— Tenho outra ideia — disse o duque. — Vamos subir, contar os cobres diante de todos e entregar tudo às meninas.

— Positivamente, você é genial, duque! Que cabeça! Que lembrança! Assim afastaremos qualquer suspeita que porventura possa haver. Só mesmo você, duque!

Na sala, em presença de todos, o rei formou sobre a mesa 20 pilhas de 300 dólares cada uma. Muita gente chegou a lamber os beiços... Terminada a contagem, foram as moedas repostas na sacola. Mais uma vez, o rei começou a estufar, preparando-se para novo discurso.

— Amigos, meu pobre irmão, que aqui jaz, foi generoso para com os que ainda permanecem neste vale de lágrimas. Foi generoso para com estas pequeninas e inocentes ovelhas que tanto amou e que hoje estão órfãs de pai e mãe. E todos que o conheciam saberão, por certo, que ainda mais generoso houvera sido, se não temesse ofender a mim e ao querido William. Senhores, quanto a isso, não resta a menor dúvida; já que assim é, ínfimos irmãos seríamos se aceitássemos a parte que nos cabe; não mereceríamos ser tios destas angelicais criaturas, porque faríamos o papel de ladrões, sim, de ladrões! Se é que conheço William — e julgo que sim —, garanto-lhe que ele... Em todo caso, é melhor perguntar.

E, voltando-se para o duque, fez inúmeros sinais mímicos. O duque, a princípio, fitou-o, aparvalhado; mas, de repente, avançou, tomado de subitânea alegria, e abraçou-o nada menos de dez vezes. Depois disso, o rei prosseguiu.

— Eu já o sabia de antemão. Acredito não ser preciso dizer a ninguém que William se encheu de júbilo ante a minha decisão. Eis aqui o dinheiro. Mary Jane, Susan e Joana, tomai-o, é vosso, todo ele. É dádiva daquele que ali jaz, frio, mas satisfeito.

Mary Jane atirou-se-lhe aos braços, e o mesmo fizeram Susan e Joana com o duque. Foi um abraçar e beijar sem conta. Homens e mulheres, em lágrimas, cercaram os dois piratas, e só se ouviam exclamações como estas: "Que almas santas! Que ação formosa! Quanta generosidade!".

Por fim, a conversa recaiu sobre o finado, sendo todos acordes em louvar-lhe a alma generosa e em lamentar a perda que a sua morte representava para a vila. Ao cabo de algum tempo, entrou na sala um homem corpulento, de feições duras, que se manteve em silêncio a um canto, ouvindo e observando. Ninguém se dirigiu a ele, pois o rei estava com a palavra e os presentes, presos a ela. Entre outras, disse o rei:

— Já que eram amigos do finado, convido-os a cear comigo amanhã. Quero que venham todos; que ninguém falte, pois ele estimava a todo mundo, e uma tal "orgia" fúnebre deve ser pública.

E continuou, verboso, como que enlevado nas próprias palavras, insistindo na "orgia fúnebre", até que o duque não pôde se conter. Escreveu num pedaço de papel: "Exéquias, velho idiota", dobrou e entregou-o ao rei, que leu o aviso e meteu-o no bolso, continuando a falar.

— Pobre William! Tão aflito como está e não se esquece de nada. Pede-me para convidar a todos para as exéquias, e que eu os receba bem — era justamente o que eu estava fazendo.

E continuou, muito calmo, repetindo as "orgias fúnebres" por duas vezes mais: mas, na terceira, emendou:

— Digo orgia por ser o vocábulo corrente; exéquias era o termo mais em uso, porém orgia, sendo mais correto, acabou por substituí-lo. Na Inglaterra, já não se diz mais exéquias e simplesmente orgia, palavra que tem mais força expressiva quando significa exéquias. É formada do prefixo grego "orgo", fora, aberto, e pelo sufixo hebráico "jeesum", que significa plantar, cobrir. Assim sendo, orgias fúnebres querem dizer funerais públicos.

Nesse ponto, o cavalheiro que até ali se mantivera em silêncio riu-se nas barbas do rei, com assombro de todos os presentes. Abner Shackleford interveio, dizendo:

— Que é isso, dr. Robinson? Então ainda não soube da novidade? Este cavalheiro é Harvey Wilks.

O rei forçou um sorriso amável e estendeu os braços:

— É o médico, o grande e querido amigo do meu irmão? — perguntou. — Eu...

— Alto! — retrucou o médico. — O seu sotaque inglês não me ilude. É a pior imitação que já ouvi. Você, irmão de Peter Wilks? É boa... Um refinado intrujão é o que você é, sabe?

Imediatamente, o médico viu-se rodeado por quantos ali se achavam. Todos faziam por acalmá-lo e explanar-lhe como Harvey chegara e como demonstrara por 40 diferentes formas ser o verdadeiro Harvey. Conhecia todo mundo pelo nome, e até os cachorros da vila! O doutor que o não magoasse num momento daqueles. Mas foi tudo em vão. O dr. Robinson continuou a vociferar que um homem que deseja passar por inglês e mal sabe imitar o sotaque dos ingleses é um bom velhaco. As pobres meninas, agarradas ao rei, choravam copiosamente. Voltando-se para elas, o médico falou:

— Fui amigo do morto, vosso pai, e sou vosso amigo; e como tal, desinteressadamente, apenas com o intuito de proteger-vos, de evitar futuros males e dissabores, aconselho-vos a voltar as costas a este canalha e pô-lo no olho da rua, com todo o seu grego e hebraico. Este homem não passa dum refinado impostor, que aqui veio trazendo nomes e fatos obtidos por meios capciosos, e que vós, infelizmente, aceitastes como prova. E o pior é que esta chusma de parvos, que deveria estar de olho aberto, o auxilia. Mary Jane Wilks, sabeis perfeitamente que tendes em mim um amigo desinteressado. Ouvi-me, pois, ponde esse canalha no olho da rua, já, sem demora!...

Erguendo-se, mais bela que nunca, a jovem empertigou-se toda e redarguiu:

— Eis a minha resposta! — e, com essas palavras, apanhou o saco de moedas e colocou-o nas mãos do rei. — Aqui estão 6 mil dólares. Empregue-os como achar mais conveniente, e nem recibo queremos.

Isso dizendo, pôs-se ao lado do rei, enlaçando-o com um dos braços, enquanto Susan e a de lábios partidos faziam o mesmo do lado oposto. Uma salva de palmas, acompanhada de estrepitoso bate-pé, estrugiu na sala. O rei, impando de orgulho, sorria, satisfeito.

— Pois bem, — acrescentou o médico — lavo as mãos neste negócio. Mas ouvi o que vos digo: dia virá em que vos recordareis com horror e náuseas do que está se passando neste momento.

E, com essas palavras, retirou-se.

— Muito bem, doutor, — replicou o rei, com malícia — quando vierem as náuseas, elas o chamarão para um bom remedinho...

Uma uníssona gargalhada reboou pela sala, em franco aplauso ao espírito fino e mordaz do rei.

XXVI

Depois que todos se retiraram, o rei indagou de Mary Jane sobre as acomodações. Respondeu a moça já haver preparado o quarto de hóspedes para o tio William; para o tio Harvey, cederia o seu aposento, indo dormir com as irmãs. No sótão, também havia um cubículo com uma cama de vento, que o rei designou para o seu valete, que não podia ser outro senão eu.

Mary Jane subiu conosco e mostrou-nos os quartos; eram simples, mas cuidadosamente arrumados. Prontificou-se a retirar do seu aposento os vestidos e outros pertences, caso incomodassem o tio Harvey, ao que este redarguiu não ser preciso. As roupas encontravam-se penduradas na parede, cobertas por uma cortina que chegava até o chão. Num dos cantos, via-se um baú velho; noutro, uma caixa de guitarra; e, por toda parte, esses pequenos bibelôs e figurinhas com que as moças adornam o seu dormitório. O rei declarou que aqueles enfeites emprestavam um aspecto mais familiar e agradável ao quarto, não convindo, pois, que fossem retirados. O cômodo do duque era pequeno mas confortável, e o meu cubículo não me pareceu mau.

À noite, foi servida lauta ceia, sendo grande o número de convidados. Eu servi exclusivamente o rei e o duque, enquanto os negros atendiam aos demais convivas. Mary Jane ocupava a cabeceira da mesa, ao lado de Susan, não se cansando de criticar o mau sabor dos biscoitos, a má qualidade das conservas, de pedir desculpas por não haver a cozinheira preparado um frango assado mais condigno, e tudo mais que as mulheres fazem para captar elogios. Por sua vez, os comensais gabavam a excelência dos biscoitos e o maravilhoso das conservas. E, durante toda a refeição, a conversa versou sobre as eternas banalidades que se ventilam nessas ocasiões.

Terminada a ceia, eu e a de lábios partidos fomos comer na cozinha, enquanto as outras duas auxiliavam os negros a lavar os pratos. Minha companheira pôs-se a fazer perguntas sobre a Inglaterra, e só Deus sabe os apuros por que passei!

— Já viu o rei alguma vez? — começou ela.

— Quem? Guilherme IV? Sim. Frequentemente o vejo — costuma ir à nossa igreja.

Bem sabia que Guilherme IV já não existia, mas mantive-me firme. Ao ser informada de que o soberano ia à nossa igreja, a menina não deixou de estranhar aquilo.

— Como? Costuma ir sempre? — indagou.

— Regularmente. Seu banco fica bem em frente do nosso, oposto ao púlpito.

— Pois eu estava certa de que o rei vivia em Londres.

— E onde havia de viver?

— Mas não moram vocês em Sheffield?

Foi o primeiro passo em falso. Fingi estar engasgado com um osso de galinha, para ter tempo de aprumar-me e encontrar uma saída.

— Esqueci-me de dizer que ele frequenta a nossa igreja...Qquando está veraneando em Sheffield, onde vai a banhos de mar.

— E esta, agora! Sheffield não é porto de mar...

— E quem diz o contrário?

— Você mesmo.

— Eu não podia ter proferido semelhante absurdo.

— Como não?

— Engano seu, menina.

— Fique sabendo que ouço muito bem...

— Eu não poderia ter dito tal coisa.

— Então, que foi que disse?

— Que ele ia a Sheffield tomar "banhos" de mar.

— Aí está. Como pode alguém tomar banho de mar onde não existe mar?

— Ouça-me: já bebeu água de Congresso?

— Já.

— E precisou ir a Congresso para tomá-la?

— Não.

— Do mesmo modo, Guilherme IV não necessita ir a uma praia para tomar banho de mar.

— E como se arranja, então?

— Da mesma forma que as pessoas, aqui, obtêm água de Congresso — em barricas. No palácio, em Sheffield, a água é aquecida em fornos enormes, pois o rei gosta de banhos quentes. Se fosse na praia, como poderiam aquecer tanta água? Eis a razão dos banhos de mar em Sheffield.

— Agora compreendo. Você deveria ter explicado no princípio.

Ao ouvir isso, respirei, aliviado: voltaram-me a calma e o bem-estar.

— Também você vai à igreja? — voltou ela a inquirir.

— É meu costume — respondi.

— E onde fica?

— Ora essa! No nosso banco.

— Que banco?

— No "nosso", no do sr. Harvey.

— No do meu tio? E para que necessita ele de banco?

— Apenas para uma coisa: para sentar-se.

— Pois julguei que meu tio ficasse no púlpito.

Com os diabos! Havia-me esquecido que ele era pastor da igreja. A única solução foi engasgar-me com outro osso. Mas, logo em seguida:

— E você ignora haver mais de um pastor para cada igreja? — indaguei.

— Pois que me conste, cada igreja tem o seu reverendo. Para que mais de um?

— Para quê? Homem, esta! Para pregar diante do rei. Nunca vi uma menina crua como você! Não sabe nada. Aprenda mais esta: temos lá nada menos de 17 pastores.

— Dezessete? Santo Deus! Eu é que não suportaria tantos sermões, nem que fosse para o inferno. Calculo que levem a semana toda pregando.

— Lá vem asneira! Claro que não pregam todos de uma vez; cada qual tem o seu dia.

— E que ficam fazendo os restantes 16?

— Geralmente, nada.

— Para que servem, então?

— Para fazer número. Como você é ignorante!

— Bem, não quero mais ouvir essas bobagens. E quanto aos criados? São eles mais bem tratados na Inglaterra do que aqui os nossos negros?

— Não. Criado lá não é gente. Os próprios cães costumam ser mais bem tratados.

— Não lhes concedem feriados, como fazemos nós no Natal, no Ano Novo e em 4 de Julho?

— Bem se vê que você nunca esteve na Inglaterra, lábio part...

Digo, Joana. Lá os criados trabalham sem descanso o ano todo; não vão ao teatro, nem ao circo, nem a festas, nem a parte alguma.

— Nem à igreja?

— Nem à igreja.

— Então você mentiu quando disse que assistia à missa.

— Pela terceira vez, vi-me apanhado em flagrante, e, dessa vez, por ter esquecido que era criado do velho. Mas engendrei logo uma explicação sobre a diferença existente entre um valete e um criado comum; aquele, queira ou não, é obrigado por lei a acompanhar o amo à igreja. A explicação, porém, parece que não a satisfez.

— Isso tudo está me cheirando a mentira, e das boas! — disse ela, incrédula.

— Por esta luz que me ilumina, juro que não estou mentindo.

— Tem certeza do que diz?

— Toda.

— Então ponha a mão sobre este livro e jure.

Como vi que o livro não passava de um simples dicionário, de pronto prestei o juramento. Ela mostrou-se mais satisfeita.

— Bem, agora já posso crer na metade do que você contou.

— Que é que está duvidando aí, Joana? — perguntou Mary Jane, que acabava de entrar com Susan. — É indelicado falar assim a um estranho que se encontra tão longe da sua terra. Gostaria você de que a tratassem do mesmo modo?

— Sempre a mesma, esta Mary! Sai em socorro da vítima antes de vê-la ferida. Nada fiz ao menino. Ele veio com algumas histórias que não estou disposta a engolir. Foi só o que eu disse. Já vê que a ofensa não é tão grave assim.

— Não quero saber se foi grave ou não. Ele está em nossa casa, e devemos tratá-lo com delicadeza, para que não se ressinta de estar longe dos seus. Você não deve dizer nada que possa vexá-lo.

— Mas Mary, ele afirmou que...

— Não importa o que ele afirmasse. Mais uma vez, repito que deve ele ser tratado com toda a consideração.

Ao ouvir tais palavras, não pude deixar de refletir com os meus botões: "Esta é a menina cujo dinheiro o velho réptil pretende roubar... E eu sei de tudo...".

Também Susan não pôde deixar de repreender severamente a irmã ao vê-la duvidar das minhas palavras.

E tornei a pensar: "E também esta vai ser vítima daquele espertalhão! E eu, como cúmplice da patifaria!".

Não satisfeita, Mary Jane, com a voz doce e carinhosa de sempre, passou mais uma reprimenda na irmã. Ao terminar, a pobre Joana desfez-se em lágrimas.

— Está bem — disseram as irmãs. — Para que o incidente fique encerrado, você vai pedir-lhe perdão.

Joana obedeceu, submissa; e pediu-me perdão, de uma forma tão bonita e agradável que senti desejos de inventar mil petas para vê-la murmurar novas desculpas.

Diante disso, pensei, pela terceira vez: "Outra vítima inocente do velho crocodilo! Eu sei de tudo...".

As três meninas fizeram o possível por demonstrar-me que eu estava em minha casa, em meio de amigos. Senti-me tão vil, tão ínfimo e desprezível em face de tanta bondade que tomei uma decisão: frustrar a todo custo o plano dos dois piratas e devolver o dinheiro às jovens.

Deixando a cozinha, fui para o meu quarto; e, quando só, pus-me a raciocinar: "Deverei contar ao médico quem são os dois patifes? Não, é perigoso. No melhor da festa, ele é capaz de revelar o autor da denúncia, e pronto: lá fico eu em apuros com o rei e o duque. E se dissesse tudo a Mary Jane? Não, não me atrevo a tanto. Ela não saberia dissimular a sua repulsa, e os dois fugiriam com o dinheiro. E, se porventura procurassem auxílio, ver-me-ia metido no embrulho. Não, só havia um meio seguro: furtar o dinheiro sem levantar a menor suspeita. Os dois patifes só deixarão a vila quando mais nada houver a explorar. Não há pressa, portanto. O melhor será furtar o dinheiro, ocultá-lo em lugar seguro e, quando estiver novamente descendo o rio, escrever a Mary Jane narrando-lhe os fatos. Mas é preciso agir prontamente; esta noite, se possível for. O médico ainda é capaz de correr com os dois".

A primeira coisa a fazer era revistar os quartos. O *hall*, em cima, estava de luzes apagadas; mas, mesmo assim, não me foi difícil entrar no dormitório do duque e examiná-lo às apalpadelas. Ocorreu-me, porém, que o rei não iria confiar o dinheiro senão a si mesmo; passei para seu quarto e reiniciei a busca. Em pouco, vi ser imprescindível uma vela, mas, como não pudesse usá-la, resolvi esperar que os dois chegassem para ouvir o que diriam. Instantes depois, percebi-lhes os passos, e já ia meter-me debaixo da cama quando mudei de ideia e ocultei-me por trás da cortina que cobria os vestidos de Mary Jane. Lá fiquei encolhido, sem ousar fazer o menor movimento.

Os dois entraram, trancaram a porta, e o primeiro ato do rei foi olhar para debaixo da cama! Congratulei-me comigo mesmo por ter escapado de boa! Ambos sentaram-se, e o rei falou:

— Então, que há? Fale depressa. É preferível que estejamos lá embaixo, com os olhos rasos d'água, do que lhes fornecer oportunidades para que abram os olhos.

— Pois saiba que não me estou sentindo bem aqui — disse o duque. — As palavras do médico não me saem da cabeça. Quero saber quais os seus planos. Tenho uma ideia que não me parece má.

— Exponha-a, duque.

— Acho melhor fugirmos de madrugada com o que já apanhamos. Saiu-nos tudo muito mais fácil do que esperávamos. Ninguém pode prever o futuro, e, antes que sobrevenha alguma, batamos a linda plumagem!

Isso desconcertou-me. Uma ou duas horas antes, o caso seria diferente; mas, agora, contrariava-me os planos.

— Você parece que não está bem certo da cachola! — exclamou o rei. — Sair sem vender o resto das propriedades? Deixar imóveis no valor de 8 ou 9 mil dólares que já nos pertencem? Desta feita, você me decepcionou, duque!...

O duque redarguiu que os 6 mil dólares eram suficientes; não careciam ir mais longe. Ademais, não tencionava deixar as três órfãs na miséria — seria impiedade.

— Deixe-se de sentimentalismos, duque. Elas não vão ficar na miséria. Os lesados serão os compradores. Logo que ficarem sabendo da nossa chantagem, o que se dará imediatamente após a nossa fuga, as vendas serão nulas e as propriedades voltarão para os legítimos donos. As meninas são bonitas e fortes, poderão facilmente ganhar a vida trabalhando. Há muita gente que não está tão bem quanto elas. Só mesmo você poderia dizer que vamos deixá-las na miséria.

Afinal, o rei conseguiu fazer o duque mudar de opinião quanto à miséria em que iriam ficar as meninas, embora este mantivesse a opinião de que seria loucura continuar na vila sob as ameaças do médico.

— Ora, o médico! — tornou o rei. — É um pobre inofensivo. Não estamos com todos os parvos ao nosso lado? E não são eles a grande maioria em todas as cidades?

Diante diss‚o resolveram descer, mas, antes de saírem, o duque lembrou ao rei que talvez o dinheiro não estivesse em lugar bem seguro.

Isso alegrou-me, pois eu já desanimara de obter o menor indício sobre o paradeiro das moedas.

— Que é que o leva a dizer-me isso? — indagou o rei.

— Lembre-se de que Mary Jane vai pôr luto pela morte do pai e, com toda a certeza, ordenará à preta que faz a limpeza nos quartos que guarde os bibelôs e os outros enfeites. Ora, concebe você que a preta, descobrindo o dinheiro, não furte alguma coisa?

— Sua cabeça volta a raciocinar normalmente, duque.

E, isso dizendo, o rei aproximou-se da cortina, a 2 ou 3 pés de mim, em procura de qualquer coisa no chão. Colei-me à parede, imóvel, embora um tanto trêmulo; que diriam os dois se me encontrassem ali? Pensei logo na melhor escusa, para não gaguejar caso me descobrissem. O rei, porém, apanhou o dinheiro antes que o meu pensamento chegasse ao meio, nem de leve suspeitando da minha presença. Imediatamente, colocaram a sacola das moedas dentro do colchão de palha, que ficava sob o de penas, ocultando-o da melhor maneira possível. Raciocinavam que, ao arrumar o leito, a mucama não iria retirar nem mexer no colchão de palha, o que só faziam uma ou duas vezes por ano. Estava, pois, muito bem oculto o dinheiro.

Mas, antes que eles chegassem ao meio da escada, já eu entrava na posse dos 6 mil dólares. Subi *incontinenti* ao meu cubículo e tratei de encontrar um desvão seguro em que esconder a bolsa. O melhor seria ocultá-la fora de casa, pois certeza tinha eu de que, ao darem por falta das moedas, os dois piratas não deixariam de rebuscar todos os escaninhos da habitação. Deitei-me e, daí a pouco, ouvi os passos do rei e do duque, que subiam a escada. Saltei da cama e fiquei alerta. Nada de anormal. Esperei que se fizesse o mais absoluto silêncio na casa; só então desci.

XXVII

Cheguei até a porta de ambos os quartos e escutei; tanto o rei como o duque roncavam. Pé ante pé, ganhei a sala de jantar. Reinava completo silêncio. Espiei pelo vão da porta e vi, profundamente adormecidas em suas cadeiras, as pessoas de guarda ao defunto. Encontrei aberta a porta que dava para a sala mortuária. Apenas duas velas iluminavam, debilmente, o caixão. Entrei e não vi ninguém. O pobre Peter fora completamente abandonado. Atravessei o compartimento, mas não pude continuar; a porta da frente estava trancada.

Nisso, ouvi alguém descer a escadaria; olhei em volta e, para não ser apanhado com a boca na botija, tive de esconder a bolsa no ataúde. Como a tampa estivesse alçada, pude ver o rosto do morto, coberto por uma toalha úmida. Coloquei a bolsa sob a toalha e, ao fazê-lo, toquei nas mãos do defunto, cruzadas sobre o peito. Aquilo me arrepiou, confesso! Em seguida, corri a ocultar-me atrás da porta.

Instantes depois, Mary Jane entrava na sala. Ajoelhou-se junto ao ataúde, contemplou tristemente o corpo inerte do pai e pôs-se a soluçar baixinho. Como estivesse de costas para mim, pude sair sem ser pressentido. Ao passar pela sala de jantar, espiei mais uma vez pelo vão da porta, para certificar-me se alguém não havia dado pela minha presença; todos dormiam na santa paz do Senhor.

Deitei-me, bastante desgostoso. Correr tantos riscos para, afinal, acontecer aquilo! Se a bolsa não fosse descoberta, nada mais fácil que escrever um bilhete a Mary Jane quando me visse longe dali. Bastaria que desenterrassem o cadáver para reaver o dinheiro. Mas era quase certo o encontro da bolsa ao fecharem o caixão. Nesse caso, novamente voltaria ela às mãos do rei, e adeus; eu teria de abandonar qualquer esperança de furtá-la outra vez. Senti ímpetos de descer e retirar o dinheiro antes que outros o fizessem, mas me faltou coragem. Amanhecia, e, se um dos que velavam o cadáver despertasse e me apanhasse com 6 mil dólares na mão, tudo estaria perdido.

Ao descer pela manhã, encontrei fechada a saleta mortuária. Na casa, além das meninas, só haviam ficado a viúva Bartley e nós. Nada notei de anormal em sua fisionomia.

Ao meio-dia, chegaram o encarregado dos funerais mais o ajudante. Colocaram o ataúde no meio da sala, sobre duas cadeiras, arrumando as restantes, e as mais que vieram da vizinhança, na sala de jantar e no *hall*. O caixão continuava aberto, mas não me atrevi a espiar dentro, na presença de tanta gente.

A casa estava repleta de gente. Os dois patifes e as meninas tomaram assento nas cadeiras junto ao ataúde; Os presentes passavam em fila, contemplavam o morto, alguns enxugavam uma lágrima, e iam sentar-se mais adiante. Meia hora durou a procissão. As moças e os dois patifes soluçavam, de cabeça baixa, com o lenço a encobrir-lhes os olhos. O silêncio só era quebrado pelo rumor do arrastar de pés e pelos que se assoavam — porque, seja dito de passagem, em parte alguma, fora as igrejas, a humanidade se assoa tanto como em um funeral.

As salas já estavam repletas, e o encarregado da cerimônia, de luvas pretas, deslizava suavemente, arrumando uma coisa ou outra, ajeitando os que chegavam atrasados e fazendo menos rumor do que um gato. Não dizia palavra. Esgueirava-se entre as pessoas, indicava lugar para um e outro, ia e voltava sem abrir a boca. Por último, recostou-se à parede. Jamais vi um homem agir tão calma, suave e silenciosamente como aquele!

Tocado por uma moça, um pequeno órgão, já decrépito, entrou a funcionar, emitindo notas desafinadas. Os presentes o acompanhavam em coro. Naquele instante, cheguei a invejar Peter. O único que não estava ouvindo... Em seguida, o reverendo Hobson iniciou, solenemente, o sermão; mas nem bem havia pronunciado as primeiras palavras, quando rompeu lá fora um infernal latido. Era apenas um cachorro, mas latia por mil, o demônio. O reverendo viu-se obrigado a calar-se, pois ninguém podia ouvir nem os seus próprios pensamentos, tal o barulho.

A situação incomodou a todos, e ninguém sabia o que fazer. Súbito, o encarregado da cerimônia fez um sinal ao reverendo, como que dizendo: "Não se perturbe — eu arrumo isto", e deslizou para fora da sala. Os latidos continuavam, cada vez mais terríveis; porém, não duraram muito. Ouvimos o baque surdo de uma pancada, seguiram-se um ou dois ganidos desesperados, e foi só. Um minuto depois, o homem voltava ao seu lugar. Esticando o pescoço para o reverendo e levando à boca as mãos em forma de concha, disse, com voz abafada: "Estava acuando um rato!". Todo mundo sentiu-se satisfeito, pois era natural que estivessem curiosos. Não lhe custou nada satisfazer a curiosidade geral, e são justamente as pequeninas coisas que tornam as pessoas admiradas e queridas. Indubitavelmente, não havia tipo mais popular na vila do que aquele homem.

O sermão da encomenda foi bem feito, embora um tanto maçante. Em seguida, o rei ergueu-se e pronunciou mais algumas das suas sandices costumeiras, findas as quais o encarregado do enterro principiou a parafusar a tampa do caixão, fechando-o. Eu observava-o com a máxima atenção. Mas ele não tocou no cadáver, e, momentos depois, o ataúde estava pronto para ser removido. Eu fiquei sem saber se o dinheiro estaria ali ou não. E se alguém o tivesse furtado? Deveria ou não escrever a Mary Jane? Suponhamos que desenterrassem o cadáver e não encontrassem o dinheiro? Que pensariam de mim? Poderiam prender-me como ladrão! Melhor calar o bico; a coisa complicara-se de uma hora para outra. A emenda saíra pior do que o soneto; eu quis remediar o mal e piorei a situação!

Realizado o enterro, voltamos para casa. Tentei descobrir alguma coisa perscrutando a fisionomia do rei, do duque e das meninas; mas foi tudo inútil. O enigma continuava indecifrável e eu, impaciente.

À tarde, o rei fez algumas visitas, consolando uns, obsequiando a outros, sempre amável; e a todos declarou que, como a Congregação o reclamava, tinha de retornar à Inglaterra o mais breve possível, assim que o inventário ficasse liquidado. Sentia deixar os amigos, mas que havia de fazer? E todos concordavam, com dor de coração, que, de fato, ele não podia prolongar a sua estada na vila. Era sua intenção levar as sobrinhas, o que mereceu a aprovação geral; só assim ficariam entre pessoas da família e mais bem instaladas. A novidade assanhou as moças, fazendo-as esquecer que haviam perdido o pai; imediatamente, pediram ao rei que vendesse tudo, o mais breve possível, a fim de embarcarem quanto antes. Pobrezinhas! Ao vê-las tão alegres, senti um aperto no coração. Pensar que estavam sendo miseravelmente ludibriadas, e que da minha parte não lhes vinha auxílio...

Em menos tempo do que era para de esperar, o rei teve as propriedades e os negros catalogados para o leilão, a iniciar-se dois dias depois do enterro. Qualquer pessoa, porém, tinha inteira liberdade de fazer propostas de compra com antecedência.

E, assim, no dia seguinte pelo meio-dia, as pobres órfãs sofreram o primeiro golpe, que lhes veio amargar a alegria. O rei não hesitou em vender a dois negociantes de escravos, a preço de pechincha, todos os negros da casa. E lá se foram dois filhos para Memphis, rio acima, e a mãe em direção oposta, para New Orleans. Era de confranger o coração ver as três infelizes criaturas implorando misericórdia às meninas. As coitadinhas também choravam, dizendo que jamais haviam sonhado em dissolver o lar e vendê-los para gente de outras terras. Nunca poderei apagar da minha memória a imagem das moças abraçadas aos pretinhos, soluçando tão doridamente que dava dó. Senti ímpetos de denunciar os dois bandidos, e, se me refreei, foi porque sabia que em uma ou duas semanas os pretos estariam de volta, quando fosse descoberta a ilegalidade da transação.

A notícia causou certa indignação na vila, e não foram poucos os que declararam abertamente ser uma infâmia separar a mãe dos filhos. O rei, porém, não se abalou, como seria de esperar, e manteve-se firme, não obstante tudo quanto lhe disse o duque.

No dia seguinte, pela manhã, dia do leilão, o rei e o duque subiram ao sótão e me despertaram; vi logo que algo de anormal se passara.

— Esteve você anteontem à noite em meu quarto? — perguntou-me o rei.

— Não, majestade — assim o tratava quando fora da presença de estranhos.

— E ontem à noite?

— Também não, majestade.

— Palavra de honra? Deixe de mentiras e fale sério.

— Palavra de honra, majestade. Só estive em seu quarto quando a srta. Mary Jane foi mostrar-lho, logo que chegamos.

— Viu alguém entrar lá? — indagou o duque, por sua vez.

— Que me recorde, não, alteza.

— Pense. Recorde-se.

Um minuto de reflexão trouxe-me uma ideia salvadora.

— Agora me lembro que vi os negros entrar e sair do quarto várias vezes — respondi.

Ambos assustaram-se, como se não esperassem por aquilo; mas, instantes depois, davam mostra de que não poderiam ter esperado outra coisa.

— Todos eles? — inquiriu o duque.

— Não — pelo menos não os vi entrar todos ao mesmo tempo, se bem que agora me lembre de que saíram juntos uma vez...

— Quando foi isso?

— No dia do enterro, pela manhã. Ia descendo a escada quando os vi.

— Continue, continue! Que fizeram? Conte tudo o que observou.

— Nada fizeram e nada notei. Apenas os vi sair na ponta dos pés, o que me fez supor que, havendo entrado para arrumar o quarto, e vendo que vossa majestade ainda dormia, retiraram-se silenciosamente para não despertá-lo.

— Com mil demônios! — rugiu o rei.

Por alguns instantes, os dois ali se quedaram mais apalermados, um a olhar para a cara do outro, coçando a cabeça e pensando no logro de que foram vítimas. Foi o duque que quebrou o silêncio, com uma risadinha.

— Os negros nos embrulharam como verdadeiros mestres! — disse ele. — E eu, como todo mundo, acreditei na choradeira que fizeram quando foram vendidos! Que nunca mais me digam que essa gente não tem jeito para o palco! Representaram como mestres consumados, os ladrões! Tivesse eu um teatro, e não desejaria elenco melhor. E pensar que os vendemos por uma ninharia! Por falar nisso, onde está a letra?

— No banco, para ser cobrada. Onde mais poderia estar?

— Bem, bem; nesse caso, está direito.

— Houve algum contratempo? — perguntei, com voz tímida.

— Não é da sua conta! — berrou o rei, despejando a sua cólera contra mim. — Cale a boca e trate da sua vida, se é que tem alguma coisa a tratar. Enquanto estivermos aqui, bico calado, ouviu? — e, voltando-se para o duque: — É melhor que ninguém saiba disto — que fique entre nós.

— Vendas rápidas e parcos lucros. Sem dúvida alguma, um

bom negócio... —comentou o duque com uma risota, quando já desciam a escada.

— Fi-lo com a melhor das intenções — protestou o rei. — Se tivermos prejuízo em vez de lucro, sou tão culpado quanto você.

— Sim, mas o que não resta dúvida é de que, se você me tivesse ouvido, a estas horas os negros estariam aqui, e, com eles, o dinheiro.

O rei retrucou com algumas insolências, que não chegaram a ofender o duque, e voltou-se para mim. Repreendeu-me por não ter ido avisá-lo quando vi os escravos sair do quarto na ponta dos pés. Qualquer pessoa, por mais estúpida que fosse, notaria logo que ali havia coisa. Em seguida, praguejou fortemente por não ter se levantado mais tarde, como era seu costume; e garantiu que, para o futuro, não seria tão madrugador. E saíram ambos resmungando, enquanto eu esfregava as mãos de gosto por haver empurrado o crime para os negros sem, contudo, causar-lhes o menor prejuízo.

XXVIII

Já eram horas de abandonar a cama. Saí do meu cubículo e, ao descer a escada, no primeiro lance, passei pelo quarto de Mary Jane. Estava aberto; a moça embalava roupas e outros objetos, em aprestos para a sua viagem à Inglaterra. Naquele instante, porém, largou sobre o colo um vestido que retirara do baú e, levando ambas as mãos ao rosto, desatou a chorar. Comovido, como em idênticas circunstâncias ficaria qualquer outro, entrei no quarto e lhe disse:

— Srta. Mary Jane, sei que a senhora não pode ver ninguém sofrer. O mesmo dá-se comigo. Conte-me, pois, o que houve.

Mary Jane chorava por causa dos negros. Confessou que a viagem à Inglaterra, que tanto a seduzia, perdera o seu encanto desde o momento que se vira apartada dos escravos. Como poderia sentir-se feliz e satisfeita, sabendo que mãe e filhos estavam separados por toda a vida? E rompeu em prantos ainda mais comoventes.

— Pobrezinhos, — soluçava ela — nunca mais um verá o outro.

— Não desespere, srta. Mary. Garanto-lhe que dentro de duas semanas estarão juntos novamente.

Nem bem havia eu terminado a frase, e já a moça enlaçou-me o pescoço, pedindo-me, ansiosamente, que a repetisse, que a repetisse uma porção de vezes.

Compreendi que havia falado demais e encontrava-me em beco sem saída. Pedi-lhe um minuto para pensar; ela sentou-se, muito impaciente e excitada, porém com esse ar de alívio de quem, de um momento para o outro, se vê livre de uma terrível dor de dentes.

Comecei a estudar a situação. Mesmo sem a necessária experiência, sei que dizer a verdade é sempre arriscado, mormente quando somos forçados a isso. Pelo menos essa era a minha impressão. Mas eu me via diante de um caso em que a verdade me surgia mais conveniente e menos perigosa do que a mentira, por estranho que o pareça. Pela primeira vez na vida, via-me em semelhante situação — forçado a dizer a verdade, nua e crua. Decidi arriscar, ainda que aquilo fosse o mesmo que sentar em caixão de pólvora com facho de fogo em punho.

— Srta. Mary Jane, — comecei — conhece algum sítio, fora da vila, onde possa permanecer uns três ou quatro dias?

— Sim. Em casa do sr. Lothrop. Por quê?

— Por enquanto, nada me pergunte. Se eu lhe garantir que, dentro de duas semanas, os seus escravos estarão de volta, irá a senhora passar quatro dias em casa do sr. Lothrop?

— Quatro dias? Ficarei um ano, se preciso for.

— Muito bem. Da senhora, só preciso da sua palavra, que para mim vale mais que o juramento de homem beijando a *Bíblia*.

Ela sorriu, agradecida, corando um tantinho.

— Dá-me licença para fechar a porta? — indaguei.

— Pois não.

— Não fique nervosa; — comecei, após trancar a porta e sentar-me — ouça tudo com calma, como se fosse um homem. Vou dizer-lhe a verdade, srta. Mary, e, por mais cruel que ela seja, não se desespere. Agora, escute: esses senhores que se disseram seus tios não passam de dois refinados patifes.

Como era de esperar, a revelação fulminou-a por alguns instantes. Já agora eu navegava em águas mais calmas, e prossegui, sempre firme. Ela bebia as minhas palavras, tendo nos olhos um fulgor estranho. Contei-lhe tudo o que se passara, desde o momento em que encontramos o bobo alegre que ia embarcar até o instante em que ela se atirou aos braços do rei, beijando-o 16 ou 17 vezes. Nesse ponto, a moça ergueu-se, com o rosto mais vermelho que um pôr de sol, e exclamou:

— Que bandidos! Venha, venha, não percamos nem um segundo! Eles serão untados de alcatrão e atirados ao rio!

— Concordo; mas isto antes da senhora ir à casa do sr. Lothrop ou ...

— É verdade – disse ela, tornando a sentar-se. – Como fui pensar nisso! Não faça caso do que eu disse; você é bom e não fará caso, não é verdade? – e colocou sobre a minha as suas mãos delicadas e sedosas, obrigando-me à submissão imediata. —Fiquei fora de mim – continuou ela. – Continue, continue sem receio. Diga-me o que devo fazer, que seguirei à risca os seus conselhos.

— Como ia dizendo, encontro-me em tal situação que me vejo forçado a viajar por algum tempo ainda, queira ou não, na companhia dos dois patifes. Poderia livrar-me deles, se a senhora os denunciasse, mas uma outra pessoa, que lhe é desconhecida, e a quem muito quero, ficaria em má situação. Temos de salvá-la, é claro, e, pois, não podemos denunciar os dois impostores.

Essas palavras trouxeram-me uma boa ideia. Se o rei e o duque fossem presos na vila, eu e Jim ficaríamos livres daquelas pragas. Só haveria um inconveniente: viajar durante o dia sem outra pessoa a bordo que não eu, para responder às perguntas que nos fizessem pelo caminho. Decidi só dar início ao plano tarde da noite.

— Srta. Mary, vou dizer-lhe o que devemos fazer. A senhora não precisará ficar tanto tempo em casa do sr. Lothrop. É longe daqui?

— Dista umas 4 milhas.

— Pois bem, vá até lá e, quando for 9 ou 9 e meia da noite, peça a alguém que a traga de volta. Invente o que bem entender, mas não deixe de vir. Se chegar antes das 11, coloque uma luz nesta janela e espere. Se até às 11 eu não aparecer, é sinal de que parti são e salvo.

Então, pode espalhar a notícia pelos quatro ventos, trancafiando os piratas num bom xadrez.

— Muito bem; seguirei os seus conselhos.

— Se, por qualquer eventualidade, eu não puder livrar-me deles, declare a todos que eu lhe confessei tudo de antemão, e procure defender-me com todas as suas energias.

— Pode ficar sossegado, que nada lhe acontecerá. Ninguém tocará em você! —afirmou a moça, com determinação.

— Agora, se conseguir escapar, naturalmente não estarei aqui para provar que esses bandidos não são seus tios. E, mesmo que estivesse, não poderia prová-lo, embora pudesse jurar com toda a minha fé que não passam de dois piratões, o que já é alguma coisa. Conheço, porém, outras pessoas que poderão confirmar as minhas denúncias. Eu lhe direi onde poderá encontrar tais pessoas. Dê-me papel e lápis. Aqui está: "*O Camelopardo do Rei*, Bricksville". Não perca isto. Se o tribunal quiser saber alguma coisa sobre os dois, que mande dizer para Bricksville ter encontrado os atores do *Camelopardo do Rei* e que precisa de testemunhas. Fique certa de que não virão duas ou três, mas a cidade inteira. E lhe asseguro que chegarão bufando vingança! Assim, pois, deixemos que o leilão se realize. Ninguém irá pagar as compras senão um dia depois, devido a não ter sido anunciado com a necessária antecedência; e lhe garanto que os patifes só sairão daqui depois de entrarem nos cobres. Mas, como as vendas não têm valor legal, porque nada lhes pertence, eles não irão receber um cêntimo. Com os negros dar-se-á o mesmo, e, dentro em breve, mãe e filhos estarão de volta.

— Bem, vou descer já para o café e, em seguida, irei à casa do sr. Lothrop.

— Não faça isso, srta. Mary. Parta imediatamente, mesmo sem tomar café.

— Por quê?

— Ainda não pensou a razão por que desejo vê-la longe daqui?

— Confesso que não.

— Simplesmente porque seu rosto é um livro aberto. Acredita que possa beijar os seus tios, quando lhe vierem dar bom-dia, sem...

— Nunca! Nunca! Você tem razão. Partirei já. E minhas irmãs? Ficarão com eles?

— Não se preocupe com isso. Eles desconfiariam se as três saíssem ao mesmo tempo. É preciso que a senhora não fale com ninguém; nem com as suas irmãs, nem com os vizinhos, para não deitar a perder o meu plano com esse rostinho que não sabe ocultar sentimentos. Vá, que saberei agir. Direi à srta. Susan que a senhora saiu cedo, deixando um beijo para os tios, de visita a uma amiga, e que só voltará à noite ou amanhã cedo.

— Que fui visitar uma amiga, está bem; mas que deixei um beijo para os canalhas, isso não. De maneira alguma!

— Está bem; o beijo não será dado.

Nada me custava dizer-lhe isso. Era coisa sem importância, e são essas pequeninas coisas que, muitas vezes, nos facilitam as grandes empresas. Mary Jane ficaria sossegada, e eu faria como entendesse.

— Resta-me, agora, falar sobre o dinheiro — continuei.

— É verdade. Mas que podemos fazer, se estão com a bolsa nas mãos?

— Engano seu, srta. Mary. O dinheiro não está com eles.

— Com quem está, então?

— É o que eu também desejaria saber. Já o tive em minhas mãos — furtei-o para restituir aos donos, mas receio que não esteja mais onde o coloquei. Sinto profundamente, srta. Mary Jane; fiz tudo o que pude, animado das melhores intenções. Quase fui apanhado com a bolsa nas mãos, e me vi obrigado a ocultá-la no primeiro lugar que se me deparou, embora esse lugar fosse o menos apropriado possível.

— Deixe de culpar-se a si mesmo — não o permito que o faça. Você fez o que pôde e não tem culpa alguma. Onde pôs o dinheiro?

Confessar a verdade seria recordar-lhe sofrimentos, e eu não me sentia disposto a fazê-la ver o cadáver do pai estendido no caixão, tendo sobre o estômago a bolsa de moedas. Calei-me por alguns instantes e, depois, falei:

— Prefiro não lhe responder verbalmente, srta. Mary. Mas, se quiser, posso fazê-lo por escrito em um pedaço de papel, que a senhora abrirá em caminho da casa do sr. Lothrop. Está bem assim?

— Perfeitamente, concordo.

Escrevi numa folha de papel estas palavras: "Coloquei-o no ataúde. Eu estava lá enquanto a senhora chorava diante do cadáver do seu pai. Achava-me atrás da porta e tive muita pena da senhora, srta. Mary".

Fiquei com os olhos úmidos ao recordar aquela cena; a pobrezinha chorando, tão só, no silêncio da noite, enquanto os dois patifes dormiam regaladamente. Ao dobrar e entregar-lhe o papel, notei que também ela tinha os olhos marejados de lágrimas.

— Até logo! — despediu-se, apertando, comovida, as minhas mãos. — Vou seguir à risca os seus conselhos; e, se porventura não tornar a vê-lo, fique certo de que jamais o esquecerei. Pensarei muito em você e, nas minhas preces, pedirei a Deus que não o abandone.

E retirou-se.

Rezar por mim! Se me conhecesse melhor, por certo desistiria de semelhantes intenções. Mas estou certo de que o fez; e o faria até por Judas, se fosse o caso. Era a bondade personificada. Foi das moças mais bonitas que encontrei no meu caminho. Nunca mais a revi, mas nela tenho pensado milhares e, talvez, milhões de vezes. Até hoje a sua última frase ainda me ressoa nos ouvidos: "Em minhas preces, pedirei a Deus por você". Valessem as minhas rezas alguma coisa, e eu passaria o dia inteiro ajoelhado, orando por ela.

Mary Jane devia ter passado pelo quintal, pois ninguém a viu sair. Quando me encontrei com Susan e a de lábio partido, fui logo indagando:

— Como se chama aquela família que vive do outro lado do rio, que vocês costumam visitar?

— São muitas — responderam. — Talvez os Proctors, ou...

— Isso mesmo. A srta. Mary pediu-me para avisá-las de que foi até lá às pressas — alguém está doente.

— Qual deles?

— Não sei; ou, por outra, é...

— Não será Hanner?

— Isso mesmo. Perdoem-me o esquecimento.

— Santo Deus! Estava tão bem disposta a semana passada! É grave o seu estado?

— Não pode ser pior. Passaram a noite toda acordados, e já se foram as últimas esperanças, contou-me a srta. Mary.

— Imaginem só que horror! E que tem ela?

Como no momento não me ocorresse uma doença razoável, respondi ser caxumba.

— Caxumba?! Ora, isso nunca foi doença grave, em parte alguma.

— Na opinião de vocês duas. Mas não queiram saber que espécie de caxumba ela apanhou. É muito diferente das outras, segundo disse a srta. Mary.

— E qual a diferença?

— Complicou com outras coisas.

— Quais essas outras coisas?

— Sarampo, tosse comprida, erisipela, tuberculose, febre amarela, meningite e mais uma porção de coisas.

— E chamam a isso caxumba?

— Foi o que disse Mary Jane.

— Mas por que razão resolveram chamar tanta doença junta de caxumba?

— Essa é boa! Porque é caxumba. Começou com a inflamação na garganta.

— O que está dizendo não tem pé nem cabeça. Então, se uma pessoa corta o dedo, toma veneno em seguida, depois cai num poço e quebra o pescoço, e, mais adiante, estoura os miolos, deve-se responder a quem indagar da sua morte que morreu de um corte no dedo? Só um tolo daria semelhante resposta. E é o papel que você está fazendo no momento. É contagiosa essa doença?

— Das mais contagiosas que existem.

— Que horror! — exclamou Joana. — Vou já falar com o tio Harvey...

— Isso mesmo; vá correndo, não perca um segundo.

— Por quê?

— Ouça-me um minuto. Não necessitam os seus tios de estar na Inglaterra quanto antes? E, porventura, você os julga capazes de partir na frente, deixando que as sobrinhas viajassem sós? Você bem sabe que eles não fariam isso. Pois bem. Seu tio é um sacerdote, não é verdade? E acredita você que um sacerdote vá enganar os oficiais de um navio, a fim de que admitam a srta. Mary a bordo? É claro que não. Que fará ele, nesse caso? Dirá: "Sinto muito, mas a minha igreja ainda continuará sem pastor por algum tempo. Minha pobre sobrinha esteve ao lado de uma enferma atacada de caxumba maligna, e o meu dever é esperar aqui três meses, tempo necessário para a enfermidade manifestar-se". Agora, você faça o que bem entender. Se achar melhor contar ao seu tio...

— Nunca! Ficarmos três meses como bobas aqui, quando podemos estar nos divertindo na Inglaterra?

— Mas talvez seja conveniente contar a algum vizinho, não?

— Ainda estou para ver pessoa mais boba em minha vida! Não vê que iriam correndo espalhar a novidade? Precisamos guardar o mais absoluto segredo, ouviu?

— Agora vejo que tem razão.

— Para que não fique aflito, diremos ao tio Harvey que Mary saiu a passeio.

— Era justamente o que ela queria. Suas palavras foram estas: "Diga às minhas irmãs que abracem e beijem os tios por mim, e os avisem de que fui ver o sr.... o sr.... — Qual o nome daquela família importante de que o seu pai Peter tanto falava? Aquela que...

— Os Apthorps?

— Isso mesmo. Também arranjam cada nome encrencado! Bem, ela foi até lá para ver se os Apthorps arrematam esta casa em leilão, pois, segundo me declarou, o sr. Peter sempre mostrou desejos de que eles ficassem com a residência. A srta. Mary fará o possível para ver realizada a vontade do pai, e, se for possível, voltará hoje mesmo. Do contrário, só estará aqui amanhã cedo. Também pediu-me que nada lhes dissesse dos Proctors, mas somente dos Apthorps, com os quais irá falar sobre a casa.

— Está bem — disseram, e foram esperar os tios, que já deviam estar de pé.

Tudo corria conforme os meus planos. As meninas nada diriam, para não atrasar a viagem à Inglaterra; e tanto o rei quanto o duque haviam de preferir ver Mary Jane arranjando fregueses para o leilão de que ao alcance do dr. Robinson. Senti-me satisfeito; agira segundo as regras, e Tom Sawyer não teria feito coisa melhor. Sem dúvida, ele poria mais "estilo" no plano, que é justamente o que me falta.

Afinal, o leilão realizou-se em praça pública, na tarde daquele dia. O velho não arredou pé. Prestava atenção a tudo, com uma frase amável para os que lhe dirigiam a palavra, e, de vez em quando, lia beatamente um trecho da sua *Bíblia*. O duque, sempre mudo, andava de um lado para outro, conquistando a simpatia geral.

Por fim, o leilão terminou; nada mais restava para ser arrematado. Ou, por outra, ficara apenas um pequeno lote de terra no cemitério, que o rei se esforçava por vender. Ainda estou por encontrar um jacaré mais ganancioso! Enquanto o rei teimava em obter uma oferta pelo terreno, um navio atracou no desembarcadouro, e, minutos depois, um grupo aproximou-se da praça em ensurdecedora algazarra. Estrugiam vaias, gargalhadas e motejos.

— Aqui estão mais dois herdeiros do velho Peter Wilks! — gritava a multidão. — Dois bicudos não se beijam! Vamos ter função...

XXIX

À frente daquela malta barulhenta, caminhavam dois cavalheiros simpáticos. Um já idoso, de nobre aspecto; o outro, mais moço, com o braço direito numa tipoia. As vaias e gargalhadas continuavam cada vez mais estridentes. Quem não achava graça naquilo era eu, e só com muito esforço o rei e o duque poderiam rir também. Afigurava-se-me que iriam, pelo contrário, empalidecer diante do inesperado. Mas qual não foi o meu espanto quando vi o duque a medir passos, muito satisfeito da vida, como se não tivesse dado pelo incidente, e o rei a filosofar calmamente sobre a intrujice dos patifes que se apresentavam. E como sabia representar, o canalha! Várias pessoas rodearam-no para testemunhar-lhe solidariedade. O velho cavalheiro até parecia tonto, tão confuso se achava. Quando começou a falar, notei logo que se exprimia com a verdadeira pronúncia inglesa, e não como o rei, embora este soubesse imitar com certa arte o sotaque dos ingleses. Suas palavras foram mais ou menos estas:

— Para mim, isto é a maior das surpresas, e, francamente, confesso que de momento nada me é dado fazer. Meu irmão e eu fomos vítimas da má sorte; ele quebrou um braço, e a nossa bagagem foi desembarcada, por engano, em outra vila. Sou Harvey, irmão de Peter Wilks, e este é William, infelizmente surdo-mudo. Depois do acidente, então, nem mimicamente pode expressar-se. Assim que estivermos de posse dos nossos documentos, provaremos a nossa verdadeira identidade. Dentro de um ou dois dias, nossa bagagem deverá chegar; só então voltarei ao assunto. Enquanto isso, descansarei num hotel.

Vendo os dois afastarem-se, o rei exclamou, com uma gostosa gargalhada:

— Quebrou o braço, hein? Boa ideia para um espertalhão que deseja imitar um surdo-mudo e não sabe fazer sinais! Perderam a bagagem! Não resta dúvida de que o plano foi bem engendrado, embora tenha as suas falhas...

E soltou outra gargalhada, no que foi acompanhado por todos, exceto uns três ou quatro, ou talvez seis. Dentre estes estavam o médico e um senhor alto, de olhar aquilino, que empunhava uma mala de mão e que acabava de desembarcar. Conversava em voz baixa com o dr. Robinson, e, de quando em quando, ambos olhavam para o rei, meneando a cabeça. Era Levi Bell, o advogado, que chegara de Louisville. Outro que não achou graça no espírito do rei foi um senhor corpulento, de elevada estatura, que ouvira com muito interesse o que o recém-chegado dissera. Logo que o rei se calou, o homenzarrão disse:

— Escute cá, cavalheiro. Se de fato é Harvey Wilks, quando foi que o senhor chegou?

— Um dia antes do enterro, amigo — redarguiu o rei.

— A que horas?

— À tardinha. Uma ou duas horas antes do anoitecer.

— Em que navio veio?

— No "Susan Power"; embarquei em Cincinnati.

— Como se explica, então, que fosse visto subindo o rio, pela manhã, em uma canoa?

— O senhor está equivocado.

— E o senhor está mentindo!

Várias pessoas intervieram junto ao homem, para que não desrespeitasse um sacerdote.

— Qual sacerdote, qual nada! Não passa de um reles impostor!

Eu moro nas margens do rio e afirmo que o vi pela manhã em uma canoa, na companhia de Tim Collins e de um menino.

— Seria capaz de reconhecer esse menino, Hines? — perguntou o médico.

— Não tenho a certeza, mas creio que sim. Oh, lá está ele! Não pode ser outro.

E apontou-me com o dedo. Dirigindo-se aos presentes, o dr. Robinson disse:

— Meus amigos, não posso saber se os recém-vindos são embusteiros ou não; mas, se estes dois não o forem, que toda a vila me tenha em conta de cretino! É nosso dever não lhes permitir que se retirem antes de pormos este caso em pratos limpos. Venha, Hines; venham todos. Vamos levar os dois ao hotel e acareá-los com os outros. Macacos me lambam se desta feita não surgir a verdade.

Muito a contragosto, o rei e o duque acompanharam a turma rumo ao hotel. Anoitecia. O médico ia pegando em minha mão, muito delicadamente, é verdade, mas não me largou um instante sequer.

Entramos para uma ampla sala do hotel, iluminada de algumas velas. Logo que os dois estrangeiros apareceram, o doutor levantou-se e falou:

— Não desejo ser cruel com estes dois homens; na minha opinião, porém, são espertíssimos piratas e estão agindo de cumplicidade com outros. Desconhecemos quais os cúmplices, mas é bem provável que desapareçam com o dinheiro que Peter Wilks deixou. Se, entretanto, estes dois não tiverem culpa no cartório, que depositem o dinheiro em nossas mãos, até que tudo fique devidamente esclarecido. Não acham boa a ideia?

Todos aplaudiram-na, e eu vi a coisa muito mal parada do nosso lado. O rei, porém, com ar muito tristonho, explicou-se:

— Senhores, eu só tenho um desejo: que esta investigação seja levada avante com toda a sinceridade, para que fique esclarecido tão miserável incidente. Infelizmente, porém, o dinheiro não se acha em meu poder. Se quiserem, poderão revistar a casa.

— Onde está, então?

— Ignoro. Quando o recebi da minha sobrinha, ocultei-o no colchão da minha cama. Iríamos permanecer poucos dias aqui, não havendo, pois, necessidade de depositá-lo num banco. Ademais, um colchão me pareceu lugar seguro, pois, não estando acostumado com os escravos, julgava-os tão honestos quanto os criados ingleses. Mas fui roubado no dia seguinte, e, quando vendi os negros, ainda não havia dado por falta do dinheiro. E lá se foram eles com 6 mil dólares. O meu valete foi testemunha do furto, senhores.

— Conversa fiada! — exclamaram o médico e mais alguns.

Vi logo que ninguém lhe dera crédito. Perguntado se vira os negros furtar a bolsa, respondi que não. Apenas os surpreendera saindo do quarto, de mansinho, o que me fez pensar que tivessem despertado o meu amo e se retirassem para não ser repreendidos. Nisso, o doutor indagou, bruscamente:

— Também você é inglês?

Eu não podia deixar de responder afirmativamente, e o resultado foi uma gargalhada geral.

Afinal, iniciaram o inquérito. Pergunta vai, pergunta vem, fala daqui, resposta dacolá, hora sai, hora entra, e só não se falava em jantar. Aquilo parecia não ter fim, e cada vez se tornava mais embrulhado. Fizeram o rei e o ancião narrar as suas histórias; e, salvo uns quatro ou cinco cabeçudos, todos os demais compreenderam logo que o primeiro dissera um amontoado de mentiras, ao passo que o outro falara a verdade. Às tantas, também eu entrei no interrogatório, e fui obrigado a falar. O rei atirou-me um olhar de esguelha, muito significativo. Principiei discorrendo sobre a vida que levávamos em Sheffield, sobre as preocupações da família Wilks e o mais que me ia saindo da cabeça; mas estava ainda no começo quando o médico pôs-se a rir, e, logo depois, Levi Bell me dizia, com ar paternal:

— Basta, meu filho; não se canse. Vê-se que você não está acostumado a mentir. Carece ainda de muita prática.

Não me lisonjeou o cumprimento, mas respirei quando me deixaram em paz.

— Se você estivesse aqui no dia da chegada, Levi Bell... — começou o médico, para ser no mesmo instante interrompido pelo rei, que, estendendo a mão, exclamou:

— Levi Bell? O grande amigo do meu finado irmão, do qual ele tanto falava nas suas cartas?

Os dois trocaram um cordial aperto de mão. Por algum tempo conversaram em voz baixa, apartados dos outros. Por fim, o advogado disse:

— Isso mesmo. Escrevam ambos algumas linhas que faremos a comparação com as cartas de Harvey.

Com pena e papel nas mãos, o rei sentou-se, torceu a cabeça para um lado, apertou a língua entre os dentes e rabiscou umas garatujas. Quando chegou a sua vez, o duque, até então a aparentar indiferença, mostrou-se ele seriamente alarmado. Mas não teve remédio senão escrever algumas palavras. Voltando-se para os outros dois, o advogado pediu-lhes que fizessem o mesmo e assinassem o nome.

O que o velho escreveu ninguém pôde entender. Levi Bell mostrou-se grandemente confuso e armou cara de espanto.

— Que diabo! — exclamou, sacando do bolso um maço de cartas e confrontando as caligrafias. — Estas cartas são de Harvey Wilks, mas vê-se que não foram escritas por nenhum dos dois (o rei e o duque mostraram-se desnorteados diante da cilada em que haviam caído). Também a letra deste senhor, se é que se possa chamar-se letra a estes rabiscos, em nada se assemelha com a de Harvey. Eis aqui uma carta...

— Permita-se uma explicação, cavalheiro — atalhou o ancião. — Só o meu irmão entende o que escrevo, sendo ele quem copia as minhas cartas. A escrita que o senhor examinou é dele, não minha.

— Muito bem; nesse caso, podemos fazer uma comparação, pois também tenho comigo umas cartas de William. Que seu mano escreva algumas linhas...

— Com a mão esquerda? Se não tivesse quebrado o braço direito, o senhor veria ter sido ele mesmo quem escreveu as suas e as minhas cartas. Confronte as duas — a letra é a mesma.

Levi Bell cotejou as duas caligrafias:

— O senhor tem razão, — disse — pelo menos a parecença é grande. Bem, bem, ainda não se chegou a uma conclusão; uma coisa, porém, ficou provada: que esses dois não são os verdadeiros Wilks — e, com um movimento de cabeça, indicou o rei e o duque.

— Mas, por estranho que pareça, o rei não se deu por vencido. Retrucou que o seu irmão William era o maior brincalhão deste mundo, nada levando a sério. Ao entregar-lhe a pena, viu logo que ele iria rabiscar umas garatujas que não fossem a sua letra. E de tal maneira falou e engendrou explicações que, ao cabo, principiou a crer que dizia a verdade. Mas, em meio do seu palavrório, o ancião o interrompeu.

— Tenho uma ideia — disse ele. — Há, entre os presentes, alguém que tivesse auxiliado a mortalhar o meu irmão, digo, Peter Wilks?

— Sim — respondeu uma voz. — Eu e Ab Turner, que aqui estamos.

Voltando-se para o rei, o velho inquiriu:

— Poderá o cavalheiro dizer-me que tatuagem Peter Wilks usava no peito?

Diante de tão inesperada e fulminante pergunta, tive a impressão de que o rei baquearia. E não era para menos — assim, tão de surpresa! Como poderia saber a tatuagem que o defunto usava? Notei que empalideceu levemente, fez-se um religioso silêncio, e todos fitaram-no, atentos. Vi chegado o momento da entrega dos pontos — inútil resistir. Mas, por incrível que se afigure, o rei continuou firme. Para mim, ele tinha em mira ficar naquele chove não molha até cansar o pessoal; enfadados com o intérmino inquérito, os mais impacientes ir-se-iam retirando; e, com menos gente na sala, ele e o duque teriam oportunidade de tentar a fuga. Manteve-se calado por certo tempo e, ao cabo, disse, com um sorriso:

— Não resta dúvida de que a pergunta é tira-prosa! Mas, felizmente, eu lhes posso dizer o que meu irmão tinha gravado no peito. Era uma pequenina flecha azul — nada mais, nada menos. E, para vê-la, só mesmo olhando de bem perto. Que me dizem disso, agora?

Maior descaro ainda estou por conhecer! O recém-chegado voltou-se rápido para Ab Turner, e os seus olhos fulguraram, certo de que, daquela feita, pilhara o rei em flagrante.

— Ouviu o que ele disse? Agora me diga se, de fato, existia tal marca no peito de Peter Wilks.

— Não a vimos — responderam, a um tempo, Ab Turner e o companheiro.

— Era natural, desde que não existia! O que os senhores viram foram as letras p.b.w. separadas umas da outra por um tracinho, assim P-B-W — e mostrou-lhes as letras escritas num pedaço de papel — Não foi isso mesmo?

— Não vimos tatuagem alguma no corpo do falecido Peter — redarguiram os dois.

Foi o bastante para que os espectadores prorrompessem aos berros de: "Lincha! Mata! Afoga! Vamos liquidar com os quatro". Pulando sobre a mesa, porém, Levi Bell conseguiu fazer-se ouvido, bradando:

— Senhores! Senhores! Uma palavra, apenas! Silêncio! Ainda nos resta um meio de tirarmos isto a limpo! Vamos desenterrar o cadáver e examiná-lo.

— Ao cemitério! Ao cemitério! — ululou a turba, e já os primeiros deixavam a sala, quando o médico exclamou:

— Calma! Para maior segurança, levemos conosco os quatro e também o garoto!

— Bravos! — urrou a multidão. — E fiquem certos, desde já, que serão linchados se as tatuagens não forem descobertas!

Confesso que me apavorei; mas uma tentativa de fuga seria pior, e sem probabilidade nenhuma de êxito. Valentemente seguros, rumamos para o cemitério, distante 1 milha e meia da vila, com a população inteira a seguir-nos. O barulho não fora para menos, e ainda não eram 9 horas da noite.

Ao passarmos pela nossa casa, arrependi-me profundamente de ter feito que Mary Jane saísse do povoado. Estivesse ali no momento, e bastaria um sinal meu para que me salvasse e denunciasse os dois velhacos.

A turba-multa caminhava barulhenta e ameaçadora. E, para tornar ainda mais pavorosos aqueles instantes, o céu toldou-se de brusco, relâmpagos principiaram a riscar o espaço e o vento a uivar, lambendo o arvoredo. Eu jamais estivera em tão crítica situação! Fiquei aparvalhado, vendo tudo sair tão diferente do imaginado! Em vez de encontrar-me livre para fazer o que bem entendesse e apreciar calmamente o espetáculo, contando com Mary Jane para salvar-me no momento oportuno, achava-me num transe aflitivo, não tendo entre a vida e a morte mais que uma simples tatuagem! E se não a encontrassem?

Por mais esforço que fizesse, não conseguia banir do cérebro esse pensamento. A noite se fazia cada vez mais tenebrosa e, portanto, ótima para uma fuga. Mas tentar escapar das mãos de Hines seria o mesmo que procurar fugir aos pulsos de Golias! Caminhava o lambe-feras a passadas tão largas que me forçava a correr para acompanhá-lo.

Quando chegamos ao cemitério, e a multidão apinhou-se em torno do túmulo de Peter, foi que viram ter trazido cem pás mais do que o necessário, e nem uma só lanterna. Mesmo assim, a escavação foi iniciada à luz intermitente dos relâmpagos, enquanto um homem era enviado à casa próxima em busca de luz.

As pás trabalhavam ativamente, à medida que a escuridão se tornava de breu e os primeiros pingos d'água, acompanhados de ribombos, de trovões, antecediam de minutos o temporal. Raios sucediam-se, cada vez mais frequentes. A chuva desabou, por fim, com tremenda violência; mas nem por isso arrefeceu o ânimo dos que escavavam a sepultura. Por um segundo, a luz dum relâmpago mostrava a compacta avalancha humana que se acotovelava ali; e, no mesmo instante, tudo se envolvia em trevas.

Retirado, por fim, o caixão da sepultura, foi iniciada a sua abertura. Impossível descrever as cotoveladas e os empurrões que houve, cada qual querendo ver mais de perto, não obstante a escuridão de breu. Hines chegou a machucar o meu pulso, tal a força com que o apertava, esquecido de tudo e só querendo ver o cadáver.

Súbito, brilhou um relâmpago mais demorado que os outros, e alguém exclamou:

— A bolsa do dinheiro! Aqui está ela!

Tamanha foi a surpresa que Hines se atirou para a frente, largando-me o pulso. Não hesitei um segundo sequer; e acredito jamais ter corrido tão velozmente em toda a minha vida. Mais que corri, voei, pela estrada afora, indiferente à chuva, ao vento e a tudo o mais.

Ao chegar à vila, encontrei-a completamente deserta; e, não havendo perigo, meti-me pela rua principal. A casa dos Wilks estava às escuras, o que me entristeceu, embora não pudesse saber ao certo por quê. Mas, quando já ia perdê-la de vista, eis que se iluminou a janela do quarto de Mary Jane! Senti o coração estremecer, como se quisesse saltar fora do peito. Instantes depois, porém, tudo ficava para trás.

Nunca mais tornaria a ver aquela casa! Mary Jane foi a moça mais perfeita que já conheci na minha vida, não me canso de repeti-lo.

Quando percebi que já me encontrava à margem do rio, a boa distância da vila, agucei a vista, procurando descobrir um bote. Ao primeiro relâmpago, divisei uma nau amarrada e, instantes depois, eu remava valentemente rumo ao ponto onde deixara a balsa, embora a distância a vencer fosse grande. Ao atingir a velha embarcação, senti-me de tal maneira vencido pelo cansaço que, de bom gosto, me deitaria de costas para respirar à vontade. Mas não podia permitir-me esse luxos, e, saltando para a balsa, gritei:

— Depressa, Jim, vamo-nos embora. Até que enfim estamos livres das duas pragas!

Jim emergiu da cabana e achegou-se a mim de braços abertos, tal a sua satisfação. Mas a luz de um relâmpago mostrou-me um fantasma: soltei um berro de pavor e caí de costas n'água. Havia me esquecido de que ele encarnava, a um só tempo, o velho rei Lear e o árabe afogado, e por pouco não morri de susto. Jim pescou-me prontamente e preparava-se para iniciar as suas demonstrações de júbilo, pelo meu retorno e por saber que estávamos livres do rei e do duque, quando o interrompi.

— Agora não, Jim! Deixe isso para mais tarde. Partamos quanto antes.

Segundos depois, deslizávamos rio abaixo. Que delícia saber que éramos livres, que o imenso rio nos pertencia, e que não havia ninguém para nos importunar! Meu contentamento foi tamanho que me pus a saltar de gosto. Eis, porém, que, no terceiro pulo, ouço um rumor conhecido; sustive a respiração para escutar melhor; e a luz de um relâmpago fez-me ver que os dois estavam de volta! Sim, de volta, o rei e o duque! E remavam rijo, os patifes, para alcançar a balsa!

E eu ainda dei mais alguns pulos... Para não chorar.

XXX

Logo que se viu na balsa, o rei agarrou-me pela garganta e deu-me uns sacolejões.

— Com que, então, quis dar o fora sem nos avisar, hein? — rosnou ele. — Enjoado da nossa companhia, hein?

— Não, majestade — contestei eu. — Longe de mim tal intuito.

— Vamos, conte-me o que pretendia fazer, ou arranco-lhe os fígados!

— Sim, majestade, só direi a verdade, majestade. O homem que me estava segurando foi amável comigo e, entre outras, me contou que no ano passado perdeu um filho da minha idade, e, pois, sentia ver-me metido num incidente tão perigoso. Quando descobriram o dinheiro e houve aquele empurra-empurra dos diabos, largou-me, não sem segredar-me aos ouvidos: "Corra com todas as suas forças se não quiser ser enforcado". Não esperei por segundo aviso, por isso que não desejava espernear suspenso de uma corda. Só parei de correr ao encontrar uma canoa; e, quando aqui, disse ao Jim que largasse *incontinenti*, se não me quisesse ver enforcado. Também falei que receava que a sua majestade e o duque já estivessem mortos, o que nos causou profunda pena. E bem poucos podem imaginar a nossa alegria quando os vimos de volta. Sua majestade que indague de Jim, se não crê em mim.

Prontamente, Jim corroborou as minhas palavras; o rei, porém, ordenou-lhe, rispidamente, que calasse a boca e voltou a apertar-me o gasnete, ameaçando-me de afogar no rio. O duque, porém, veio em meu auxílio.

— Deixe o menino, velho idiota! Não teria você feito o mesmo em seu lugar? Quando escapou, lembrou-se de perguntar por ele?

Soltando-me, o rei pôs-se a praguejar contra a vila e todos os seus moradores. Atalhou-o, porém, o duque.

— Melhor seria que voltasse essas pragas contra si mesmo, pois bem as merece. Desde que chegou à povoação, nada fez que tivesse algum senso, exceto lembrar com tanta serenidade e sangue-frio aquela imaginária tatuagem de flecha azul. Sem dúvida alguma, foi uma lembrança genial, foi a nossa salvação. Do contrário, ficaríamos presos até que chegassem as malas dos ingleses, e depois, então, ou forca ou cadeia! Mas esse truque nos levou ao cemitério, e a bolsa das moedas terminou por fazer-nos um grande favor, porque, sem a surpresa geral causada pelo fato, estaríamos agora de laço no pescoço — e muito bem seguros.

Durante um minuto, houve silêncio. Por fim, o rei falou, dir-se-ia que distraído:

— E nós, certos de que os negros a tinham furtado!

Eu não me senti bem naquele instante.

— Sim, — tornou o duque, com ar sarcástico — estávamos certos.

Seguiu-se uma pausa de meio minuto, e, depois:

— Pelo menos eu estava — disse o rei.

— Não digo o contrário — redarguiu o duque, com irônica malícia.

— Se pretende insinuar alguma coisa, seja franco, Bridgewater.

— Neste caso, também lhe digo que, se pretende insinuar alguma coisa, seja franco, delfim — retrucou o duque.

— Ora, — tornou o rei, com ironia — talvez você estivesse dormindo e não desse pela coisa...

— Basta! — rosnou o duque, irritado. — Tem-me em conta de

algum parvo, com certeza, não? Pensa que não sei quem ocultou o dinheiro no caixão?

— Pelo contrário. Como não há de saber, se foi você quem o furtou?

O duque avançou, furioso, para o adversário, que se acovardou e disse, com voz amena:

— Não se exalte, duque. Não me aperte a garganta. Retiro o que disse.

— Então, confesse que escondeu o dinheiro para mais tarde, quando se visse livre de mim, voltar ao cemitério e desenterrá-lo!

— Um momento, duque. Responda-me a esta pergunta com toda a franqueza: não foi você quem colocou o dinheiro no caixão? Responda com sinceridade, que lhe darei crédito e retirarei tudo o que disse.

— Bem sabe que não, seu patife! Você tem a certeza disso!

— Está bem, não duvido das suas palavras, porém responda-me a isto, só a mais isto, e não se exalte: não lhe passou pela cabeça furtar o dinheiro e escondê-lo nalgum lugar?

O duque não redarguiu de pronto. Ao cabo de alguns momentos:

— Bom, isso agora não importa. Repito que não ocultei. Mas você, não só tinha em mente fazê-lo, como o pôs em prática.

— Quero viver mil anos se isso for verdade! Não nego que essa fosse a minha intenção; mas você... Digo, uma outra pessoa foi mais esperta do que eu.

— É mentira! Confesse já, canalha, ou...

O rei, com os olhos esbugalhados e o rosto congestionado, ainda pôde murmurar:

— Não me mate; fui eu...

Essas palavras trouxeram-me um grande alívio. Cheguei a sentir-me mais leve. Soltando a garganta do rei, o duque disse:

— Se você tiver o topete de negar o furto, fique certo de que o afogarei, ouviu? Ainda estou por conhecer um avestruz mais senil e mais ganancioso! Queria engolir tudo sozinho! E eu, a fiar-me, inocentemente, na sua honestidade! Não teve vergonha de calar-se quando culpavam os pobres negros? Eu me sinto ridículo quando penso que acreditei nas suas palavras. Infame! Agora compreendo por que tinha tanto interesse em cobrir o déficit dos 415 dólares! O que você queria era levar também a parte que me coube do *Camelopardo* e de outros negocinhos.

O rei, muito tímido e todo encolhido, ainda se atreveu a contestar:

— Lembre-se, duque, ter sido você mesmo quem sugeriu a cobertura do déficit.

— Cale-se! — vociferou o duque. — E não me diga mais uma palavra! Está vendo em que deu a sua ganância? Eles ficaram com o que lhes pertencia e mais o que era nosso, salvo alguns miseráveis centavos! Agora, vá dormir! Já para a cama, e nunca mais me torne a falar em déficits, entendeu?

Humildemente, o rei obedeceu-lhe e procurou consolo no frasco de uísque. O duque, por sua vez, não tardou em seguir-lhe o exemplo. Meia hora depois, faziam as pazes e, como o álcool os deixasse sentimentais, acabaram dormindo estreitamente abraçados. Ambos tomaram uma terrível carraspana; mesmo assim, notei que o rei não chegara ao ponto de esquecer-se da ameaça que o duque lhe fizera, caso negasse o furto do dinheiro. Isso tranquilizou-me. Não será preciso dizer que, enquanto os dois patifes roncavam, narrei a Jim tudo quanto se passara.

XXXI

Navegamos dias e dias, sem nos atrever a desembarcar em uma vila. Corria em meio o estio, e já tínhamos atingido o sul do país. Começamos a ver as primeiras árvores cobertas de musgo. Pendente das ramas, esse musgo afigurava-se longas barbas grisalhas. Pela primeira vez eu o via, e pareceu-me que emprestava à mata um aspecto solene e tristonho. Julgando-se fora de perigo, os reais velhacos entraram novamente a agir.

Principiaram por fazer uma conferência contra o álcool, que não lhes rendeu nem o bastante para uma bebedeira. Na vila seguinte, abriram uma escola de dança; mas, como entendessem de dança tanto como um canguru, ficaram nas primeiras lições, corridos que foram a chicote pela população indignada. De outra feita, anunciaram uma alocução, que redundou em grosso fiasco, pois nem bem abriram a boca e já a assistência prorrompeu em estrepitosas vaias, a que se mesclavam gritos de "lincha"! Tentaram também a medicina, o hipnotismo, o missionarismo, enfim, um pouco de todas as artes de iludir o próximo. Contudo, a sorte não os favorecia. Desesperançados, finalmente, não mais deixaram a balsa, onde passavam os dias, tristonhos e pensativos, sem que lhes ocorresse uma ideia salvadora.

Um dia, após longo período de inércia, os dois voltaram a trocar ideias. Horas e horas passaram na cabana da balsa, confabulando a meia-voz. Não será preciso dizer que isso nos inquietou, a Jim e a mim, pois não padecia dúvidas de que planejavam qualquer coisa diabólica. Depois de muito pensarmos, concluímos que deveriam estar delineando o assalto dalguma casa comercial, fabrico de dinheiro falso ou coisa parecida. Tão assustados ficamos que decidimos ficar alheios a tais aventuras, e não deixar escapar a primeira oportunidade para abandoná-los em terra e prosseguir nossa viagem sozinhos. Certa manhã, ocultamos a balsa a 2 milhas de uma aldeia, que viemos a saber ser Pikesville. O rei desembarcou só, aconselhando que o esperássemos, enquanto ia à vila sondar o ambiente, a fim de ver se ainda não tinham chegado até ali as notícias do *Camelopardo* e de outros excessos.

"Uma casa para roubar é o que procuras", disse eu cá comigo. "Mas quando voltares com a pilhagem, terás de dar tratos à bola para saber onde eu e Jim fomos parar!"

Avisou também que, se não estivesse de volta até o meio-dia, era porque tudo andava bem. O duque e eu deveríamos, então, procurá-lo imediatamente.

Enquanto aguardávamos a hora aprazada, o duque ia de um lado para o outro, muito nervoso e irritadiço, a repreender-nos por qualquer coisinha. Eu ficava em suspenso, a imaginar o que estaria para acontecer. Alegrei-me quando soube que eram 12 horas e nem sinal do rei. Talvez a nossa chance de nos vermos livres das pestes não estivesse longe. Como ficara combinado, o duque e eu rumamos para a vila; e, indaga daqui, indaga dali, viemos a descobrir o rei no interior duma taberna, completamente embriagado, a insultar um grupo de vadios que o arreliava. Ao vê-lo naquela situação, o duque pôs-se a mimoseá-lo com uma série de injúrias, que o rei devolvia com juros. Quando mais acalorada ia a contenda, tratei de ir saindo de mansinho; e, mal me pilhei na rua, sacudi a poeira dos calcanhares, e pernas para que te quero, disparei correndo mais que um veado em direção ao rio! Chegara a ocasião. Tão cedo eles não voltariam a rever-nos. De longe, já fui gritando:

— Solta a balsa, Jim! Até que enfim estamos livres.

Mas ninguém respondeu. Ao chegar, dei com a balsa vazia. Onde estaria Jim? Chamei-o com todas as forças dos meus pulmões, uma, duas, três, muitas vezes, e nada! Corri como um doido pelo bosque, buscando aqui e ali, mas baldadamente. O meu pobre Jim desaparecera! Tal foi o desânimo que se apoderou de mim que sentei no chão e desatei a chorar. Não podia, porém, ficar inativo. Ergui-me e pus-me a andar pela estrada, pensando numa solução para o caso. Nisso, passou por mim um menino. Perguntei-lhe se não tinha visto um negro, vestido assim e assado, ao que me respondeu:

— Sim, vi.

— Onde?

— Na fazenda de Silas Phelps, a 2 milhas daqui. Era um escravo fugido, e o prenderam. Você está procurando-o?

— Não! Imagine que há umas duas horas me encontrei com ele no mato. Logo que me viu, ameaçou de arrancar-me o fígado caso eu gritasse, e me ordenou que ficasse deitado por terra e não me movesse. E assim fiquei até agora, tremendo de medo...

— Já não há o que temer. Está preso. Vinha do Sul, o fujão.

— Quem o pegou fez bom negócio.

— Embolsou uma recompensa de 200 dólares! É o mesmo que topar uma bolsa de ouro na estrada.

— É verdade. Fosse eu grande e teria sido o felizardo, pois que o vi antes de ninguém. Quem foi que o prendeu?

— Foi um velho — um forasteiro — e passou-o adiante por 40 dólares, por ter de continuar a viagem. Eu é que não faria semelhante asneira — esperaria, nem que fossem sete anos.

— E eu também. Mas talvez ele não tivesse conseguido maior oferta. E quem poderá afirmar que não haja alguma encrenca nesse negócio?

— Disso tenho certeza. É negócio limpo. Vi o cartaz, que descreve perfeitamente o negro. Citam até a fazenda donde ele escapou, em

New Orleans. Quanto a isso, pode ficar sossegado, que a coisa foi lícita. Escute cá, amigo; tem aí uma lasca de fumo?

Como eu não a tivesse, ele continuou o seu caminho. Retornei à balsa e pus-me a refletir. Por mais que pensasse, porém, não chegava a resolução alguma. Depois de uma viagem tão longa, depois de tudo o que havíamos feito pelos dois patifões, a nossa aventura era bruscamente interrompida em meio porque os desalmados tiveram coragem de aproveitar-se da miséria de Jim para escravizá-lo novamente, por 40 miseráveis dólares.

Já que Jim teria de ser escravo, mil vezes preferível que o fosse em sua terra, junto da família. Assim raciocinando, resolvi escrever a Tom Sawyer, para que este declarasse à srta. Watson onde poderia encontrar o seu escravo. Mudei de ideia, porém, por duas razões: primeiro, porque ela ficaria furiosa e realmente magoada a lembrar-se da petulância e ingratidão de um escravo que a abandonara, e provavelmente o venderia a algum negociante do Sul; segundo, porque, ainda mesmo que não fosse vendido, todos desprezam um negro ingrato e sem um amigo. Jim seria a criatura mais infeliz deste mundo. Ademais, minha reputação sofreria grande abalo! A vila inteira ficaria sabendo que Huck Finn auxiliara um escravo a recobrar a liberdade; e minha vergonha seria tal que, se viesse a encontrar-me com um conterrâneo, humildemente teria de lamber-lhe os pés. É sempre assim: a gente comete uma ação e não deseja sofrer as consequências. Enquanto tudo está em segredo, o fato não tem grande importância. Meu caso era exatamente esse. Quanto mais eu refletia, mais negra se me tornava a consciência, e mais ínfimo e desprezível me sentia. Por fim, quando, subitamente, me ocorreu que em tudo aquilo estava patente a mão da Providência, fazendo-me compreender que do céu haviam presenciado a minha maldade, roubando o escravo de uma pobre velha que não me fizera mal algum, e indicando-me haver alguém que tudo enxerga e que não iria permitir que fosse mais longe a minha infâmia, então senti-me apavorado! Procurei amenizar a situação alegando a mim mesmo que não tivera culpa da má educação que recebera. Uma voz dentro de mim dizia: "Por que não frequentava o catecismo, aos domingos? Se o tivesse feito, terias aprendido que as pessoas que procedem como procedeste, em relação à fuga desse negro, vão para o inferno".

Isso me produziu um calafrio na espinha. Decidi rezar, a fim de ver se conseguia tornar-me melhor. Ajoelhei-me, mas as palavras não me acudiam aos lábios. Por quê? Inútil tentar enganar a Ele e a mim. Bem sabia eu a razão da minha repentina mudez. Não podia ser sincero; não podia ser leal, porque estava jogando com dois baralhos. Queria limpar-me dos pecados e, ao mesmo tempo, planejava cometer um ainda mais negro. Procurava expressões para dar-me como disposto a fazer as coisas como Deus manda e escrever à dona do negro indicando-lhe onde poderia encontrá-lo; mas, no recôndito de minha alma, eu sabia ser tudo mentira — e Ele também o sabia. Só então descobri que não se pode rezar uma mentira.

Tão receoso fiquei que não mais atinava com o que fazer. Por fim, ocorreu-me uma ideia; quem sabe se poderia rezar depois de escrita a carta? Essa resolução serviu para deixar-me tranquilo e leve qual uma pena. Apanhei dum lápis, dum pedaço de papel e, cheio de satisfação, escrevi as linhas abaixo:

"Srta. Watson: O seu escravo Jim encontra-se numa
propriedade distante 2 milhas de Pikesville.
Acha-se em poder do sr. Phelps, que lho entregará
mediante uma gratificação.

Huck Finn"

Pela primeira vez em minha vida, senti-me limpo de pecados e vi que já poderia orar. Coloquei de lado o bilhetinho e, ao fazê-lo, refleti como tudo me saíra tão bem e o pouco que me faltara para ser condenado ao fogo eterno! E continuei refletindo e relembrando fatos. Pus-me a recordar a nossa viagem pelo rio, com Jim sempre ao meu lado, de dia ou de noite, à luz do sol ou do luar, por tempo de calma ou chuvas, enquanto a balsa deslizava suavemente. Conversávamos, cantávamos, ríamos. O de que não me recordava eram passagens que viessem despertar algum ódio ou ressentimento contra ele. Revia-o fazendo a guarda por mim, depois de feita a sua, só para me poupar; via-o louco de alegria, a receber-me de braços abertos, quando emergi da cerração e quando lhe apareci no brejo em que se ocultara, chamando-me sempre pelos nomes mais carinhosos e fazendo por mim tudo o que estava em suas forças. Rememorei também suas palavras de agradecimento, quando, para salvá-lo, enganei os guardas que nos cercaram, dizendo que tínhamos a bordo um doente de varíola. O pobre Jim declarou, então, que eu era o único e verdadeiro amigo que ele possuía neste vale de lágrimas. E, assim, relembrando tanta coisa passada, corri os olhos distraidamente em volta e dei com o bilhete.

Apanhei-o. Minhas mãos tremiam; por isso que, naqueles instantes, tinha de decidir entre duas coisas terríveis. Refleti um minuto, com a respiração opressa, e, afinal, resolvendo, disse para mim mesmo:

— Pois que assim seja: irei para o inferno! — e rasguei o papel.

Medonha e hedionda resolução, mas já estava tomada, e não desejei voltar atrás. Não quis mais saber de reformar-me. Resolvi varrer com as ideias puritanas da minha cabeça e tornar a ser o menino mau que sempre fora. Quem nasceu para 10 réis não chega a vintém, e estava acabado. Eu iria arrancar Jim do seu novo cativeiro; e, se me ocorresse coisa pior, não hesitaria em pôr mãos à obra! Perdido por um, perdido por mil!

Rebuscando na cachola, procurando planos para salvar Jim, dei com um que me pareceu bom. Examinei a situação de uma ilhota coberta de árvores, que se via a certa distância, e, ao escurecer, já lá estava com a balsa. Após escondê-la em lugar seguro, deitei-me para dormir. Despertei pela madrugada, comi alguma coisa, vesti roupa limpa, fiz uma trouxa do que julgava mais necessário e, tomando a canoa, fui desembarcar onde supus ser terras do sr. Phelps. Ocultei a trouxa no mato e, enchendo a canoa com água e blocos de pedras, afundei-a em lugar onde pudesse encontrá-la novamente, milha abaixo duma pequena serraria.

Ganhei a estrada e, ao passar pela serraria, vi o letreiro: "Serraria Phelps". Duzentos ou 300 passos mais, e cheguei à casa da fazenda. Mas, por mais que arregalasse os olhos, não vi viva alma, não obstante já ser dia claro. No momento, isso até me era vantajoso, pois tinha a intenção de estudar o terreno. Era preciso que me vissem chegar da povoação, e não do rio. Dei mais uma olhadela em torno e rumei para a vila. Lá chegando, a primeira pessoa que encontrei foi o duque, a pregar nas esquinas cartazes do *Camelopardo* — três espetáculos apenas —, como da vez anterior. Tinham topete os rufiões! Ao ver-me, sua graça mostrou-se grandemente surpreso.

— Olá! — disse ele. — De onde vem? E a balsa? Está em lugar seguro?

— Era precisamente o que ia perguntar a sua graça.

Um tanto mais sério, ele indagou:

— Por que mo vem perguntar a mim?

— Ontem, ao encontrar o rei na taberna, naquele lamentável estado, vi logo que teríamos de esperar algumas horas para que ele melhorasse. Como não tivesse o que fazer, saí a dar algumas voltas pela vila, a fim de matar o tempo. Encontrei-me com um homem que me ofereceu 10 centavos para ajudá-lo a trazer um carneiro que se achava do outro lado do rio. Aceitei a oferta e lá fui com ele buscar o bicho. Mas, quando o arrastávamos para a balsa, o carneiro escapuliu. Disparamos atrás dele. Como não tivéssemos cachorros, o remédio foi persegui-lo até à exaustão. Só à noitinha nos foi possível agarrá-lo e trazê-lo aqui, depois do que voltei para a balsa. Não a encontrando onde a havia deixado, imaginei que os senhores houvessem partido às pressas e, o que era pior, levado o meu negro, o único que eu possuía, deixando-me em terra estranha, sem nada de meu e sem saber ganhar a vida. Pus-me a chorar e passei a noite no mato. Mas, afinal, que foi feito da balsa? E o pobre Jim, que fim levou?

— Sei tanto quanto você... O paradeiro da balsa. O velho fez um negócio e ganhou 40 dólares; mas, quando chegamos à taverna, já tinha perdido quase tudo no jogo e bebido o que lhe restara. Voltamos à noite e, ao darmos por falta da balsa, dissemos: "O canalha do pirralho nos furtou a balsa e nos deixou a ver navios!".

— E ao meu negro? Iria também abandoná-lo? Iria desfazer-me da única propriedade que possuo?

— Não pensamos nisso. Não sei por que, já o considerávamos "nosso" negro. Também é lá brinquedo as preocupações que nos dava? O caso foi que, sem a balsa e na pindaíba, nada mais nos restava além de tentar o *Camelopardo* mais uma vez. E ando com a garganta seca como um polvarinho. Passe para cá os 10 centavos!

Eu encontrava-me bem de finanças, de modo que lhe dei os 10 centavos, pedindo-lhe, entretanto, que comprasse algo de comer e o repartisse comigo, pois, desde a véspera, não havia posto nada no bucho. Ele calou-se e, passados alguns instantes, indagou de chofre:

— Acredita que o negro nos denuncie? Ai dele se fizer isso!

— Denunciar, como? Pois não fugiu?

— Não! O pirata do velho vendeu-o por 40 dólares e gastou tudo, sem dividir comigo.

— Vendeu-o? — indaguei, incrédulo. — Com que direito, se o negro me pertencia? Onde está ele? Quero o meu Jim, quero o meu Jim, e pus-me a chorar.

— O negro já foi vendido, e você nunca mais o verá, por isso pare com o choro. Olhe bem para mim: teria você, porventura, a petulância de nos denunciar? Não tenho a menor confiança em você, mas se souber que...

Ele não terminou a ameaça, mas confesso que jamais o vi com expressão mais feroz no olhar. E foi ainda com voz entrecortada de soluços que eu lhe disse:

— Não pretendo acusar a ninguém, nem tampouco terei tempo para isso. Mas não descansarei enquanto não encontrar o meu negro.

O duque mostrou-se um tanto aborrecido. Por fim, disse:

— Vou fazer uma coisa. Nossa estada aqui será de três dias, e, se você prometer guardar silêncio e não deixar o negro abrir a boca, direi onde poderá encontrá-lo.

Solenemente o prometi, e o duque continuou:

— Um fazendeiro chamado Silas Ph... — mas interrompeu a frase.

Vi logo que ia contar-me a verdade, mas, quando fez pausa e enrugou a fronte, percebi *incontinenti* que mudara de ideia. Não se fiava em mim, o ladrão, e o que desejava era ver-me longe da vila durante os três dias. Ao cabo, retomou a palavra:

— O fazendeiro que o comprou chama-se Abraão Foster — Abraão G. Foster e reside a 40 milhas daqui. Se quiser ir até lá, tome a estrada de Lafayette.

— Em três dias, estarei lá. Vou partir hoje mesmo, à tarde.

— Não. Você vai partir agora mesmo, neste instante. Não perca um minuto, e nada de choramingar pelo caminho, entendeu? Bico calado, se não quiser avir-se conosco.

Era justamente o que eu desejava: ver-me livre dele para pôr em prática os meus planos.

— Agora, raspe-se — ordenou o duque. — Pode inventar o que bem entender lá para o sr. Foster. Talvez você o convença de que Jim lhe pertence — há idiotas que não exigem documentos, pelo menos aqui no Sul. É possível que lhe dê crédito se você fizer-lhe ver o logro de que foi vítima, comprando um escravo cuja captura não está a prêmio. Bem, pode ir, mas muito cuidado em não dar à trela pelo caminho, ouviu?

    Saí dali e tomei rumo da estrada do Lafayette. Não olhei para trás, mas "senti" que o duque me acompanhava com os olhos. "Há de cansar-se", pensei com os meus botões, apressando o passo. Caminhei cerca de 1 milha sem parar e, só então, tomei pelo mato, em direção à propriedade do sr. Phelps. Raciocinando, achei conveniente executar os meus planos sem mais delongas, pois tornava-se necessário impedir que Jim dissesse qualquer coisa, enquanto os rufiões estivessem na vila. Eu não queria saber de encrencas com biscas daquela casta. Desejava somente ver-me livre deles para o resto da vida.

XXXII

Quando cheguei à fazenda, tudo era silêncio e quietude. Não se via viva alma. Os escravos mourejavam na lavoura. O sol dardejava, e no ar pairava um zumbido de pequeninos insetos voadores que emprestavam ao ambiente um quê de solidão... A brisa, a agitar de leve a rama do arvoredo, fazia-me tristonho, dando-me a impressão de espíritos dos mortos a murmurar qualquer coisa de mim. São esses instantes que fazem a gente desejar a morte e mandar o mundo às favas.

O sítio do sr. Phelps pouco ou nada diferia de todas as outras pequenas plantações de algodão. Uma cerca de arame em torno de alguns alqueires de terra; uma ampla casa de madeira, residência dos brancos; cozinha unida à casa por um simples telheiro; atrás da cozinha, a despensa; e, em frente desta, três cabanas de escravos. Mais adiante, junto à cerca, via-se uma casinhola isolada, e, mais à frente, algumas construções toscas. À porta da cozinha, alguns bancos de madeira, uma gamela e uma pichorra d'água. No terreiro, vários cães a modorrar, preguiçosamente. Três árvores frondosas forneciam deliciosa sombra. Fronteiro à casa principal, havia um pequeno jardim, e, aos fundos, a horta. Depois desta, principiavam os algodoais, que iam terminar à borda da mata, muito além.

Dirigi-me à cozinha e, antes de chegar, ouvi o som choroso de uma roca. Naquele momento, mais do que nunca, desejei morrer, pois o som da roca de fiar é profundamente melancólico e nos traz a sensação de solidão e abandono!

Continuei andando, sem ter nenhuma ideia na cabeça, à espera de que a Providência me fizesse vir aos lábios as palavras precisas, no momento oportuno. A experiência já me ensinara que a Providência corria em meu auxílio, ao ver-me em apuros.

Súbito, os cachorros me avistaram e entraram a ladrar, furiosamente. Mantive-me imóvel, pois pior seria correr. Seriam ao todo uns 15 ou 16 cães, de todas as raças e tamanhos. E que barulhão fizeram!

Salvou-me uma negra, que apareceu à porta da cozinha e espaventou os cães com uma colher de pau, manejada valentemente no lombo dos mais afoitos. O ganido de dois ou três foi o bastante para que toda a matilha dispersasse. Mas não tardaram em voltar, dessa vez agitando a cauda, com ares amigos. Eu sempre disse que cão que ladra não morde...

Atrás da negra, vieram correndo três negrinhos, uma menina e dois pirralhos. Vestiam apenas camisa de linho grosseiro e ficaram agarrados à saia da mãe, a me espiar, medrosos. Nisso, apareceu a dona da casa, mulher dos seus 45 a 50 anos, trazendo um fuso na mão; em seguida, chegaram as crianças, que fizeram o mesmo que os pretinhos — ficaram a espiar, agarrados à saia da mulher. Ao me ver, ela desmanchou-se em sorrisos, e foi com viva satisfação que exclamou:

— Até que enfim, heim? Custou, mas chegou!...

Sem saber o que responder, limitei-me a uma risadinha. A mulher abraçou-me carinhosamente e beijou-me, repetidas vezes. Devorava-me com os olhos, e foi tal a alegria que chegou a chorar. Não se cansava de dar largas a uma viva demonstração de afeto.

— Você não se parece tanto com sua mãe, como eu pensava. Mas isso não tem importância. Não pode imaginar como estou contente com a sua chegada! Que alegria vê-lo, meu filho! (e, voltando-se para as crianças): aqui está o primo Tom! Venham falar com ele!

Os pequenos, porém, acanhados, abaixaram a cabeça, de dedo na boca, sempre escondidos atrás da mãe.

— Lize, prepare depressa qualquer coisa para Tom comer! — ordenou ela para dentro. — Ou você já almoçou a bordo? — perguntou-me.

Agradeci-lhe, dizendo já haver almoçado a bordo. Ela, então, fez-me entrar. A criançada nos seguiu. Na sala, a boa senhora deu-me uma cadeira e sentou-se à minha frente; depois, apertando minhas mãos entre as suas, disse:

— Agora, sim, posso olhar bem para você. Há anos que aguardo esta oportunidade, e, afinal, você aqui está! Já faz uns dois ou três dias que estamos à sua espera. Que houve? Encalhou o vapor?

— Sim, senhora, ele...

— Não me chame de senhora. Diga tia Sally. Mas onde foi que encalhou?

Eu fiquei indeciso no que responder, ignorando se o barco teria subido ou descido o rio. Guiado tão somente pelo instinto, imaginei que viesse do Sul. Mas continuei embaraçado, porque não sabia o nome dos bancos e baixios da parte sul do rio. Era forçoso inventar ou esquecer o nome do banco de areia que nos fizera encalhar. Subitamente, fez-se a luz em meu cérebro.

— Não foi propriamente um encalhe que nos atrasou — redargui. — Foi a explosão de um dos cilindros.

— Virgem Santa! E feriu alguém?

— Não, senhora. Apenas matou um negro.

— Já é sorte, porque quase sempre, nesses desastres, muita gente sai ferida. Fez dois anos, no Natal, que, vindo o seu tio Silas de New Orleans, na Lally Rock, deu-se um acidente parecido, e um homem foi alcançado. Creio até que veio a morrer dos ferimentos. Era um pastor. Seu tio Silas conheceu uma família em Baton Rouge que se deu muito com os parentes desse homem. Agora me recordo que, de fato, ele morreu. Sofreu até uma amputação devido à gangrena, mas não conseguiram salvá-lo. Ficou roxo e faleceu, conformado na esperança de ressuscitar algum dia. Dizem que foi coisa digna de ver. O seu tio tem ido todos os dias à vila esperá-lo. Também hoje foi, e não deve tardar. Não o viu pelo caminho? É um homem de meia-idade, com um...

— Não vi ninguém, tia Sally. O vapor atracou ao romper do dia, e, como eu não quisesse incomodá-la muito cedo, deixei minha bagagem no porto e fui dar umas voltas pela cidade. Preferi vir pelo campo, para encurtar a distância. Pela estrada, sempre é mais longe.

— E com quem deixou a bagagem?

— Com ninguém.

— E se a furtarem?

— Está muito bem escondida.

— Como pode obter almoço a bordo tão cedo?

Esfriei um bocado, mas não perdi a serenidade.

— Vendo-me pronto para descer à terra, o capitão aconselhou-me a comer qualquer coisa antes do desembarque. Levou-me ao beliche dos oficiais e deu-me de tudo o que havia.

Eu estava ficando nervoso. Tinha a atenção voltada para os garotos, pois só havia um meio de saber quem eu era — levá-los para um canto e sondá-los com jeito. Mas como, se a sra. Phelps não parava de falar por todas as juntas? E, por fim, fez-me suar frio, quando disse:

— Afinal, já falamos tanto e você nada me disse da nossa gente. Como vai a mana? Quero que me conte tudo, tudo, tudo. Diga-me como vão de saúde, que andam fazendo, que recados me mandaram. Fale.

Em pior entalada não me podia haver metido! A Providência até então me amparara, mas, dessa vez, vi-me em beco sem saída. E dos estreitos! Inútil qualquer resistência. Mais uma vez, teria de arriscar a dizer a verdade. Já ia abrir a boca, quando a sra. Phelps, agarrando-me pelo braço, enfiou-me às pressas atrás da cama.

— Ele vem vindo! — sussurrou ela. — Fique quietinho, não se mova. Abaixe mais a cabeça; isso. Quero fazer-lhe surpresa. E vocês, meus filhos, não digam nada.

A situação complicava-se, e nada me restava senão obedecer; tinha de aguardar estoicamente o momento fatal, já bem próximo. Quando o sr. Phelps entrou, vi-o de relance. Sua mulher foi-lhe ao encontro.

— Veio? — indagou ela.

— Não — respondeu o marido.

— Que teria acontecido ao menino, meu Deus?

— Não posso saber, e isso me está deixando seriamente preocupado.

— Preocupado, apenas? Pois eu tenho medo de enlouquecer de desassossego! Forçosamente, Tom deve ter vindo; com certeza, houve desencontro. Qualquer coisa me diz que ele já chegou.

— Se tivesse vindo eu tê-lo-ia encontrado, Sally.

— Meu Deus, que irá dizer a mana! É impossível que ele já não esteja aqui. Por força que houve desencontro.

— Não me deixe mais aborrecido do que já estou, mulher! Não sei o que faço! Mas de uma coisa estou certo: que Tom ainda não arribou, pois, do contrário, não seria possível que eu o não visse. Receio que haja acontecido qualquer coisa ao vapor...

— Olhe lá, Silas. Parece-me que alguém se aproxima. Veja...

O sr. Phelps correu à janela, dando azo a que sua esposa se agachasse e me fizesse sinal para erguer-me. Ao voltar-se, o bom homem viu a mulher transfeita em sorrisos, a satisfação personificada, e, ao seu lado, eu, muito humilde e a suar abundantemente.

— Quem é esse menino? — indagou Mr. Phelps, surpreso.

— Quem você pensa que é?

— Não faço a menor ideia. Quem é?

— Tom Sawyer em carne e osso!

Tom Sawyer! Não sei como não caí para trás estatelado! Mas não durou muito a minha surpresa. O velho achegou-se a mim e apertou-me repetidas vezes a mão, enquanto a boa senhora se ria e dançava de gosto. E, logo após, vi-me zonzo com uma saraivada de perguntas sobre Mary, sobre Sid e o resto da tribo.

Mas, se eles estavam alegres, o meu contentamento era indescritível; fora o mesmo que nascer de novo. Afinal, eu sabia quem era! Durante duas horas, os dois não me largaram. Por fim, quando já me faltavam forças para abrir a boca, pareceu-me haver-lhes contado mais coisas sobre a minha família — digo, sobre a família Sawyer — do que poderiam ter acontecido a seis famílias Sawyer. Também falei sobre a explosão do cilindro, acidente que retardou três dias a marcha do vapor. Ambos acreditaram piamente em tudo, mas ai de mim se soubessem o tempo que se gasta para reparar um cilindro!

Por um lado, sentia-me satisfeito, e, por outro, apreensivo. Ser Tom Sawyer era-me agradável, e o foi até o momento em que ouvi o apito de um vapor. E se Tom Sawyer estivesse chegando? E se ele surgisse, de um minuto para outro, e pronunciasse meu nome, antes que eu pudesse fazer-lhe um sinal? Mas tais suposições não remediavam o caso e só serviam para afligir-me mais ainda. O melhor era esperá-lo na estrada, e foi o que decidi fazer. Avisei o casal que ia à vila buscar minhas malas, e, ao mostrar-se o sr. Phelps solícito em acompanhar-me, obtemperei que, sabendo conduzir o trole, não era preciso que se incomodassem por minha causa. Iria sozinho.

XXXIII

Tomei a charrete e dirigi-me à cidade. Estaria em meio caminho quando avistei um trole vindo em direção contrária; e, instantes depois, reconhecia Tom Sawyer. Parei para esperá-lo e, quando seu veículo cruzou com o meu, gritei com força: "Alto!". Ao me ver, Tom abriu a maior boca deste mundo e a reteve aberta, engolindo em seco três ou quatro vezes. Afinal, falou:

— Nunca lhe fiz mal algum, Huck! Você bem sabe disso. Por que então vem assombrar-me?

— Não estou assombrando ninguém, Tom. Não morri, é isso.

Minha voz animou-o um pouco, embora não o satisfizesse de todo.

— Não zombe de mim, pelo amor de Deus — implorou Tom. — Com mil demônios, não é você uma alma do outro mundo?

— Dou a minha palavra que não, Tom!

— Bem, bem... Eu... Ainda estou vendo tudo muito confuso... Mas, afinal, não o mataram? Responda-me com sinceridade.

— Não; nunca fui morto. Aquele simulacro de assassínio foi obra da minha cachola. Se ainda duvida, pode vir apalpar-me, e verá que sou de carne e osso.

Depois de apertar o meu braço e tocar em várias partes do meu corpo, Tom deu-se por satisfeito. E, então, mostrou-se tão contente por ver-me de novo que não sabia o que fazer. Pediu-me que lhe contasse tudo, sem omitir um só pormenor, pois minha aventura fora cheia de mistérios, e ele estava curioso por ouvi-la. Respondi ser melhor deixar a minha história para mais tarde; e, ordenando ao cocheiro que esperasse, afastamo-nos um pouco. Contei, então, ao meu grande amigo a situação em que me encontrava e pedi-lhe conselho. Após alguns minutos de profundo raciocínio, em que não ousei perturbá-lo, Tom estalou os dedos, sinal evidente de que encontrara a solução do meu caso.

— Já sei o que vamos fazer — disse ele. — Ponha a minha mala na charrete — ficará sendo sua, para todos os efeitos. Volte para casa, mas vá sem pressa nenhuma, a fim de não chegar muito adiantado. Retornarei à vila e, de lá, virei até o sítio, para chegar meia hora depois de você. Lembre-se de que, no começo, seremos estranhos um para o outro, ouviu?

— Muito bem, mas espere um pouco. Ainda tenho uma coisa a contar — um segredo que só eu sei. Estou tentando salvar da escravidão um negro que se acha preso aqui no sítio. Você o conhece — é o Jim, o preto da srta. Watson.

— Quê! Jim, aqui?... Mas...

Tom interrompeu-se e, sem dúvida, pôs-se a estudar o caso.

— Já sei o que irá dizer, Tom. Que é uma indignidade defender um escravo. Reconheço que é um ato vergonhoso, mas que importa? Nasci ruim e estou disposto a raptar Jim de qualquer modo. Só quero que você nada diga a ninguém.

Foi com olhos brilhantes que Tom exclamou:

— Pois bem! Ajudarei a raptá-lo!

Essas palavras estontearam-me! Auxiliar-me a raptar um negro? Foi a mais espantosa asserção que ainda ouvi! E confesso que Tom Sawyer caiu muito no meu conceito. Tom Sawyer, ladrão de escravos! Positivamente, inacreditável...

— Ora! — exclamei. — Deixe de brincadeiras, Tom.

— Estou falando sério, Huck.

— Seja isso ou aquilo, se ouvir falar num escravo fugido, lembre-se de que nada sabe a respeito — e que o mesmo se dá comigo.

Tudo combinado, e com a mala de Tom na charrete, separamo-nos. Aconteceu, porém, que eu ia tão distraído e satisfeito que me esqueci por completo de fazer o animal caminhar a passo. Ao chegar à casa, o assombro do velho não se fez esperar, ao ver-me de volta tão rapidamente.

— Já de volta? Isso é simplesmente pasmoso! Com essa égua, quem o diria! Pena que não marcássemos o tempo. E não suou nem um pouquinho? É admirável! E dizer que eu já quis dispor desse animal por 15 dólares... Agora, nem por 100!

Estou por conhecer criatura mais inocente e sincera. Mas nada de estranhar, pois que, além de sitiante, era pastor e possuía no sítio a sua igreja de madeira, que tanto servia de templo como de escola. E o sr. Phelps nada cobrava pelos serviços religiosos. São comuns no Sul os fazendeiros pastores.

Meia hora depois, chegava Tom no seu trole. Ao avistá-lo pela janela, a tia Sally gritou para dentro:

— Parou um trole no terreiro! Quem será? Algum viajante. Jimmy, diga a Lize que ponha mais um talher na mesa.

Toda a família correu a ver quem era, pois a chegada de um forasteiro é coisa rara naquelas paragens. Depois de despedir o cocheiro, Tom aproximou-se do grupo formado à porta. Trajava um terno elegante, o que não é de admirar, porque, quando é preciso, Tom sabe vestir-se com esmero e portar-se como um cavalheiro. Não se achegou com ar humilde, de menino envergonhado. Pelo contrário, veio calmo e até com certa pose. Parou e tirou o chapéu, com a mesma graça e elegância de quem ergue a tampa de uma caixa cheia de borboletas adormecidas e não quer despertá-las.

— Sr. Archibald Nichols? — perguntou.

— Não, meu filho — respondeu o velho. — Sinto dizer-lhe que o cocheiro se enganou. O sítio de Nichols fica a 3 milhas daqui. Mas vamos entrar...

Olhando para trás, Tom exclamou, contrariado:

— Que massada! O cocheiro já vai longe...

— Não se preocupe, meu filho. Entre e descanse um pouco, que depois do almoço iremos levá-lo até o Nichols.

— Fico-lhe muitíssimo grato, mas não desejo incomodá-los. Irei a pé. A distância é pequena.

— Não podemos consentir em tal. Seria faltar com as tradições hospitaleiras do Sul. Não faça cerimônia e entre.

— Não faça cerimônia — repetiu a tia Sally. — Teremos muito prazer em que almoce conosco. Não podemos deixá-lo ir a pé. São 3 milhas longas e poeirentas. Ademais, já ordenei que pusessem mais um talher na mesa, ao vê-lo chegar. Espero, agora, que não rejeite o convite. Entre e esteja em sua casa.

Tom agradeceu-lhes, maneirosamente, e, após fazer-se de rogado por mais algum tempo, entrou. Disse chamar-se William Thompson e ser de Hicksville, Estado de Ohio — e seguiu-se mais uma profunda reverência.

Falou de Hicksville, dos seus vizinhos e de tudo quanto pôde inventar. Eu sentia-me cada vez mais nervoso, sem atinar como iria aquele intérmino palavrório auxiliar o safar-me do atoleiro em que me afundara. Sempre falando, Tom ergueu-se de onde estava e, aproximando-se de tia Sally, beijou-a na boca. A tia Sally ergueu-se de golpe e limpou os lábios com a manga do vestido, bradando furiosa:

— Atrevido! Que ousadia é essa?

Foi com expressão ofendida e surpresa que Tom se exculpou:

— Perdão, minha senhora; mas eu não esperei que...

— Não esperou... Que está pensando que sou? Que significa o seu atrevimento?

— Nada, minha senhora, —replicou Tom, com ar humilde. — Pensei que não houvesse mal algum em beijá-la. Julguei até que fosse gostar.

— Porventura terá enlouquecido? — tornou ela rubra de cólera, apanhando o fuso que se achava sobre a mesa, com ganas de atirá-lo à cara de Tom. — Julgou que eu fosse gostar. Que ideia é essa?

— Não sei... Eles me disseram que a senhora gostaria.

— Eles disseram? Pois, se disseram, estão de miolo tão mole quanto você. Jamais vi coisa semelhante em minha vida! Quem são eles? Eles quem?

— Todos... Todos me garantiram que a senhora iria gostar muito.

A tia Sally fazia esforços para conter-se. Seus olhos faiscavam, e seus dedos crispavam-se, com ganas de unhar o atrevido.

— Mas quem são esses todos? — inquiriu, irada. — Diga-me já os nomes deles, ou dentro de um minuto haverá um idiota a menos no mundo.

— Sinto profundamente o que se passou — disse Tom, pondo-se de pé, muito sem jeito, e volteando o chapéu nas mãos. — Mas todos me recomendaram a mesma coisa. Disseram-me que não deixasse de beijá-la, que a senhora iria ficar alegre. Recomendaram-me tanto... Peço-lhe mil desculpas, minha senhora, e prometo que nunca mais...

— E pretenderia, com certeza, beijar-me outra vez?

— Não senhora, afirmo-lhe que não, a menos que me peça.

— A menos que lhe peça! Isto está passando da conta! Nunca vi tamanha ousadia num pirralho! Nem quando você alcançar a idade de Matusalém terá esse gosto, ouviu? Nem você nem os que se pareçam consigo!

— Repito que tudo está a surpreender-me grandemente. Por força, deve haver algum equívoco. Afirmaram-me que a senhora gostaria de ser beijada, e eu acreditei. Mas...

Tom não terminou a frase, buscando em volta um olhar amigo ao qual pudesse apelar. E, dirigindo-se ao sr. Phelps:

— Não acha o senhor que ela gostaria de ser beijada? — perguntou.

— Homem, eu... Isto é... Francamente, creio que não — redarguiu o outro.

Muito calmamente, aparentando, porém, a mesma surpresa, Tom dirigiu-se a mim:

— Tom, não pensou você que tia Sally me recebesse de braços abertos e exclamasse cheia de alegria: "Oh, Sid Sawyer"...

Foi um golpe teatral. A mulher arregalou os olhos, extasiada.

— Mas vejam só! — exclamou, levantando-se e correndo para abraçar o sobrinho. — Empulhando a sua tia dessa maneira...

Tom, porém, esquivou-se, delicadamente.

— Só deixarei que me abrace depois que a senhora o pedir — disse ele.

A boa senhora não se fez rogada; pediu-lhe um abraço e devolveu-lhe dezenas, beijando-o também com ternura de mãe que revê o filho após longa separação. Devo dizer também que o sr. Phelps não pediu meças à esposa nas suas demonstrações de afeto. Passado o entusiasmo do primeiro instante, ela volveu a falar.

— Mas que agradável surpresa, Sid. Só esperávamos Tom. A mana nada me escreveu sobre a sua vinda.

— É que só ficara resolvida a viagem de Tom. Mas tanto pedi e chorei que à última hora acabaram permitindo que também eu viesse. No vapor, eu e Tom resolvemos fazer-lhe uma grande surpresa. Eis por que resolvi apresentar-me como um desconhecido. Mas estou arrependido, tia Sally. As pessoas estranhas são muito bem recebidas aqui...

— Conforme as pessoas, Sid. Você bem que merecia uma boa sova, pelo que me fez passar. Mas eu teria suportado coisas ainda piores para vê-lo cá em casa. Foi bem representado, seu maganão! Confesso que o beijo me deixou assombrada.

Almoçamos no alpendre que ligava a casa à cozinha. Sobre a mesa, havia comida para mais de sete famílias; e tudo quentinho, preparado na hora. Nada dessas carnes frias que ficam no guarda-comida e, no dia seguinte, sabem a carne de canibal. O tio Silas demorou-se pedindo a bênção de Deus, mas valeu a pena; e o almoço não esfriou, como sempre acontece quando se espera.

Durante toda a tarde, conversou-se a valer, sem que ninguém fizesse a menor referência a nenhum negro fujão. Era natural que Tom e eu receássemos tocar no assunto. À noite, porém, durante o jantar, um dos pequenos dirigiu-se ao pai.

— Papai, posso ir ao espetáculo com Sid e Tom? — pediu ele.

— Não, porque acho que não vai haver espetáculo; e, mesmo que houvesse, você não iria. Burton e eu ficamos sabendo, pelo negro fugido, das bandalheiras desse espetáculo. Burton correu a avisar o povo, e creio que a estas horas os dois espertalhões já foram postos fora da vila a toque de caixa.

Bonito! O rei e o duque em novos apuros! Como Tom e eu fôssemos dormir no mesmo quarto, pretextamos fadiga para nos recolher cedo. Logo após o jantar, demos boa noite a todos e, uma vez em nosso aposento, saímos pela janela, descemos pelo cano do para-raios e tomamos caminho da vila. Certo estava eu de que ninguém iria avisar o rei e o duque do perigo que corriam. A mim me cumpria fazer isso.

Enquanto andávamos, Tom relatou-me o que correu sobre o meu assassínio, sobre as acusações de que foi vítima meu pai, para sempre desaparecido depois disso, e da celeuma que se levantou com a fuga de Jim. Por meu turno, contei o que sofrera com os patifes do *Camelopardo* e descrevi as principais passagens da nossa vida aventurosa. Ao chegarmos à vila, lá pelas 8 e meia, surpreendeu-nos infernal algazarra produzida por um grosso magote de homens, que marchavam de archotes em punho. Uns bradavam ameaçadoramente, outros batiam caçarolas vazias, e ainda outros vinham soprando buzinas de caça. Afastamo-nos de um lado para dar passagem à turba. Mas qual não foi o nosso assombro ao ver que traziam o rei e o duque montados numa barra de ferro. Adivinhei logo que só podiam ser eles, embora, emplumados como estavam, fosse impossível reconhecê-los. Pareciam dois bichos de penas. Tive dó da miséria dos dois infelizes patifes, e, naquele instante, todo o meu ressentimento contra eles esvaiu-se. Era um espetáculo de condoer o mais duro coração. Duas criaturas untadas de alcatrão e cobertas de penas da cabeça aos pés. Não sei como os homens podem ser tão duros uns com os outros.

Nada mais podíamos fazer. Chegáramos demasiado tarde. A uma pergunta nossa, fomos informados de que o povo acorrera ao teatro simulando a maior curiosidade deste mundo. Sentaram-se todos, sem nada deixar transparecer; mas, quando o rei ia em meio das suas piruetas e cabriolas, a um sinal convencionado, os espectadores caíram como rapinantes sobre os dois truões. O resto era o que se estava vendo. Emplumados em vida...

Regressamos para casa, em silêncio. Eu me sentia um tanto culpado do que acontecera, embora nada tivesse feito. É sempre assim; não importa que a gente proceda bem ou mal; a consciência é cega e nos atormenta sempre. Tivesse eu um cachorro amarelo que fosse tão branco quanto a consciência, e não trepidaria em envenená-lo. Entretanto, o que ocupa maior espaço dentro de nós é essa mesma consciência, que, afinal de contas, para nada serve. Tom Sawyer tem a mesma opinião.

XXXIV

Às tantas, depois de caminharmos longo trecho imersos em cogitações, Tom me disse:

— Huck, somos mesmo uma parelha de asnos! Só agora é que me veio à lembrança onde Jim se encontra.

— Onde é? — inquiri, ansioso.

— Naquela casinhola, junto ao monte de cinzas. Não se lembra de ter visto, durante o almoço, um escravo entrar lá com um prato de comida?

— Lembro-me.

— Para quem pensou que fosse a comida?

— Para algum cachorro.

— Foi o que pensei também. Mas enganamo-nos.

— Como assim?

— Ia no prato um pedaço de melancia.

— É verdade! Os cães não comem melancia. Parece incrível como a gente pode ver e não ver ao mesmo tempo.

— Saiba também que o negro abriu o cadeado quando entrou, e fechou-o ao sair. Logo que nos levantamos da mesa, ele veio entregar uma chave ao tio Silas — e aposto como era a chave do cadeado. Melancia significa gente, e cadeado, prisioneiro. Não é provável que, num pequeno sítio, cujos proprietários são tão bondosos, existam dois escravos presos. Dedução: Jim é o prisioneiro. Isso é que se chama desvendar um mistério à moda dos detetives! Agora, pense no meio de raptarmos Jim, enquanto eu faço o mesmo do meu lado. Escolheremos o que for melhor.

Que cabeça privilegiada a desse rapaz! Tivesse eu a cabeça de Tom Sawyer, e não a trocaria pela dum duque, piloto, palhaço de circo — não a trocaria por nada deste mundo. Comecei a arquitetar um plano, apenas para dizer que estava pensando alguma coisa, pois sabia perfeitamente de onde viria a grande ideia. Ao cabo, Tom indagou:

— Já pensou?

— Já — respondi.

— Vejamo-lo, então.

— Meu plano é o seguinte. Depois de averiguado se Jim está realmente naquela casinhola, eu trarei a balsa da ilha e a esconderei aqui por perto. Na primeira noite que se nos oferecer oportunidade, furtaremos a chave do bolso da calça do bom velho, quando ele já estiver deitado, libertaremos Jim e reiniciaremos a nossa viagem rio abaixo, navegando à noite e dormindo de dia, como fazíamos. Não acha boa ideia?

— Boa? Pode ser até ótima, mas é demasiado simples. Simples demais, eis o seu mal. Onde o mérito de um plano que não oferece a menor dificuldade, como esse? Isso é coisa de criança, Huck. Não despertaria a menor sensação, e daria tanto que falar quanto de um boi pesteado.

Calei-me, pois não esperava outra coisa; e certo fiquei de que, qualquer que fosse o plano de Tom, eu não teria objeções a fazer.

Dito e feito. Tom expôs o seu projeto, e, no mesmo instante, vi que valia 15 vezes mais do que o meu, tais e tantas eram as complicações e dificuldades criadas. Mas vi também que tanto poderíamos salvar Jim como acabarmos assassinados. Satisfeito com a ideia, aprovei-a sem uma só objeção. Não iria expô-la aqui porque seria trabalho perdido. Eu estava convencido de que o plano original seria transformado a cada passo, ganhando cada vez mais em bravura, em complicação e em dificuldades. E foi o que aconteceu.

Uma coisa, porém, era certíssima e me desorientava por completo: Tom Sawyer estava realmente decidido a auxiliar-me a raptar o negro. Quem o diria! Tom Sawyer, rapaz honrado, de boa educação, portador de um caráter, filho de gente boa, inteligente, sábio e instruído, de bom coração, leal — e, no entanto, estava disposto a ajudar-me numa aventura que, ante os olhos do mundo, seria uma ignomínia, não só para ele como para toda a sua família. Por mais esforços que fizesse, não podia compreendê-lo. Senti que minha obrigação era abrir-lhe os olhos para a monstruosidade que estava prestes a cometer; era isso dar-lhe prova da minha amizade. Se eu o fizesse desistir de auxiliar-me, salvá-lo-ia da condenação eterna. Disposto a convencê-lo, comecei a falar, mas não pude ir adiante. Tom fez-me calar logo de cara.

— Pensa, talvez, que não sei o que estou fazendo? Porventura já me viu agir sem ponderar as consequências?

— Não. Nunca.

— Não lhe disse já que ia ajudá-lo a raptar o negro?

— Disse, sim...

— Então... Nem mais uma palavra.

E foi só. Quando Tom deliberava uma coisa, não havia fazê-lo mudar de ideia. Custava-me compreender, porém, como se determinara a meter-se em tão vergonhosa empresa. Mas, se assim tinha de ser, nada me restava senão calar-me e deixar correr o martelo.

Ao chegarmos à casa, encontramo-la às escuras e silenciosa. Fomos, então, até a casinhola, para examiná-la melhor. Atravessamos o terreiro, a fim de ver como se portava a cachorrada. Reconheceram-nos e não fizeram nenhum barulho. Éramos já de casa. Examinamos a casinhola de frente e dos lados; num deles, descobrimos uma janelinha, a respeitável altura, trancada por uma tábua bem pregada.

— Heureca! — exclamei. — Jim pode passar pela janela, se arrancarmos a tábua.

— Deixe de bobagem, menino! — retrucou Tom. — É fácil demais. Precisamos encontrar um meio mais complicado.

— E se a serrarmos, como fiz daquela vez em que fui assassinado?

— Isso, sim, já soa melhor. É misterioso e oferece mais dificuldades. Mas, talvez, possamos descobrir um meio que nos tome mais tempo. Não há pressa. Examinaremos melhor isto aqui.

Atrás da casinhola, havia um quartinho de madeira, de não mais de uns 2 metros de largura. A porta que lhe dava acesso estava fechada a cadeado. Remexendo num caldeirão velho em que guardavam as ferramentas, Tom encontrou uma chave de parafuso, com a qual abriu o cadeado. Entramos, cerramos a porta e, à luz de um fósforo, vimos que o quartinho era de parede comum com a casinhola, mas sem porta. Sobre o chão de terra batida, viam-se algumas enxadas, pás e picaretas, tudo carcomido pela ferrugem, e, a um canto, um arado, também imprestável. Apagando-se o fósforo, saímos, trancando novamente a porta com o cadeado. Tom exultava de satisfação.

— Agora sim! — exclamou, com ufania. — O prisioneiro sairá por um pequeno subterrâneo que iremos cavar. Dentro de uma semana, estará tudo pronto!

Recolhemo-nos à casa. Eu entrei pela porta dos fundos, que podia ser aberta do lado de fora — não sendo de uso fecharem-na a chave. Já Tom, não vendo nisso dificuldade alguma, resolveu subir pelo cabo do para-raios — era mais romanesco. Três vezes tentou e três vezes caiu — numa delas, quase quebrando a cabeça. Quase desistiu do intento; mas, após descansar alguns minutos, repetiu a façanha e conseguiu atingir a janela do quarto.

A manhã do dia seguinte nos foi encontrar rondando as cabanas dos escravos, acariciando os cães e procurando camaradagem com o negro encarregado de levar a comida a Jim — se é que de fato era Jim o encarcerado. Os escravos acabavam de tomar café e preparavam-se para a labuta diária na lavoura. O que tratava de Jim colocava numa panela um naco de pão e outro de carne, juntamente com mais coisas. Enquanto os outros partiam para as roças, a chave foi entregue ao preto.

Pareceu-nos boa pessoa. Era cabeçudo, com certo ar apatetado, e trazia papilotes na carapinha — para espantar as bruxas, dizia ele. Estas, segundo nos contou, havia já algumas noites que o perseguiam, incessantemente, fazendo-o ver coisas esquisitas, visões de outro mundo, e ouvir os mais estranhos rumores. Nunca fora tão perseguido em sua vida como então. E de tal forma interessou-se no contar as suas desventuras, que se olvidou do que ia fazer. Foi quando Tom lhe perguntou:

— Para quem é esse prato de comida? Para os cachorros?

O negro soriu, um sorriso que era uma revelação.

— Sim, para um cachorro; um cão diferente dos outros. Quer vê-lo?

— Quero.

Cutuquei Tom com o cotovelo e sussurrei-lhe ao ouvido:

— Vai entrar lá agora, de dia? Isso não é do plano.

— Não era, mas agora é.

Não retruquei, embora desaprovasse a resolução de Tom. Entramos na casinhola, mas estava tão escuro que com dificuldade podíamos ver qualquer coisa. Jim, porém, lá se achava, e, ao ver-nos, não pôde conter uma exclamação de assombro.

— Huck, por aqui? E o sinhô Tom, também! Vejam só! Que milagre...

Eu já esperava por aquilo. Tinha a certeza do que iria acontecer; e, no momento, não vislumbrei saída para a entalada. O negro da comida indagou, grandemente surpreso:

— Ora esta! Conhece ele, então, os senhores?

Já agora nossa vista acostumara-se à penumbra, e podíamos enxergar perfeitamente. Tom, fixando o preto com olhar firme e levemente intrigado, inquiriu:

— Se nos conhece? Quem nos conhece?

— Ora, esse negro fujão — redarguiu o escravo.

— Acredito que não. Mas por que nos fez essa pergunta?

— Pois se ele acabou de falar como se conhecesse os senhores...

— Curioso! — tornou Tom, afetando grande espanto. — Mas quem falou? Quando falou? Que foi que falou? (e voltando-se muito calmamente para mim). Ouviu alguém dizer alguma coisa, Huck?

Claro que só havia uma resposta.

— Não. Não ouvi nada.

E Tom, dirigindo-se para Jim, contemplando-o como se o visse pela primeira vez, interrogou-o:

— Disse você alguma coisa, negro?

— Não, senhor! — foi a resposta.

— Nem uma palavra?

— Não, senhor. Não abri a boca.

— Já nos viu em algum outro lugar?

— Não, senhor. Que me lembre, não. Nunca...

Volvendo-se para o negro, cuja expressão de pavor e desespero causava piedade, Tom disse-lhe, com voz ríspida:

— Que é que você tem? Que é que o fez dizer que alguém havia falado?

— Perdão, sinhô, são essas bruxas infernais que quase me tiram a vida. Não me deixam em paz nem de dia. Por favor, não conte nada a ninguém, para que o sinhô velho não me venha ralhar. Ele diz que não existe bruxa, mas eu só queria que estivesse aqui agora, para ver... Tinha que acabar acreditando, não havia outro remédio. Mas é sempre assim; há gente que nada enxerga e nada procura saber, e quando a gente vai contar que viu qualquer coisa estranha, diz logo que é mentira. Não é para desesperar um mortal?

Tom deu-lhe uma moeda de 10 centavos, prometendo guardar segredo sobre o caso e aconselhando-o a comprar mais pano para redobrar o número de papilotes. E, volvendo um olhar para Jim, acrescentou:

— Não sei se o tio Silas irá enforcar este negro. Se um escravo fugido me caísse nas unhas, eu o enforcaria sem dó nem piedade.

Mas, enquanto o negro chegava até à porta e mordia a moeda, a fim de certificar-se de que não era falsa, Tom, aproximando-se de Jim, murmurou-lhe baixinho:

— Faça de conta que não nos conhece. Se ouvir rumor do lado de fora, à noite, não se assuste, somos nós. Vamos fazer um buraco para libertá-lo.

Jim só teve tempo de apertar-nos a mão. Quando o negro voltou, prontificamo-nos a acompanhá-lo, uma vez ou outra, quando viesse trazer comida para o prisioneiro. Agradeceu-nos muito, sobretudo se o fizéssemos à noitinha, hora em que as bruxas mais o atormentavam.

XXXV

Como ainda faltasse uma hora para o desjejum, fomos até o bosque. Tom lembrou que necessitávamos de luz para perfurar o solo, pois o trabalho iria ser durante a noite; mas carecíamos uma luz toda especial, que não chamasse atenção, como a de lanterna furta-fogo. Ou, então, obter certa quantidade de madeira podre fosforescente, que o vulgo chama de fogo de raposa e que produz um suave resplendor na obscuridade. Depois de juntarmos uma boa porção desse material, sentamo-nos para descansar. Foi meio aborrecido que Tom falou:

— Impossível caso mais simples e fácil do que este. A dificuldade toda está em complicá-lo. Não há um guarda para ser amordaçado — deveria havê-lo. Nem sequer temos um cão para ser adormecido a narcótico. Lá está Jim, acorrentado por uma das pernas, e a corrente presa ao pé da cama. Não será preciso mais que alçar a cama para libertá-lo. O tio Silas confia em todo mundo; entrega a chave ao negro e não manda ninguém vigiá-lo. Jim poderia até sair pela janela, se não fosse ter de caminhar arrastando em um dos pés uma corrente de 3 metros. Fique sabendo, Huck, que não conheço caso mais falto de obstáculos. Vai forçar-nos a inventar toda sorte de embaraços e perigos. Faremos o que nos for possível, com o material que temos em mão. Uma coisa, porém, me consola: há muito mais glória em libertá-lo assim, planejando nós mesmos todas as dificuldades e riscos, numa aventura em que os outros é que tinham obrigação de torná-la perigosa. No caso da lanterna, por exemplo. Temos de fazer de conta que uma lanterna oferece perigo, quando poderíamos agir até à luz de cem archotes sem que fôssemos surpreendidos. Bem, enquanto penso, veja se descobre um meio de fazer uma serra.

— Que utilidade nos terá uma serra?

— Já começam as perguntas asnáticas! Que utilidade nos terá uma serra? Não vamos serrar o pé da cama de Jim para soltar a corrente?

— Mas você acabou de dizer que não seria preciso mais que levantá-la.

— Sempre o mesmo! Só pensa em fazer as coisas como um nenê de jardim de infância. Acaso nunca correu os olhos — já não digo leu — nos livros do barão Trenck, de Casanova, Benvenuto Cellini, Henrique IV e heróis que tais? Onde já ouviu falar de um prisioneiro ser solto de um modo tão "caseiro"? As melhores autoridades não divergem em semelhante caso. O que se deve fazer é serrar o pé da cama, deixá-lo na mesma posição, engolir a serragem e esfregar graxa misturada com pó na parte cortada, de tal maneira que o mais arguto observador nada venha a desconfiar. Estando, assim, tudo preparado, na noite aprazada bastará um puxão na corrente para desprendê-la. Depois, é só enganchar a escada de corda nas grades do balcão, baixar por ela e quebrar uma perna no fosso — porque, como talvez você saiba, as cordas são sempre 5 metros e meio mais curtas do que o necessário — e, logo embaixo, estarão os vassalos de confiança com os melhores corcéis, prontos para acudir o amo e, com ele, demandar o Languedoc, Navarra, ou seja onde for, em desabalada corrida. É emocionante, Huck. Pena que não haja um fosso em torno da casinhola. Se tivermos tempo, na noite da fuga construiremos um.

— Para que um fosso, se vamos tirar Jim por baixo da casinhola?

Tom, porém, não ouviu minha pergunta. Com a mão no queixo, engolfado em recordações de fugas famosas, esqueceu-se de mim e de tudo mais que o cercava. Ao cabo de algum tempo, abanou tristemente a cabeça e disse, com um suspiro:

— Não; não será preciso.

— Que é que não é preciso? — indaguei.

— Serrar a perna de Jim.

— Estará você louco? Serrar a perna do pobre Jim, como?

— Pois é o que mandam fazer as grandes autoridades. Não havendo outro meio de romper a corrente, é cortar o pé de Jim e jogá-lo fora. Uma perna seria ainda melhor. Infelizmente, não há necessidade, no caso, e, ademais sendo Jim um negro, não compreenderia o porquê do sacrifício. Ignora ser esse um costume muito comum na Europa. Ponhamos essa ideia de lado. O de que precisamos, porém, é escada de cordas; vamos fazer uma com os lençóis da nossa cama — e mandaremos a ele dentro de uma torta. É geralmente dentro de uma torta que os prisioneiros recebem os pedaços de corda, com os quais constroem a escada.

— Isso também é demais, Tom. Para que Jim necessita de escada?

— Não se meta a criticar-me. Já vi que não entende patavina deste assunto. Jim carece de uma escada; todos os fugitivos célebres usaram-na.

— Mas que irá Jim fazer com ela, Tom? Responda-me.

— Que irá fazer? Ora, esta é boa! Que irá fazer? Escondê-la na cama. É como todos procedem. Já notei que você dificilmente faz as coisas como devem ser feitas. Mas suponhamos que Jim não venha a necessitar da escada. Depois da fuga, não ficará ela na cama, servindo de indício? E não irão os escravizadores precisar de indícios para iniciar a perseguição? É claro que sim. Quererá você deixá-los sem o menor indício para a organização do pega? Bonito, se fizéssemos uma coisa dessas! Só mesmo na sua cabeça...

— Se assim é, não quero infringir as regras, nem discordar das autoridades. Dê-se uma escada a Jim. Há, porém, um ponto para o qual chamo a sua atenção, Tom; se rasgarmos os lençóis para fabricar a escada, teremos de ajustar contas com a tia Sally. Isso é tão certo quanto ser quente o sol que nos ilumina. Uma escada de cipó fará o mesmo serviço e pode ser conservada dentro do colchão. Jim, não tendo prévia experiência, pouco irá importar-se que a escada seja disto ou daquilo...

— Basta, Huck! Basta! Fosse eu tão ignorante como você, e jamais abriria a boca. Onde já se viu um prisioneiro de Estado escapar por uma escada de cipó? É de um tremendo ridículo!

— Está bem, seja como quiser, Tom. Permita-me, contudo, uma última sugestão: em vez de usarmos os nossos, poderemos apanhar um lençol do varal.

Tom aceitou a ideia e acrescentou:

— Apanha-se também uma camisa.

— Para quê?

— Para nela Jim escrever o seu diário.

— Deixe de bobagens! Jim não sabe escrever.

— Admitamos que não saiba. Mas poderá fazer marcas e sinais, se lhe dermos uma caneta feita de uma colher de estanho, ou de arco de barril.

— Nesse caso, seria mais fácil e menos trabalhoso arrancar uma pena de asa de um ganso. Daria ótima caneta.

— Qual, quem nasce cabeçudo... Só mesmo você poderia imaginar gansos e cisnes passeando em um calabouço, à disposição dos encarcerados. Eles fabricam as suas penas com um pedaço de castiçal do cobre mais rijo que possam encontrar. E levam dias, semanas, meses, às vezes, esfregando-o na parede, para torná-lo pontiagudo. E, mesmo que tivessem uma pena de pato, não a usariam. Não é de norma.

— E a tinta? Onde iremos obtê-la?

— Muitos fabricam-na misturando ferrugem com lágrimas;

mas os que assim procedem são, em geral, mulheres e prisioneiros vulgares. As melhores autoridades usam o próprio sangue. É o que Jim poderá fazer. E, para uma simples e misteriosa mensagem, por meio da qual o mundo venha a saber onde ele se encontra cativo, poderá usar um prato de folha, lançando-o janela afora. Foi o que o Máscara de Ferro sempre fez. E não padece dúvidas de que é um excelente meio...

— Infelizmente, Jim não possui prato de folha. Dão-lhe de comer numa panela.

— Não seja essa a dúvida. Podemos arranjar-lhe um.

— E acredita você que alguém possa ler tal mensagem?

— Isso não importa. A Jim só compete rabiscar o prato e arremessá-lo pela janela. Ninguém é obrigado a entender o que estiver escrito. Na mór parte das vezes, não se compreende o que os prisioneiros deixam escrito.

— Nesse caso, não há razão para se desperdiçar um prato.

— Ora, o prato não pertence ao encarcerado.

— Mas pertence a alguém.

— De acordo. Mas que importa ao preso esses alguéns?

O toque da buzina chamando para o desjejum veio interrompê-lo. Encerramos a discussão e fomos para casa.

Finda a refeição matutina, tomei de empréstimo um lençol e uma camisa do varal de roupas; guardei-os num velho saco de estopa, no qual também colocamos a madeira podre que havíamos ajuntado no bosque. Digo tomar emprestado, por ser esse o termo usado por meu pai; segundo Tom, porém, aquilo significava furtar. Mas isso não importa, porque estávamos fazendo o papel de prisioneiros, e estes não se preocupam como obter uma coisa, desde que essa coisa venha facilitar a evasão. Um preso pode apossar-se do que estiver ao seu alcance, é um direito que lhe assiste, e, como, na ocasião, representávamos dois prisioneiros, tínhamos o direito de roubar fosse lá o que fosse para tentar a fuga. Agora, se não fôssemos presos, então o caso assumia outra feição, e o furto passaria a ser ato indigno. Com liberdade de ação para agir, decidimos surripiar o que nos caísse a jeito. No dia seguinte, entretanto, Tom fez um verdadeiro escarcéu, tão somente porque furtei uma melancia do melancial dos negros. Chegou a obrigar-me a dar 10 centavos aos escravos sem dizer-lhes por quê. Depois, explicou que só nos era dado furtar aquilo de que necessitássemos. Obtemperei que necessitei da melancia, ao que ele retrucou que sim, mas não foi para livrar-me da prisão, e que, portanto, infringira os regulamentos. Se fosse meu intuito ocultar uma faca na melancia e fazê-la chegar às mãos de Jim, de modo que ele pudesse assassinar o carcereiro, então sim, teria agido segundo os ditames da lei dos prisioneiros. Calei-me para não discutir, embora não visse vantagens em fazer o papel de prisioneiro, já que era obrigado a raciocinar tanto cada vez que houvesse ensejo de me apossar de uma melancia.

Como ia dizendo, esperamos, naquela manhã, que todos saíssem para o trabalho. Assim que o terreiro ficou deserto, Tom levou o saco para o cubículo que confinava com a casinhola, enquanto eu permaneci de atalaia. Logo que voltou, acomodamo-nos sobre o monte de lenha para conversar.

— Está tudo pronto — começou ele. — Só nos faltam as ferramentas, mas não será difícil obtê-las.

— Ferramentas? — perguntei, intrigado.

— Sim, ferramentas.

— Para quê?

— Para escavar a passagem subterrânea.

— Não são as enxadas e picaretas, que vimos no barracão, mais que suficientes?

Tom contemplou-me da cabeça aos pés, com tamanha compaixão que só faltei chorar.

— Huck Finn, já ouviu falar de algum preso que dispusesse de picaretas, enxadas e demais modernos instrumentos de escavar? E, se ainda resta algum senso na sua cachola, responda-me: a que ficaria reduzido o heroísmo de escapar, dispondo-se de tanta facilidade? Melhor seria entregar logo a chave do cárcere ao prisioneiro. Pás e picaretas! Nem mesmo um rei teria tais privilégios, Huck.

— Se não podemos lançar mãos de pás, nem picaretas, que iremos usar, então?

— Duas facas, apenas.

— Essa é de cabo de esquadra! Perfurar um subterrâneo com duas facas de mesa!

— Seja lá o que for, é de regra; assim fizeram as melhores autoridades. Não conheço outro meio, e já li tudo quanto se escreveu sobre o assunto. As perfurações são feitas a faca, mas não pense que escavam em terra mole — em rocha viva, meu caro, em rocha viva! E gastam nisso semanas, meses, anos! Sabe quanto tempo levou um preso do Castelo d'If de Marselha para conseguir evadir-se desse modo?

— Não.

— Faça um cálculo.

— Não sei. Um mês e meio?...

— Trinta e sete anos! E foi sair na China! Está vendo só? Pena que o solo da nossa fortaleza não seja de pedra...

— Mas Jim não conhece ninguém na China, Tom.

— E que importa? Também o outro não conhecia. O que você precisa é perder esse péssimo costume de desviar o assunto, entendeu?

— Bem, bem. O essencial é que ele escape, saia onde sair. Há, porém, um ponto para o qual chamo a sua atenção: Jim já não é moço, e, quando terminarmos o subterrâneo, terá morrido de velhice.

— Não se assuste. Não iremos gastar 37 anos cavando em terra mole.

— Em quanto tempo, então, faremos isso, Tom?

— Não podemos demorar tanto como devêramos, pois o tio Silas não tardará muito em ser notificado de que Jim não é de New Orleans. Seu primeiro ato será, nesse caso, uma declaração pelos jornais, ou coisa parecida. Se quiséssemos proceder segundo as regras, deveríamos levar alguns anos, pelo menos; reconheço, porém, não ser possível. Dadas as circunstâncias, aconselho o seguinte: construir a passagem subterrânea o mais breve possível e fazer de conta que nos custou 37 anos de labuta. E, na primeira ocasião oportuna, raptaremos Jim. É o melhor meio.

— Isso já soa melhor, Tom. Fazer de conta nada custa; e, se não for contrário às regras, poderemos figurar que a empresa nos tomou 150 anos para ser levada a cabo. Fazer de conta não cansa. Bem, agora vou arranjar as facas.

— Traga três. Com uma delas, faremos uma serra.

— Escute, aqui, Tom: se não é irreverência contra o regulamento, quero lembrá-lo de que, perto do forno, sob umas tábuas, há uma serra enferrujada.

Tom suspirou, com ar desanimado, antes de me responder.

— Qual, é inútil tentar ensinar qualquer coisa a você, Huck... Faça o que ordenei: vá buscar três facas — três, ouviu?

Obedeci-lhe, sem pestanejar.

XXXVI

Altas horas da noite, certos de que todo o sítio dormia, descemos ao terreiro pelo cabo do para-raios, trancamo-nos no barracão, tiramos do saco a madeira fosforescente e encetamos o nosso trabalho. Limpamos bem o espaço de uns 2 metros junto à parede da casinhola. Afirmou Tom estarmos precisamente atrás da cama de Jim, e que iríamos sair embaixo dela, uma vez findo o pequeno túnel. Ninguém desconfiaria de nada, a não ser que erguessem a colcha e olhassem debaixo da cama, o que não era provável. Trabalhamos com afinco até a meia-noite, e, embora ficássemos esfalfados e com as mãos esfoladas, pouco ou nada havíamos feito. Por fim, ante a nulidade dos nossos esforços, murmurei:

— Isto aqui não é serviço para 37 anos, mas, sim, para 38! — atrevi-me a dizer.

Tom Sawyer não respondeu palavra. Suspirou, pondo a faca de lado, e quedou pensativo. Ao cabo de alguns minutos:

— É inútil, Huck — concordou ele. — Se realmente fôssemos prisioneiros, o caso seria diferente. Teríamos, então, anos e anos pela frente; não haveria pressa; trabalharíamos apenas alguns minutos por dia, aproveitando a rendição da guarda, sem calejarmos as mãos — e tudo seria feito de acordo com as regras. Mas não podemos perder tempo e, com mais uma noite igual a esta, teríamos de esperar uma semana para ficar com as mãos em condições de tocar numa faca outra vez.

— Que vamos fazer então, Tom?

— Infelizmente, só nos resta um recurso. É imoral, viola os regulamentos e repugna-me lançar mãos dele, mas não há outro meio. Vamos cavar com as picaretas e fazer de conta que estamos usando facas de mesa.

— Isso, sim. Suas palavras já são mais sensatas, e sua cabeça melhora de hora para hora, Tom. Moral ou imoral, do que precisamos são picaretas. Quanto a mim, pouco importa a imoralidade do nosso trabalho. Quando me proponho a roubar um negro, uma melancia, ou livro da escola, não me preocupa como faça, contanto que venha a obter o objeto desejado. O que quero é o negro, a melancia ou o livro; e, se com uma picarata posso libertar o negro, ou conseguir a maelancia ou o livro, é claro que irei lançar mão de tal instrumento, pouco se me dando o que pensem de mim as autoridades. Que se danem!

— O que vale é que, num caso como o nosso, é desculpável o uso das picaretas. Não fosse isso, e eu não permitiria de forma nenhuma que fossem violadas as regras estabelecidas, porque é crime imperdoável fazer as coisas tortas, quando não se é ignorante. Você, por exemplo, poderia livrar Jim com uma picareta sem fazer de conta, por nada entender do assunto — apenas pecaria por ignorância. Já comigo o caso seria outro, conhecedor que sou de todas as normas e regulamentos. Dê-me uma faca.

Estranhei que, tendo a sua ao lado, pedisse outra. Não vacilei, porém, em dar-lhe a minha. Ele arrojou-a a um canto e repetiu o pedido:

— Dê-me uma "faca"!

De momento, não pude atinar com o que Tom desejava. Mas não demorei muito em compreendê-lo. Tateando pelo chão, encontrei uma picareta. Entreguei-lha, e o rapaz, sem dizer palavra, pôs-se a trabalhar. Tom Sawyer foi sempre assim — escravo de princípios e regras.

Eu com uma pá, e Tom com a picareta, trabalhamos mais meia hora, o máximo que permitiram as nossas forças; deixamos, porém, o túnel com bom começo. Quando voltei ao quarto, espiei pela janela e vi Tom fazendo esforços sobre-humanos, para subir pelo cabo do para-raios. Por fim, desistiu.

— Não vai... — lamentou ele. — Que devo fazer, Huck? Veja se descobre um meio.

— Sei de um, mas é contra a regra.

— Qual é? Diga logo.

— Vir pela escada e fazer de conta que subiu pelo para-raios.

Foi o que Tom fez.

No dia seguinte, ele furtou uma colher de estanho, um castiçal de bronze e seis velas de sebo. Com a colher e o castiçal, faria algumas penas para Jim escrever o seu diário. Rondando, disfarçadamente, pela senzala, apossei-me de três pratos de folha. Tom foi logo dizendo que não bastavam, mas objetei que ninguém iria encontrar os pratos que Jim arremessasse fora — cairiam no ervaçal. Podíamos perfeitamente trazê-los de volta para que fossem novamente utilizados. Tom deu-se por satisfeito e me disse:

— Bem, o que nos falta agora é procurar um meio de fazermos chegar essas coisas às mãos de Jim.

— Pelo túnel, quando estiver pronto — sugeri.

Ele considerou-me com um olhar desdenhoso, murmurando que jamais ouvira tamanha asnice. Em seguida, quedou-se pensativo e, ao cabo, declarou ter encontrado dois ou três meios, mas que não havia ainda necessidade de nos decidirmos por nenhum deles, não estando Jim avisado.

Naquela noite, escorregamos pelo cabo do para-raios, pouco depois das 10, trazendo conosco uma vela. Debaixo da janelinha da casinhola, paramos para escutar. Jim roncava. Entramos no barracão e reiniciamos o trabalho da véspera. Duas horas depois, estava pronto o pequenino túnel. Enfiamo-nos por ele e fomos sair sob a cama do negro. Às apalpadelas, encontramos a vela, acendemo-la e examinamos Jim, que aparentava boa saúde. Cautelosamente, o despertamos. Indescritível foi o seu júbilo ao ver-nos. Só faltou chorar de alegria, chamando-nos pelos nomes mais carinhosos deste mundo e pedindo que limássemos a corrente para que pudesse fugir quanto antes. Tom, porém, mostrou-lhe que isso seria infringir as regras; expôs-lhe os nossos planos, que, disse ele, poderiam ser alterados ao menor sinal de alarma. Tivesse calma, que a liberdade não tardaria. Jim concordou com tudo. Em seguida, evocamos passagens dos bons tempos. Respondendo a algumas perguntas de Tom, Jim nos contou que o tio Silas e a tia Sally apareciam lá quase sempre; ele, para fazer Jim rezar e ela, a fim de ver se o preso estava sendo bem tratado.

— Já sei como vou fazer — disse Tom, estalando os dedos. — As coisas virão por intermédio deles.

— Não faça isso — objetei. — Que loucura!

Mas Tom não me deu ouvidos. Era sempre assim, quando encasquetava com um plano.

Avisou Jim que mandaria a escada de corda e outros objetos volumosos dentro da panela em que vinha a comida. Mas que tomasse cuidado para não deixar Nat — o escravo que lhe trazia as refeições — desconfiar de coisa nenhuma. Objetos menores viriam nos bolsos do paletó do tio Silas, ou amarrados no cordel do avental de tia Sally. Que os furtasse com muito jeito, para não ser apanhado em flagrante. Explicou-lhe, também, quais seriam esses objetos e para que serviriam, recomendando-lhe que fizesse um diário na camisa, usando como tinta o seu próprio sangue. Jim, seja dita a verdade, achou tudo muito disparatado, mas acabou reonhecendo que, como brancos, devíamos saber mais do que ele, que não passsava de um pobre negro ignorante. Prontificou-se, pois, a executar à risca o que Tom queria.

Como Jim possuísse vários pitos e boa quantidade de fumo, ainda nos demoramos algum tempo palestrando amigavelmente, a fumar. Por fim, saímos pelo buraco e fomos para a cama. Tínhamos as mãos em miserável estado.

Tom mostrava-se radiante. Confessou ser aquela a maior aventura em que se metera, e a mais intelectual. Se fosse possível, tudo faria por encontrar um meio de continuá-la a vida inteira, transmitindo aos nossos filhos o encargo de libertar Jim; estava certo de que este, à medida que o tempo fosse passando, acabaria por acostumar-se àquela vida, acabaria gostando, mesmo. E a aventura poderia prolongar-se por 80 anos... E nós três ficaríamos famosos...

Pela manhã, fomos ao monte de lenha e partimos o castiçal de bronze em vários pedaços, os quais Tom guardou no bolso, juntamente com a colher de estanho. De lá, nos dirigimos à senzala, e, enquanto eu distraia Nat, Tom metia um fragmento do castiçal no angu destinado a Jim. Acompanhamos o negro até a casinhola, para ver em que dava a experiência. Não poderia ter sido melhor o resultado! Ao levar à boca a primeira colherada, Jim quase arrebentou todos os dentes e, já industriado, amaldiçoou essas "pedrinhas que vêm na comida". Mas, depois daquilo, não comia sem primeiro sondar a panela, esmagando a comida com a colher.

Estávamos muito satisfeitos na penumbra da casinhola, a assistir ao almoço de Jim, quando surgirm dois cães saídos de debaixo da cama. E, atrás desses, outros. Em pouco, havia uns dez ou 12 cachorros no quarto. Só então lembramos de que havíamos deixado aberta a porta do barracão! Nat, este, ao ver a canzarrada surgir como por encanto na cabana, soltou um berro: "As bruxas!" e caiu de joelhos, gemendo qual um moribundo. Rapidamente, Tom abriu a porta e atirou longe um pedaço de carne tirado da panela. Os dez cães correram a disputar o petisco, e Tom foi fechar a porta. Ao voltar, dirigiu-se ao pobre negro, reanimou-o e perguntou-lhe se vira alguma coisa de sobrenatural. Nat ergueu-se, piscou várias vezes e disse:

— Sr. Sid, o senhor dirá que estou louco, mas quero que um raio me parta se não acabo de ver um milhão de cachorros demônios ou o que seja! Vi perfeitamente, sr. Sid. Eles esbarraram em mim. Eu só queria deitar mãos numa dessas malditas bruxas! Não me deixam em paz. Perseguem-me dia e noite. Já ando que não posso mais...

— Bem, bem, não se assuste tanto — acalmou-o Tom. — Se vieram aqui agora, é que estavam com fome. Faça-lhes um pastel de bruxas, que ficará livre delas.

— Mas como, sr. Sid, se não sei o que é isso? É a primeira vez que ouço falar em pastel de bruxas.

— Então eu mesmo o farei.

— O senhor é um santo, sr. Sid. Ajude o pobre Nat a livrar-se desses demônios, que ele ficará agradecido por toda a vida.

— Vou preparar o pastel por ser para você, visto que nos permitiu ver este negro fujão. Mas muito cuidado, heim! Quando nos aproximarmos, vire as costas e trate de não ver o que colocamos na panela, nem fique olhando para Jim quando ele destampá-la, entendeu? Do contrário, é capaz de acontecer alguma coisa grave, que não sei o que seja. É perigosíssimo espiar o que se põe dentro dum pastel de bruxas...

— Espiar? Deus me livre! Nem por todo o dinheiro do mundo. Cruz, credo!...

XXXVII

Estava tudo preparado. Nos fundos da casa-grande, havia um montão de badulaques. Latas vazias, trapos, botinas velhas, garrafas quebradas, móveis imprestáveis e mais uma infinidade de utensílios que já tinham desempenhado a sua missão na vida. Remexendo esse monturo, encontramos uma caçarola velha, que, convenientemente reparada, ficou em condições de ir ao fogo com o pastel de bruxas. Na despensa, enchemo-la de farinha de trigo e fomos, depois, tomar o desjejum. Encontramos dois pregos, que Tom afirmou servirem para um prisioneiro escrever o nome e as suas desditas nas paredes do cárcere. Um foi posto no bolso do avental de tia Sally e o outro, espetado na fita do chapéu do tio Silas. Isso porque ouvíramos as crianças falar que os pais iriam ver o negro naquela manhã. Sentamo-nos à mesa; sem perda de tempo, Tom escondeu uma colherinha no bolso do paletó do tio Silas, e, como a tia Sally ainda não tivesse chegado, tivemos de esperar um pouco.

Céus! Era de ver como ela entrou na sala. Apressada, nervosa, com o rosto em fogo, tia Sally mal esperou pelo "graças a Deus" habitual. E, enquanto com uma mão servia o café, com a outra dava coques na cabeça do filho que estivesse mais a jeito.

— Isto é para desesperar um filho de Deus — exclamava, irritada. — Já procurei por todos os cantos e não consigo encontrar a outra camisa.

Senti meu coração cair entre os pulmões e o fígado! Engasguei com um pedacinho de pão, que parou na garganta; mas uma tossida mais forte expulsou-o violentamente, lá se foi ele bater em cheio no olho de uma das crianças. O garoto retorceu-se qual enguia, armando um berreiro dos diabos. Tom, este ficou de várias cores, e, durante um quarto de minuto, desejou estar antes no inferno do que ali. Mas, em breve, recuperamos novamente a calma — fora a surpresa do golpe que nos estonteara. Tio Silas comentou:

— É estranho! É esquisitíssimo! Tenho absoluta certeza de que a tirei, porque...

— Porque só está com uma no corpo — atalhou, irônica, a esposa.
— Já sei disso e tenho certeza de que a despiu, porque ainda ontem vi a camisa no varal. Mas foi-se misteriosamente, e agora vista você a de flanela vermelha e espere que eu tenha tempo de fazer outra. E será a terceira que faço em dois anos! Estou vendo que preciso arranjar uma costureira só para isso. Não sei que diabo faz você com as camisas. Arre, também! Será possível que não saiba tomar conta da própria roupa?

— Não se exalte, filha. Bem sabe que a culpa não é toda minha, já que não sou eu quem lava as camisas. Que me lembre, até hoje não perdi uma camisa que trouxesse no corpo.

— Seja como for, a camisa desapareceu! E não foi só isso. Está faltando uma colher; eram dez, e só encontro nove. A vaca poderia ter mascado a camisa, mas não me venha dizer que fez o mesmo com a colher. E há mais. Dei por falta de seis velas. Talvez fossem os ratos; e só me admira que não roam a casa inteira. Desde que aqui chegamos, você vive dizendo que vai exterminá-los. Não estranharia que fizessem ninho nos seus cabelos e você não os encontrasse, Silas. Mas e a colher? Foram também os ratos?

— Reconheço a minha culpa, Sally. Tenho sido um tanto negligente, mas fique certa de que amanhã taparei tudo quanto for buraco de rato.

— Que tanta pressa, homem? Deixe para o ano que vem... Matilde Angelina Aramita Phelps!

Um bem aplicado coque no cocuruto de Matilde fez a menina tirar apressadamente o dedo do açucareiro. Nisso, surgiu na sala uma negra, dizendo:

— Sinhá, desapareceu um lençol.

— Um lençol! Mas que vem a ser isto, meu Deus?

— Vou tapar os buracos hoje mesmo — apressou-se em dizer o tio Silas.

— Cale-se, que é melhor! — retrucou a furibunda dona de casa. — Como se os ratos também tivessem levado o lençol... Onde iria ele parar, Lize?

— Como posso saber, sinhá? Ainda ontem estava no varal.

— Positivamente, isto é o fim do mundo! Ainda não vi coisa igual em toda a minha vida. Uma camisa, um lençol, uma colher e seis velas...

— Está faltando um castiçal de bronze, sinhá! — veio correndo avisar um mulatinho.

— Suma-se daqui, antes que eu cometa um desatino! — bradou, colérica, a tia Sally.

Vendo a borrasca prestes a desencadear-se, decidi aproveitar a primeira oportunidade para sair sorrateiramente e ficar no mato, até que o tempo melhorasse. Tia Sally ameaçava céus e terras, e ninguém se atrevia a alçar os olhos. Mas eis que o tio Silas, boquiaberto, com expressão apatetada, tirou do bolso a colher sumida. A enérgica senhora interrompeu-se de golpe, engolindo metade da palavra que ia pronunciando, e estacou, de boca aberta e uma das mãos alçada. O que não daria eu para estar naquele momento em Jerusalém!

— Bonito! — exclamou tia Sally, voltando da sua momentânea surpresa. — Muito bonito! Com a colher no bolso, heim? Não será de admirar que também esteja com o lençol e as velas... Como foi isso, explique-se?

— Nada posso compreender, Sally — respondeu, humildemente, o marido. — Estive estudando, há pouco, umas passagens bíblicas, e, talvez distraidamente, haja posto a colher no bolso, certo de que era a *Bíblia*. Deve ter sido isso mesmo, porque não estou com a *Bíblia* no bolso; mas, se ela estiver onde a encontrei de manhã, será evidente que não a guardei no bolso, e, se não a guardei no bolso, foi porque me enganei e apanhei a colher em vez da *Bíblia*. Em vista disso...

— Pare! Pare com essa embrulhada! E vocês, sumam-se da minha frente. E não me apareçam enquanto não me sentir calma. Vamos! Fora daqui, todos!

A ordem foi dada aos berros, mas eu a teria ouvido mesmo que só fosse pensada; e a teria obedecido ainda que morto. Ao passarmos pela sala de estar, tio Silas apanhou o chapéu, fazendo que o prego, que havíamos espetado na fita, caísse no chão. Muito naturalmente, ele se agachou, apanhou-o e, depondo-o sobre uma pequena estante, saiu sem dizer nada. Voltando ao caso da colher, Tom me disse:

— Não nos convém enviar nada a Jim por intermédio dele — não é de confiança... Mas o coitado, sem o saber, nos livrou de boa, ao explicar o aparecimento da colher. Devemos pagar na mesma moeda, tapando os buracos de rato sem que ele o perceba.

O porão estava perfurado em todos os cantos. Gastamos uma hora na tarefa, mas fizemos trabalho limpo, fechando solidamente todas as passagens. Mal tínhamos tapado o último, ouvimos rumor de passos na escada. Apagamos a luz e escondemo-nos. Dali a pouco, entrava o bom velhote, trazendo numa das mãos uma vela acesa e, na outra, material para o serviço. Vinha distraído, como sempre o fora. Entrou, examinou todos os buracos, um por um, pachorrentamente, e, em seguida, quedou-se de pé uns cinco minutos, tirando os pingos de espermacete que escorriam pela vela, pensativo. Por fim, sempre distraído, encaminhou-se novamente para a escada, a monologar:

— É incrível, mas não me recordo de quando os tapei. Posso

mostrar a Sally que não tenho culpa; os buracos já estavam fechados. Mas qual, não vale a pena — de nada irá adiantar.

Boa alma estava ali. Bonachão e filósofo como ele só. Logo que se foi, também nós deixamos o porão. Tom estava seriamente preocupado. Carecia de uma colher e pôs-se a pensar no meio de obtê-la. Espetou o dedo na fronte e, dali a pouco, expunha-me o plano. Resolvemos pô-lo em prática, *incontinenti*. Ficamos rondando pela copa, e, quando a tia Sally apareceu, Tom retirou do armário a cestinha dos talheres e começou a contá-las, enquanto eu escondia uma colher na manga do paletó.

— Aqui só estão nove colheres, tia Sally — disse Tom, aparentando a mais cínica das inocências.

— Vá reinar lá fora e não me amole — redarguiu ela. — Eu mesma as contei.

— Pois também eu as contei duas vezes e só acho nove, titia.

A velha teve ímpetos de escorraçar Tom, mas conteve-se, e resolveu certificar-se — coisa, aliás, muito natural.

— É verdade, só encontro nove! Mas que diabo... Que andará por aqui? Vamos contar novamente.

Dessa vez, empurrei junto às outras a colher que conservara na manga, e, ao terminar a contagem:

— Mas já se viu? — exclamou ela, irritada. — Aqui estão as dez!...

— Creio que a senhora se enganou — disse Tom.

— Ô, bobo alegre!... Não me viu contá-las?

— Vi, mas...

— Pois vamos contar outra vez.

Agilmente, surrupiei uma colher e, pois, só ficaram nove. Tia Sally tremia de ódio. Contou e recontou nada menos de seis vezes e, na sua aflição, chegou até a enumerar a cesta entre as colheres; três vezes a verificação deu certo, para nas outras vezes sair errada. Por fim, não mais se contendo, agarrou a cesta e arremessou-a violentamente para longe, ameaçando de nos cortar a chicote se entrássemos em casa antes do almoço.

Disso resultou ficarmos com a colher, que, jeitosamente, coloquei no bolso do avental da boa senhora, enquanto ela esbravejava. Horas depois, foi a colher parar nas mãos de Jim, juntamente com o prego. Tom mostrava-se satisfeitíssimo e garantiu-me que a tia Sally jamais obteria duas vezes o mesmo resultado, sempre que voltasse a contar as colheres; e, por mais certo que contasse, continuaria na dúvida. Ao cabo de três dias de experiência, ela acabaria por ameaçar de comer vivo a quem lhe sugerisse nova contagem.

À noite, recolocamos o lençol no varal e furtamos um do armário. No dia seguinte, fizemos o inverso, e assim por alguns dias, até que, por fim, tia Sally já não mais sabia quantos lençóis tinha. E acabou confessando que iria largar mão de conferir o número dos lençóis; que aquilo já lhe estava dando cabo da paciência.

E, desse modo, com o auxílio dos ratos, da vaca e da atrapalhação no contar, entramos na posse das velas, da camisa, do lençol e da colher. Quanto ao castiçal de bronze, o seu desaparecimento em pouco tempo cairia no olvido.

O que, porém, nos deu um trabalhão foi o tal pastel de bruxa. Preparamo-lo no bosque, tendo ficado de primeira ordem, mas não pensem que foi tudo obra de um dia apenas. Gastamos três caçarolas de farinha de trigo, queimamos a mão várias vezes e ficamos com os olhos congestionados pela fumaça. Nossa intenção era obter uma crosta oca, e a dificuldade estava em cozer o pastel de modo que não viesse a achatar-se no meio. Por fim, fez-se a luz em nosso cérebro, e vimos que a solução estava em preparar o pastelão já recheado com a escada de cordas. E, desse modo, na noite seguinte, juntamente com Jim, rasgamos o lençol em pequenas tiras e as trançamos. Pela manhã, estávamos com uma excelente corda, bastante forte para suster um homem. E fizemos de conta que nos custou nove meses de penoso trabalho.

Depois do desejejum, levamos a corda ao bosque, e só então vimos que não cabia no pastelão. Naturalmente que, sendo feita de um lençol inteiro, tínhamos corda para quarenta pastelões, e ainda sobraria um bom pedaço. Como apenas precisássemos do que coubesse na torta, cortamos uns 3 metros e jogamos o restante fora. Não preparamos o pastelão na caçarola, com receio de que a solda derretesse. Sabendo que o tio Silas possuía, nos seus guardados, um ótimo esquentador de cobre, de cabo longo, que ele prezava como relíquia por ter pertencido a um dos seus antepassados, o qual viera da Inglaterra com Guilherme, o Conquistador, no "Mayflower" ou não sei em que navio, apressamo-nos em levá-lo para o bosque. Mas, fosse por isso ou por aquilo, o certo é que perdemos os primeiros pastelões no esquentador. Tanto fizemos, porém, que o último saiu a contento. Levamos o aparelho às brasas já com uma camada de massa; sobre esta, atufamos o pedaço de corda, que cobrimos com uma nova porção de massa. Em seguida, o esquentador foi tapado, recebendo brasas por cima. E ficamos à espera. Quinze minutos depois, estávamos com uma torta que dava gosto ver.

Calmamente, pusemos o pastelão na caçarola de Jim, juntamente com três pratos de folha, que ficaram por baixo, sem que Nat ousasse espiar, por maior que fosse a sua curiosidade. Dessa maneira entrou Jim na posse da corda, que ocultou dentro do colchão, e dos pratos. Num deles, rabiscou uns quantos sinais ininteligíveis e arrojou-o pela janelinha afora, tudo como lhe fora ensinado.

XXXVIII

Não foi, tampouco, obra simples fazer as canetas e a serra. Jim, referindo-se à inscrição que teria de gravar nas paredes, não dissimulou o receio de que tão árdua incumbência fosse tarefa acima das suas forças. Tom, porém, não transigia. De qualquer forma, a inscrição teria de ser feita. Até então, nenhum prisioneiro de Estado escapara sem deixar nas lajes das masmorras uma inscrição e o seu escudo d'armas.

— Veja lady Jane Grey, por exemplo — dizia ele. — E Gilford Dudley, e o velho Northumberland, e tantos outros! Mesmo que o trabalho seja árduo, a obrigação de Jim é deixar uma inscrição e o seu brasão d'armas nas paredes. É o que todos fazem.

— Mas, sinhô Tom, eu não tenho brasão — protestava Jim, humildemente. — Só possuo esta camisa velha, e o sinhô já me disse que escrevesse nela o meu diário.

— Você não compreendeu, Jim. Um brasão é coisa muito diferente.

— Jim está certo — aparteei. — Se diz que não possui escudo d'armas, é porque de fato não o possui.

— Sei disso — contraveio Tom. — Tê-lo-á, porém, muito em breve. Fique ciente de que Jim sairá daqui obedecendo a todas as regras dos prisioneiros de Estado, e que não haverá falhas na sua conduta.

Diante disso, calei-me. Enquanto Jim e eu aguçávamos a colher e um fragmento do castiçal de bronze, esfregando-os de encontro a uma pedra, a fim de obter os buris, ou "canetas", com a necessária ponta, Tom pôs-se a planejar um brasão para o preso. Ao cabo, disse que lhe ocorreram tantos que vacilava na escolha; um, porém, lhe parecia o mais adequado. E no-lo descreveu:

— Teremos, num dos quartéis, ou na dextra inferior, uma cótica; na faixa, uma cruz de aspas rubras com um cachorro deitado em postura de ataque; aos pés do cachorro, uma corrente, que indicará escravidão; um chaveirão verde em cimeira dentada e três listras em campo azul, com os pontos centrais rampantes; na cimeira, um negro fugitivo em sable, trazendo à sinistra, sobre o ombro, o seu fardo; como suporte, um par de goles, que serão você e eu. Divisa: "Maggiore fretta, minore atto". Tirei isso de um livro. Significa: "Não é por muito madrugar que a gente acorda mais cedo".

— E o resto, que significa? — perguntei.

— Não tenho tempo para explicar tudo.

— Mas explique-me alguma coisa. Que vem a ser cótica?

— Cótica? Cótica é... Não é preciso saber o que seja uma cótica. Na ocasião, Jim aprenderá comigo.

— Arre, também, Tom! Que custa dizer? Chaveirão, por exemplo, que significa?

— Não sei. Mas Jim terá o seu brasão, como todos os nobres.

Quando não convinha a Tom dar explicações, era inútil insistir; e, como eu soubesse disso, resignei-me, contentando-me com saber a significação da divisa do escudo.

Tendo composto mentalmente o escudo d'armas, Tom pôs-se a pensar numa inscrição bem lúgubre que Jim gravasse nas paredes da cela. Escreveu várias num papel e leu-as em voz alta.

1. "Aqui fanou em vida o coração de um encarcerado."
2. "Aqui um pobre prisioneiro, abandonado do mundo e dos amigos, passou a vida chorando lágrimas de sangue."
3. "Aqui cessou de palpitar um coração solitário, e uma alma atormentada finou-se, após 37 anos de reclusão."

4. "Aqui, abandonado e sem amigos, depois de 37 anos de doloroso encarceramento, pereceu um nobre estrangeiro, filho natural de Luís XIV."

Tom tinha a voz trêmula e quase chorava de comoção. Mas, depois de ler todas as inscrições ocorridas, continuou tão indeciso quanto antes. Qual escolher? Eram todas boas... Resolveu, afinal, que Jim gravasse as quatro. O pobre negro obtemperou que levaria um ano para, com um prego, insculpir tanta coisa nas paredes de madeira — e, ademais, não sabia escrever. Tom aplainou a dificuldade — desenharia as letras, e Jim não teria mais que seguir os traços.

— Só agora me lembrei de uma coisa — disse ele. — Uma masmorra não tem paredes de madeira. As inscrições devem ser feitas em rocha. Temos de arranjar uma pedra.

Jim protestou que rocha seria mil vezes pior do que madeira, de modo que jamais chegaria a um termo. Tom prometeu-lhe que eu o ajudaria e, em seguida, indagou de como ia o preparo dos buris. Era trabalho tedioso e demorado, que veio reavivar as machucaduras das minhas mãos. Vendo que, naquele andar, levaríamos semanas no serviço, Tom pensou um pouco e encontrou nova solução para o caso.

— Já sei o que fazer — disse. — Se tomarmos o rebolo da serraria, mataremos dois coelhos duma cajadada — servirá para receber as inscrições e para fazer ponta nos buris.

A ideia não era má, e decidimos pôr mãos à obra, embora a pedra de amolar fosse de respeitável tamanho. Ainda faltavam alguns minutos para a meia-noite quando nos dirigimos à serraria, deixando Jim trabalhando no cárcere. Trouxemos o rebolo a rodar como roda de carro. Mas, logo de início, vimos o trabalhão insano que iríamos ter pela frente. Às vezes, por mais esforços que fizéssemos, não conseguíamos impedir que a pesada laje retrocedesse, com perigo de nos machucar. Tom vaticinou que um de nós iria ser esmagado antes de atingida a cabana. A meio caminho, porém, paramos, exaustos, suando por todos os poros, e vimos não haver outro recurso senão apelar para Jim. Voltamos à casinhola e expusemos ao preso a situação. Prontamente, Jim ergueu o pé da cama, soltou a corrente, enrolou-a no pescoço, e saiu fora pelo buraco. E ele e eu, então, trouxemos a laje com facilidade, sob a "superintendência" de Tom. Ainda estou por conhecer outro rapaz com tanto tino para dirigir serviços como Tom!

Nosso túnel era largo, mas insuficiente para permitir a passagem da pedra. Dessa vez, foi Jim quem removeu o obstáculo, com a ajuda duma picareta, alargando-o. Uma vez dentro da cabana, Tom riscou na laje o que Jim deveria gravar, usando o prego e um pedaço de ferro como cinzel e martelo. Recomendou-lhe que trabalhasse até que a vela se extinguisse, e que, depois, ocultasse a pedra dentro do colchão e dormisse sobre ela. Ajudamo-lo a recolocar a corrente no pé da cama, e já íamos saindo quando ocorreu a Tom uma nova ideia.

— Existem aranhas por aqui, Jim? — perguntou ele, dirigindo-se ao negro.

— Não, sinhô, graças a Deus.

— Está bem. Vou arranjar algumas.

— Não faça isso, sinhozinho! Tenho medo de aranha que me pelo. Tenho mais medo de aranha do que de cascavel...

Tom quedou cismativo por alguns minutos e, ao cabo:

— Boa ideia! E creio já foi posta em prática. É muito razoável. Ótima, mesmo. Onde poderá obtê-la, Jim?

— Obter o que, sinhô Tom?

— Uma cascavel.

— Virgem Santa me acuda! Se aparecesse um bicho desse aqui, eu seria capaz de varar por essa parede afora! Cruz! Credo! Canhoto!...

— Você acabaria por acostumar-se, Jim. Poderia até domesticá-la.

— Amansar a cobra?

— Perfeitamente, Jim. Todo animal é sensível à bondade e incapaz de atacar a quem o trata bem. Isso é coisa que a gente lê em qualquer livro. Tente. Experimente por uns dois ou três dias. Verá como, em pouco tempo, ela se tornará companheira inseparável, dormindo consigo, permitindo que você a enrosque no pescoço e até que ponha a cabeça dela dentro da sua boca.

— Pelo amor de Deus, não fale assim, sinhô Tom! Sinto arrepios só de pensar que uma cascavel pudesse pôr a cabeça em minha boca! Nem por todo o dinheiro do mundo eu dormiria ao lado de uma cobra...

— Não faça papel de bobo, Jim. É imprescindível que um prisioneiro tenha consigo uma testemunha muda da sua solidão e do seu sofrimento. Ainda não se ouviu falar de nenhum que tivesse por companheira uma cascavel. Tanto melhor, você terá a glória de ser o primeiro.

— Ai, sinhô Tom, dispenso essa glória! A cobra acabaria comendo o pobre Jim. Que adiantaria glória depois disso? Não, sinhô, isso, não...

— Mas, com os diabos? Não poderá, ao menos, tentar? É só o que peço. Se vir que nada consegue, desistiremos.

— O que tenho medo é que a cascavel me pique durante a experiência, sinhô. Estou pronto a fazer tudo quanto quiserem, mas se o sinhô e Huck trouxerem aqui uma cobra venenosa, eu abandono a prisão...

— Bem, bem, não se fará nada disso, já que você é cabeçudo. Trarei uma cobra-d'água, em cujo rabo você poderá amarrar um guizo, fazendo de conta que é cascavel.

— Dessas não tenho medo, mas seria muito melhor se passasse sem elas. Nunca pensei que um prisioneiro tivesse de sofrer tantas tribulações...

— São os espinhos do ofício, Jim. As regras não transigem, e quero que você siga em tudo a lição das grandes autoridades. E a propósito: há muito rato por aqui?

— Ainda não vi nenhum.

— Vou então arranjar alguns.

— Para quê, sinhô Tom? Só servem para incomodar a gente de noite. Uns danados para roer o pé de quem dorme. Prefiro as cobras-d'água, já que é preciso ter algum bicho aqui. Por favor, não me traga nenhum rato, sinhô Tom!...

— Mas é preciso, Jim. Se todos prisioneiros célebres tiveram ratazanas em sua prisão, por que você não há de tê-las? Não se pode conceber um cárcere sem ratos. Não há notícias de prisioneiros que não vivessem entre eles. E essa convivência leva-os a domesticar os ratos e a amestrá-los, tornando-os tão sociáveis quanto as moscas. Tem aqui algum instrumento de música?

— Só tenho um pente, um pedaço de papel e um berimbau; mas creio que os ratos não hão de gostar de ouvir berimbau.

— Pois engana-se, Jim. Não importa aos ratos a qualidade da música, de maneira que um berimbau serve muito bem. Todos os animais apreciam a música e, nas prisões, adoram-na, sobretudo quando são melodias chorosas. E, com um berimbau, você não pode tocar senão músicas tristes. Ao ouvirem as primeiras notas, todos os ratos, um a um, irão saindo das tocas. Ótimo, Jim! Você deve tocar à noite, antes de dormir, e também pela manhãzinha. "Rompeu-se o último elo", eis a música que fará o milagre. Verá que, em poucos minutos, os ratos, as cobras, as aranhas e demais bichinhos, condoídos da sua tristeza, virão para perto de você, Jim. E, comovidos de vê-lo tão sozinho, nunca mais deixarão este calabouço.

— Não duvido, sinhô Tom. O pobre Jim é que não sabe como irá passar, então. Mas, se assim tem que ser, farei o que puder.

Tom silenciou e, após alguns minutos, lembrou-se de que se esquecera duma coisa.

— É verdade, já me ia escapando isto — lembrou ele. — Que tal, umas flores aqui, Jim? Acha que poderá plantá-las?

— Talvez, mas é tão escuro aqui dentro que eu nem poderia enxergar as flores. E vão me dar um trabalho dos diabos.

— Experimente, não custa. Muitos prisioneiros cultivam flores na sua masmorra.

— Um girassol nasceria bem aqui, mas não valeria a metade do trabalho que dá.

— Engano seu, Jim. Vou arranjar uma muda para que você a plante naquele cantinho, ali. Lembre-se, porém, que, num calabouço, deixará de ser girassol para chamar-se Pitchiola. E outro ponto muito importante: é preciso que você a regue com lágrimas, somente com lágrimas, entendeu?

— Mas para que lágrimas, se tenho tanta água aqui, sinhô Tom?

— Não faria diferença que tivesse um lago. Repito que a Pitchiola deve ser regada com lágrimas. É o que todos fazem.

— Regado com água o girassol ficaria mais bonito, sinhô Tom. E cresceria mais depressa.

— Não importa. Use lágrimas, que é o que manda a regra.

— Assim o girassol acabará morrendo.

— Por quê?

— Porque nada me faz chorar, sinhô Tom.

Tom solucionou o problema aconselhando Jim a esfregar alho nos olhos. Prometeu-lhe arranjar alguns dentes, que viriam na caneca de café, pela manhã. Jim protestou que, nesse caso, melhor seria que pusessem fumo picado no café, e tanto resmungou sobre as obrigações que lhe eram impostas, as quais vinham agravar a sua condição de prisioneiro, e tanto se queixou dos bichos que Tom quase perdeu a paciência. Acabou dizendo-lhe, sem mais rodeios, que assim tivessem todos os prisioneiros do mundo as chances que ele tinha de tornar-se célebre, chances que Jim ineptamente não sabia aproveitar. Caindo em si, Jim, humildemente, pediu desculpas, prometendo, dali por diante, jamais lamentar-se. Satisfeitos, e nada mais tendo a dizer, Tom e eu fomos dormir.

XXXIX

    Pela manhã, fomos à cidade comprar uma ratoeira. De volta ao sítio, destampamos alguns buracos do porão e, meia hora depois, apanhamos umas quinze ratazanas de primeira ordem. Em falta de melhor lugar, escondemos a ratoeira com a rataria debaixo da cama de tia Sally. Mas, enquanto saímos em busca de aranhas, o pequeno Tomaz Franklin Benjamim Jefferson Alexandre Phelps descobriu-a, e a primeira coisa que fez foi abrir a portinhola para ver se os ratos escapavam. Só sei que, ao voltarmos, demos com a tia Sally de pé sobre a cama, com a rataria a correr pelo quarto, à procura de saída. Levamos uma severa repreensão e tivemos de gastar mais de duas horas para apanhar outras ratazanas, que não chegavam aos pés do primeiro lote, composto do que havia de melhor no bando.

    Também colhemos um bom e variado sortimento de aranhas, baratas, rãs, taturanas etc. Muito desejávamos obter uma casa de marimbondos; infelizmente, não foi possível. As vespas não nos deram oportunidade. Por mais que esperássemos, nada conseguimos — dir-se-ia que elas adivinhavam o nosso pensamento e não abandonavam a casa. Desistimos do intento e pusemo-nos à caça de cobras. Apanhamos umas 20, de certa variedade não venenosa e muito abundante nas redondezas. Trancafiamo-las num saco e levamo-lo para o nosso quarto. Nisso, chegou a hora de jantar. Terminada a refeição, corremos ao quarto e vimos que, não ficando bem amarrada a boca do saco, as cobras haviam fugido. Felizmente, ainda estavam dentro de casa, o que nos permitiu recapturar algumas. Era espetáculo digno de ver, aquelas inofensivas serpentes, de colorido brilhante, deslizando pelo assoalho ou subindo aos móveis. A tia Sally, porém, não pensava assim, pois tinha verdadeiro horror a serpentes, venenosas ou não. Pôs-se a gritar, correndo pela casa que nem possessa. Que mulher! Nunca vi coisa igual em minha vida. De tal modo atormentou o marido que este chegou a desejar que não houvesse cobras no mundo. E, uma semana depois de havermos recapturado todas as serpentes, tia Sally ainda não sarara do susto. Quando se sentava, pensando nalguma coisa, uma pena que lhe roçasse a perna era o bastante para que desse um pulo, acompanhado de um berro de ser ouvido em Jericó. Era curioso! Mas Tom afirmou que todas as mulheres são assim — que foram feitas assim, embora ele não soubesse por que motivo.

Levamos umas chineladas, cada vez que uma das nossas cobras surgia diante de tia Sally; e chegou ela a ameaçar-nos com uma boa tunda, se tornássemos a botar serpentes em casa. O que nos fez evitar isso não foi a perspectiva das chineladas, que não doíam, e sim o desejo de evitar novo escarcéu.

Por fim, depois de muito susto, transportamos toda a bicharada para a cabana de Jim. Era muito divertido ver aquela multidão de cobras, aranhas, rãs, baratas e uma infinidade de insetos de todos os tamanhos e feitios a ouvir Jim tocar berimbau. O negro não gostava das aranhas, nem estas dele, o que o fazia estar sempre de olho aberto, com medo de uma ferrotoada. Queixou-se ele de que as cobras, os ratos e a pedra de amolar lhe tomavam toda a cama; e, quando a muito custo obtinha um cantinho para se encolher, não podia conciliar o sono, porque os bichos não dormiam todos a um tempo, e sim cada grupo por sua vez. Assim, quando as serpentes iam repousar, os ratos ficavam de guarda, e revezavam-se de tal modo que havia sempre um grupo desperto a atormentá-lo. E se, porventura, tentava mudar de posição, as aranhas não perdiam oportunidade de uma arremetida. Também jurou que, se viesse a recuperar novamente a liberdade, nunca mais voltaria a ser prisioneiro, nem por um decreto.

Ao cabo de três semanas, tudo corria às mil maravilhas. A camisa fora ter às mãos de Jim, dentro de uma segunda torta, e, todas as vezes que um rato o mordia, ele lançava algumas linhas do seu diário para aproveitar o sangue. As canetas ou buris ficaram prontos, e as inscrições foram gravadas no rebolo; cortamos o pé da cama em duas partes, e, como engolíssemos a serragem, não gosto de relembrar a dor de estômago que isso nos trouxe. Foi de tirar a vida a um mortal! Chegamos a pensar que iríamos morrer. Mas não morremos. Ainda estou por conhecer serragem tão indigesta — e Tom é da mesma opinião.

Mas, como ia dizendo, estava já tudo preparado para a fuga. Sentíamo-nos exaustos, tanto havia sido o trabalho. Tio Silas escrevera duas vezes para a fazenda da qual Jim fugira, sem, contudo, obter resposta, pois a tal fazenda não existia. Em vista disso, decidiu anunciar Jim nos jornais de New Orleans e St. Louis. Ao ouvir isso, um arrepio percorreu-me a espinha. Não tínhamos tempo a perder. Foi quando Tom veio com a história das cartas anônimas.

— Que vem a ser isso? — indaguei.

— Um aviso às pessoas de que algo se passa. Às vezes, faz-se de um modo, outras vezes, faz-se de outro; mas há sempre alguém de atalaia, pronto para avisar o comandante da fortaleza. Quando Luís XVI ia fugir das Tulherias, foi uma criadinha quem deu o alarma, prevenindo, desse modo, a fuga do rei. Tanto os avisos como as cartas anônimas dão excelentes resultados. Usaremos ambos os meios. Também é muito comum que a mãe do prisioneiro venha visitá-lo e troque de roupas com ele, ficando em seu lugar e permitindo-lhe evadir-se. Poderemos fazer isso.

— Mas escute aqui, Tom: para que avisar alguém que algo se passa? Deixe que descubram por si mesmos. É o mais natural.

— Bem sei, mas não podemos contar com eles, como você está vendo desde o princípio. Deixam que façamos tudo. Confiam de tal modo em si próprios que não dão por coisa alguma. E isso não pode ficar assim, Huck. Se nós não os avisarmos, não teremos quem se interponha nos nossos planos. E, depois de tanto trabalho e tantos desgostos, fugiríamos sem que eles dessem pela coisa.

— Pois é justamente o que desejo, Tom.

— Coitado! — exclamou Tom, com ar de comiseração, obrigando-me a voltar atrás do que havia dito.

— Mas não estou a queixar-me, Tom. O que você achar bom também eu acharei. Qual a sua ideia sobre a criadinha?

— Penso que você deve desempenhar esse papel. Para isso, trate esta noite de surrupiar o vestido da mulatinha.

— Mas teremos encrenca pela manhã, Tom. Provavelmente ela só tem aquele vestido.

— Sei disso, Huck; mas você irá necessitá-lo apenas durante uns 15 minutos, o tempo preciso para levar a carta anônima e colocá-la debaixo da porta.

— Bem, seja como você quer, mas saiba que faria esse serviço com a minha roupa.

— Sim, mas, desse modo, não se assemelharia a uma criada.

— Concordo, mas lembre-se de que não haverá ninguém para me ver.

— Isso não vem ao caso. Temos de cumprir a nossa obrigação, sem discutir se vão ver-nos ou não. Você não tem princípios...

— Está encerrada a discussão — serei a criadinha. Mas quem vai se fazer de mãe de Jim?

— Eu, com um vestido de tia Sally.

— E ficará na cabana enquanto Jim e eu fugimos?

— Não, senhor. Encherei com a palha a roupa de Jim e a estenderei na cama, representando, assim, a mãe dele disfarçada. Jim envergará o vestido de tia Sally e fugiremos todos os três. Quando um prisioneiro importante escapa, diz-se que se evadiu. Um rei não foge — evade-se. E o mesmo se dá com um descendente real, seja filho natural ou não.

E, sem mais delongas, escreveu Tom o aviso, que eu, vestido com a saia da criadinha, enfiei por baixo da porta da frente. Dizia o seguinte:

"Cuidado, muito cuidado! Algo pavoroso
está para acontecer. Alerta!
Um amigo desconhecido."

No dia seguinte, deixei na porta um desenho de Tom — uma caveira com dois ossos cruzados; na terceira noite, outro desenho, representando um ataúde, este, porém, na porta do quintal. A família foi tomada de verdadeiro pavor. Não ficariam mais amedrontados se a casa estivesse cheia de fantasmas, com assombrações a surgir debaixo da cama, de trás das portas e dos cantos escuros. Se batia uma porta, tia Sally soltava um grito e quase desmaiava de susto, o mesmo acontecendo com o barulho da queda de um objeto, ou quando se lhe tocava no corpo, estando distraída. A todo instante, olhava para trás, temerosa de ser atacada pelas costas; tinha receio de dormir e não ousava ficar de pé. Tom rejubilava-se, dizendo que a coisa vinha saindo melhor do que pensara; e isso porque tudo fora feito seguindo-se à risca as normas.

Afinal, resolveu dar o golpe de misericórdia. Na madrugada seguinte, escrevemos outra carta, mas ficamos indecisos ao ouvir o tio Silas dizer que iria colocar um preto de sentinela em cada porta. Descendo à noite pelo cabo do para-raios, Tom observou que o escravo que montava guarda à porta dos fundos dormia a bom dormir; sem perda de um minuto, atou-lhe a carta ao pescoço e voltou ao quarto.

Continha ela os seguintes dizeres:

"Sou vosso amigo. Uma quadrilha de bandidos, que infesta o território dos índios, planeja raptar, esta noite, o escravo que se encontra preso. Já fizeram várias tentativas, com o intento de semear o pavor no seio da vossa família, para que possam agir sossegadamente. Pertenço a essa quadrilha, mas desejo converter-me e abandoná-la, para levar vida honrada; eis por que venho revelar o plano infernal dessa malta de salteadores. Hoje, à meia-noite em ponto, pretendem eles penetrar na cabana com uma chave falsa e apoderar-se do negro. Eu fui designado para servir de vedeta e devo tocar uma buzina ao primeiro sinal de perigo. Mas, em vez disso, balirei como carneiro quando os bandidos entrarem na casinhola; desse modo, enquanto estiverem cortando a corrente do prisioneiro, podereis trancar a porta e depois matá-los a todo cômodo. Segui à risca o que indico; de outra forma, eles poderão suspeitar, e então toda vossa família morrerá trucidada. Só desejo um prêmio: saber que cumpri um dever de consciência.

Um amigo desconhecido."

XL

Depois do desjejum, aprontamos uma merenda e fomos pescar de canoa. Passamos um dia distraído, tendo chegado até à balsa, que se achava bem oculta no mesmo ponto em que eu a deixara, e voltamos para casa à hora do jantar. Fomos encontrar toda a família num deplorável estado de desassossego. Logo após a refeição, mandaram-nos dormir, sem nada dizer do que se passava. Já íamos subindo a escada quando tia Sally nos deu as costas; corremos, então, ao guarda-comida e preparamos um bom lanche, que levamos para o quarto. Deitamo-nos. Às 11 e meia, pulamos da cama. Tom, já prestes a descer pelo para-raios, metido numa saia de tia Sally, perguntou-me:

— E a manteiga?

— Passei-a num pedaço de pão — respondi.

— Mas deixou lá embaixo, porque aqui não está.

— E não poderemos passar sem manteiga?

— Absolutamente não, e, por isso, desça e vá buscá-la. Volte logo, que o espero na cabana. Vou encher com palha a roupa de Jim. Logo que você chegar, teremos apenas de balir e dar o fora.

Enquanto Tom saía pela janela, eu fui à despensa. Lá chegando, a primeira coisa que vi foi o naco de pão com manteiga. Apanhei-o, apaguei a vela, e já estava em meio da escada quando dei com tia Sally, que vinha de castiçal em punho. Mal tive tempo para meter o pão com manteiga no chapéu e este na cabeça. Ela indagou:

— Esteve na despensa?

— Estive, sim senhora — respondi.

— Que foi fazer lá?

— Nada.

— Nada?

— Sim, senhora, nada.

— Que ideia, essa, de levantar-se a estas horas para ir à despensa fazer nada?

— Eu mesmo não sei, não, senhora.

— Não sabe? Não minta, Tom! Vamos, diga-me. Que esteve fazendo lá embaixo?

— Nada, tia Sally. Que um raio me parta se estive fazendo alguma coisa.

Supus que, diante das minhas negativas, não insistisse; e era o que teria feito em outra ocasião. Mas com tanta coisa estranha a suceder na casa, a boa senhora não sossegava enquanto não via as coisas bem claras.

— Entre na sala de visitas e espere-me — ordenou, com voz seca.
— Você não irá dormir enquanto não me disser o que esteve fazendo.

Maior não poderia ter sido a minha surpresa ao penetrar na sala.

Lá estavam reunidos 15 fazendeiros, cada qual com a sua espingarda! Senti-me tão abatido que me deixei cair numa cadeira. Os 15 homens achavam-se sentados: alguns palestravam em voz baixa, outros mantinham-se em silêncio, mas todos nervosos e inquietos, embora tentassem disfarçar esse estado de espírito. A mim, porém, não enganavam; notei bem que punham e tiravam o chapéu, trocavam de cadeiras, coçavam a cabeça e torciam os botões do paletó. Também eu me sentia inquieto, mas nem por isso tirava o chapéu...

O que desejava era que tia Sally voltasse logo. Que me surrasse, se fosse da sua vontade, mas que me soltasse. Era preciso avisar Tom que havíamos caído numa vespeira e que não tínhamos minutos a perder. Precisávamos fugir antes que os fazendeiros descobrissem tudo.

Afinal, tia Sally chegou e pôs-se a interrogar-me. Não sabendo em que poderia dar aquilo, eu titubeava em responder com exatidão. Dos homens ali reunidos, os mais impacientes alegavam ser quase meia-noite e queriam sair em busca dos salteadores; os outros queriam que se esperasse pelo sinal convencionado. A insistência de tia Sally em arrancar-me uma confissão, o calor que fazia na sala fechada e a situação aflitiva em que eu me encontrava quase me puseram doido: a manteiga começou a derreter-se e a escorrer-me pela cara. Quando ouvi um dos homens dizer que o melhor era irem à cabana e esperarem pelos bandidos, quase desfaleci na cadeira. E foi então que, vendo um filete de manteiga rolar pela minha fronte, tia Sally pôs-se branca com cera e exclamou, com voz trêmula:

— Meu Deus! É febre cerebral! Os miolos de Tom estão derretendo!...

Todos acudiram para ver. Rapidamente, tia Sally tirou-me o chapéu, e lá se foi ao chão o naco de pão com manteiga!

— Ai, que susto você me pregou, meu filho! — disse ela, abraçando-me carinhosamente. — Felizmente, não é nada. Já ando cheia de atribulações e quando a má sorte nos persegue chovem calamidades. Quando vi a manteiga escorrendo pela testa, quase desmaiei, certa de que eram os seus miolos que se derretiam. Por que não me contou logo que havia ido buscar um pedaço de pão, meu filho? Vá dormir e só me apareça na hora do café.

Dois segundos gastei para subir ao quarto e descer pelo cabo do para-raios, voando que nem flecha em direção à cabana. Mal podia falar quando cheguei; mesmo assim, contei a Tom, o mais rápido possível, que a casa estava cheia de gente armada, e, pois, não tínhamos um minuto a perder.

Seus olhos brilhavam de satisfação.

— Será possível? — exclamou, exultante. — Até parece mentira! Ah, se eu pudesse recomeçar outra vez, garanto que movimentaria a vila inteira! Quem sabe se não conviria adiar...

— Depressa! Vamos! Onde está Jim?

— Ao seu lado. Estenda o braço que o tocará. Já está pronto, e só nos resta sair e soltar o berro de carneiro.

Mas eis que um tropel de passos nos feriu os ouvidos lá fora. E, logo em seguida, alguém disse, tentando abrir o cadeado da casinhola:

— Eu bem disse que não era chegado o momento. Ainda não vieram; a porta está fechada. O melhor, agora, é ficarem alguns aqui dentro, esperando-os no escuro, para matá-los; outros que montem guarda nas redondezas, para evitar a fuga.

Entraram os que foram designados para permanecer de tocaia na cabana, mas, graças à escuridão, não nos viram, embora quase nos pisassem quando nos metíamos debaixo da cama. Esgueiramo-nos pelo buraco sem fazer o menor ruído; primeiro Jim, depois eu, e, por último, Tom, segundo as suas próprias determinações. Do barracão, ouvimos rumor de passos do lado de fora. Tom espiou por uma fresta, mas nada viu, devido ao negrume da noite; depois, sussurrou-me ao ouvido que, quando as passadas se distanciassem, uma cotovelada seria aviso para que saíssemos — Jim na frente e ele por último. Aplicando o ouvido à fresta, quedou atento alguns minutos. Os passos mantinham-se sempre próximos. Por fim, senti a cotovelada, e, aberta a porta, esgueiramo-nos em fila, acurvados, sustendo a respiração até atingirmos a cerca. Jim e eu transpusemo-la sem incidentes, mas, ao fazê-lo, Tom enroscou a calça no arame e, como ouvisse rumor de passos que se aproximavam, safou-se num repelão brusco, que fez vibrar a cerca. E, mal reiniciávamos a fuga, uma voz interpelou:

— Quem vem lá? Responda, ou farei fogo!

Apressamos a corrida, e, segundos depois, soaram três tiros, cujas balas passaram por nós sibilando. Alguém gritou:

— São eles! Fugiram em direção ao rio! Corram! Soltem os cachorros!

E os homens atiraram-se ao nosso encalço. Podíamos ouvi-los, porque usavam botas e vinham fazendo alarido — enquanto nós, descalços, corríamos em silêncio. Ganhamos a trilha que ia dar à serraria, mas, como os perseguidores se acercassem demasiado, ocultamo-nos num pequeno capão de mato e os deixamos passar à nossa frente. Os cães, até então presos para não afugentarem os bandidos, haviam sido soltos, e vinham fazendo um barulho infernal. Como fosse somente a matilha do sítio, deixamos que se acercassem. Chegaram, rodearam-nos, e, não havendo farejado novidade, seguiram na direção de onde partiam os brados de vingança dos fazendeiros, já bem adiantados. Pusemo-nos a caminho e, perto da serraria, enfiamo-nos pela mata. Dali a momentos, atingíamos a margem do rio. Saltamos para a canoa e, rapidamente, ganhamos o meio da correnteza. E, muito calmos, então rumamos para a ilhota onde ficara a balsa, sempre a ouvir o alarido que homens e cães faziam ao subir e descer a barranca do rio. Aos poucos, à medida que nos distanciávamos, os berros e os latidos foram-se apagando, até cessarem de todo. Ao ganharmos a balsa, não pude conter uma exclamação de alegria.

— Até que enfim, Jim! Livre mais uma vez! E juro que nunca mais voltará a ser escravo.

— E que trabalho bem-feito, Huck! Tudo tão bem planejado! Impossível que alguém pudesse fazer coisa mais encrencada e perigosa.

Nossa alegria era indescritível. Mas, dos três, o mais contente era Tom, por ter recebido um tiro na perna.

Ao termos conhecimento disso, a nossa satisfação diminuiu. Tom queixava-se de fortes dores, com o ferimento a sangrar bastante. Resolvemos deitá-lo na cabana da balsa. Quando rasgávamos uma camisa do duque para atar o ferimento, ele disse:

— Deem-me o pano, que eu mesmo amarrarei. Não percam tempo; vocês estão atrasando a evasão! A postos, e levantem ferros! Nossa proeza vai ficar célebre! Que pena não termos podido dirigir a evasão de Luís XVI! Garanto que aquela frase: "Filho de São Luís, sobe aos céus!" não existiria hoje na sua biografia. Teríamos atravessado a fronteira com ele, e queria ver depois quem nos pegava!... Foi pena... Vamos, manejem os remos!

Ao invés de obedecê-lo, eu e Jim trocamos algumas palavras e ficamos a pensar. Após um minuto:

— Que acha, Jim? — perguntei.

— O que penso é o seguinte, Huck. Se fosse o sinhô Tom que estivesse sendo salvo, e um de nós que levasse o tiro, iria ele continuar a fuga sem antes chamar um doutor para curar o ferido? Estou certo de que não; pois o mesmo vai fazer Jim; não saio daqui enquanto o doutor não vier, nem que tenha de esperar 40 anos.

Eu sabia que Jim era branco por dentro e já esperava por aquilo. Diante disso, nada mais me restava senão avisar Tom de que iríamos chamar um médico. Ao ser inteirado disso, o rapaz bufou, mas Jim e eu fizemos pé firme — não sairíamos dali sem que o médico viesse. Ele ainda tentou arrastar-se e soltar a balsa, no que foi impedido por nós. Afinal, vendo que eu já me preparava para entrar na canoa, disse:

— Bem, já que está decidido a ir mesmo, faça o que eu lhe vou dizer. Quando chegar à casa do médico, tranque a porta e passe-lhe uma venda nos olhos, obrigando-o a prometer guardar o mais absoluto segredo. Em seguida, ponha-lhe nas mãos uma bolsa com couro e conduza-o até aqui pelos lugares mais esconsos e tenebrosos, dando voltas e mais voltas, para desnorteá-lo. Quando na canoa, faça o mesmo, contornando as ilhas. Não se esqueça de revistá-lo e tirar-lhe o giz. Do contrário, ele fará uma cruz na balsa e voltará a reconhecê-la. É o que todos fazem.

Prometi seguir as suas indicações e me fui. Jim deveria manter-se escondido no mato enquanto o médico estivesse pensando o ferimento de Tom.

XLI

Era o doutor um velho amável e de feições bondosas. Contei-lhe que eu e meu irmão havíamos ido caçar nas margens do rio e, encontrando uma balsa abandonada, nela nos instalamos. Mas, à meia-noite, meu mano, sonhando, talvez, deu com o pé na espingarda, que disparou e o feriu na perna. Pedia-lhe que viesse vê-lo e nada dissesse a ninguém, pois desejávamos regressar à tarde para casa e fazer uma surpresa aos nossos pais.

— Quem são seus pais? — inquiriu o médico.

— Os Phelps.

— Ah! — fez ele, e, depois de uma pausa: — Como foi mesmo que se deu o ferimento?

— Ele estava sonhando quando a espingarda disparou.

— Ah, estava sonhando...

E, sem mais, partimos, trazendo ele sua lanterna e a maleta de medicamentos. Ao chegarmos à margem do rio, o bom velhote recusou-se a entrar na canoa, alegando ser embarcação demasiado pequena para duas pessoas.

— Não tenha receio, *sir* — disse-lhe eu. — Nós três viemos nela.

— São três, então?

— Sim; eu, Sid e... e as espingardas.

— Ah, as espingardas...

Mas, ao entrarmos na canoa, o doutor fê-lo tão desastradamente que quase a virou. Diante disso, achou de bom aviso arranjar outra maior, o que não foi possível, por isso que todas estavam bem amarradas. Não havendo outra solução, embarcou só na canoa, dizendo-me que o esperasse ou fosse para casa prevenir a família. Preferi esperar e indiquei-lhe como deveria encontrar a balsa.

Pensando sobre a nossa aventura, lembrei-me de que o médico tanto poderia curar a perna de Tom em poucos minutos como, também, levar três ou quatro dias. Nessa última hipótese, que fazer? Esperar que tudo viesse a ser descoberto? Em absoluto, não. Meu dever era aguardar o médico e perguntar se voltaria a ver Tom. Se dissesse que sim, eu nadaria até a balsa e, quando o esculápio retornasse, prendê-lo-ia, e, com ele, desceríamos o rio. Quando Tom ficasse curado do ferimento, pagaríamos a conta que apresentasse e o poríamos em terra.

Depois de ruminar tudo isso, deitei-me sobre um monte de lenha e adormeci. Quando despertei, o sol já ia alto. Dirigi-me à casa do médico, porém lá informaram-me que ele ainda não regressara. Mau sinal! Tom não devia estar passando bem. Decidido a alcançar a ilha de qualquer forma, abalei rua afora, mas, na primeira esquina, quase meti a cabeça no estômago do tio Silas!

— Que é isso Tom? — perguntou ele. — Onde esteve todo esse tempo?

— Em parte alguma — respondi. — Apenas perseguindo o negro, nada mais, Sid e eu.

— Mas onde esteve? A sua tia está morta de aflição.

— Não vejo motivo. Nada nos aconteceu. Saímos atrás dos fazendeiros e dos cachorros, mas, como eles se adiantassem muito, não pudemos alcançá-los. Ouvindo gritos do lado do rio, tomamos uma canoa e remamos um bom trecho. Como nada encontrássemos, desembarcamos e resolvemos pousar no mato; despertamos há umas duas horas e viemos até aqui para saber notícias. Sid ficou na agência do correio, vendo se obtém alguma novidade, e eu saí em procura de qualquer coisa de comer, antes de voltarmos para casa.

Dali fomos direto ao correio buscar Sid, mas, como eu já suspeitava, não o encontramos lá. O tio Silas tirou a correspondência da sua caixa e, após algum tempo, como Sid não aparecesse, resolveu voltar comigo. Sid que viesse a pé ou de canoa, quando lhe desse na telha. Debalde, pedi que me deixasse esperar mais algum tempo pelo mano. O velho não consentiu, dizendo que tia Sally estava muito aflita com a nossa ausência e que o meu regresso a tranquilizaria.

Ao ver-me de novo no sítio, tia Sally ficou tão contente que chorou e riu a um tempo, abraçando-me e cobrindo-me de beijos.

A casa estava cheia de gente chegada para jantar — cada fazendeiro com a sua respectiva consorte. Discutiam o caso do rapto do negro. A velha sra. Hotchkiss, esta era a que mais falava.

— Estive examinando a cabana, comadre Phelps, e, na minha opinião, aquele escravo não é muito certo da bola. Já falei isso para a comadre Damrell. Não é verdade, comadre Damrell? Todos me ouviram dizer que o negro não estava bom da bola. E continuo afirmando a mesma coisa, comadre. Tudo indica que ele é esparolado. A pedra de amolar, por exemplo; só mesmo um louco varrido teria gravado aquelas maluquices na pedra, comadre! Imagine que havia frases mais ou menos assim: "Aqui fanou em vida o coração de um encarcerado!"; "Aqui um coração solitário finou-se após 37 anos de reclusão"; "Aqui morreu um filho natural de Luís não sei quanto"; e uma porção de sandices desse feitio! Só mesmo de um doido, comadre! Foi o que eu disse, digo e direi; o negro sofre da bola, comadre.

— E que me diz daquela corda feita de trapos, comadre Hotchkiss? — perguntou a sra. Damrell. — Que diabo queria o negro fazer com ela?...

— Justamente o que eu estava dizendo para a comadre Utterback, e, se não acreditar, pergunte-lhe. Nem bem a comadre olhou para a corda, eu disse: "Ai, comadre, que diabo queria o maldito negro fazer com essa corda?". E ela...

— O que não posso compreender é como puderam levar a pedra de amolar até lá, comadre. E quem teria feito o buraco? E quem...

— O que são as coisas, comadre Penrod! Era o que eu estava perguntando... Comadre, quer passar o melado? Mas era o que eu estava perguntando agora há pouco à comadre Dunlap. Como puderam levar a pedra até lá? e não me digam que o negro não teve ajutório. Teve pelo menos uns 12 escravos trabalhando para ele. Ah, disso estou certa, certíssima. Se fosse comigo, eu assaria todos os negros daqui, mas havia de descobrir quem levou para lá a pedra! E, além disso...

— Só 12, comadre? Nem 40 teriam feito tanta coisa. Note as serras feitas de faca de mesa, e o resto; uma pessoa só teria levado toda a vida para fazer aquilo. Apenas para serrar o pé da cama com a faca, seis homens gastariam uma semana! E aquele boneco de palha que ficou sobre a cama?

— Isso mesmo, compadre Hightower. Era o que eu dizia há pouco ao compadre Phelps. Nossa conversa foi assim: ele começou por perguntar-me o que eu pensava daquilo. Daquilo quê, compadre Phelps? Do modo como foi serrado o pé da cama, comadre. Ai, compadre, nem fale nisso! Mas certa de uma coisa estou, compadre, alguém serrou aquela cama. Essa é a minha opinião; e ninguém me tira da cabeça que ali andou dedo de fora. Não foi o negro sozinho, compadre. Foi assim que conversei com o compadre Phelps; ele poderá dizer se é verdade, ou não. E quando...

— Fique certa de que, para fazer o que fizeram, aquela cabana andou cheia de negros por muitas noites, pelo menos durante umas quatro semanas, compadre Phelps! Disso estou certo, comadre. E aquela camisa toda cheia de rabiscos misteriosos escritos de sangue? Aquilo não poderia ter sido obra de um só, mas de muitos. E eu bem que daria 2 dólares para saber a significação dos tais arabescos africanos. E, para os negros que escreveram aquilo, compadre, 500 lambadas de bacalhau ainda não bastavam.

— Eu só queria que o senhor estivesse cá a semana passada, compadre Marples. Os demônios furtaram tudo o que lhes caiu ao alcance das mãos. E de nada adiantou ficarmos de olho aberto. Tiraram a camisa do varal! Do varal, compadre! E o lençol, com o qual fizeram a corda, me foi surrupiado não sei quantas vezes. Roubaram farinha, velas, castiçais, colheres, o velho esquentador de bronze, o meu vestido de chita e uma infinidade de coisas, de que já não me recordo mais. O que, porém, me deixou pasmada foi a ousadia deles, agindo com tanta desenvoltura, estando eu, Silas, Tom e Sid em constante vigilância, dia e noite! E, depois de tudo, eles nos furtam o negro nas nossas barbas. E fogem com o negro, apesar dos 15 homens e dos 22 cães que lhes saíram no encalço! Ainda estou por ver coisa igual! Nem o demo teria feito trabalho mais perfeito. E só podia ter sido arte do demo, pois os nossos cães não conseguiram dar com o rastro deles — e os senhores sabem que não há melhor matilha que a nossa. Está tudo envolto no mais denso mistério, é o que lhes afirmo.

— É verdade...

— Eu nunca vi coisa assim...

— Ladrões caseiros e ...

— Cruz! Credo, eu teria morrido de susto...

— Morrido de susto? Meu medo era tanto que nem podia dormir sossegada, comadre Ridgeway! Calcule só o que passei durante a noite de ontem! Temia até que raptassem algum membro da família. Meu pavor foi tamanho que eu já não raciocinava direito. De dia, isso pode parecer pueril, mas, à meia-noite de ontem, a coisa soava de outro modo. Quando lembrei que os meus pobres sobrinhos dormiam tão sós lá em cima, senti-me tão aflita que só me acalmei quando subi e tranquei a porta por fora. Qualquer pessoa, em idênticas circunstâncias, teria feito o mesmo. Nervosa como estava, com ameaças de todos os lados, não pude deixar de pensar comigo mesma que, se fosse um menino e se estivesse dormindo lá em cima, com a porta aberta...

Aqui ela fez uma pausa e, voltando a cabeça, pousou o olhar em mim. Tratei de levantar-me e espairecer um bocado. Carecia pensar numa escusa plausível para explicar por que não estávamos no quarto pela manhã. Mas não podia afastar-me muito, senão ela mandaria buscar-me. À tarde, quando todos já se haviam retirado, contei-lhe que, despertados pelos tiros e latidos de cachorros, e estando a porta fechada, não nos foi possível reprimir a curiosidade de saber o que se passava, e descemos pelo cabo do para-raios; ficamos um pouco machucados e prometemos a nós mesmos jamais repetir a façanha. Depois, narrei-lhe a mesma história já contada ao tio Silas. Comovida, ela prometeu perdoar-nos, pois, em se tratando de meninos, gente endiabrada, não podia esperar senão grossas reinações; e, já que nada nos acontecera, devia agradecer a Deus o estarmos vivos, e ao seu lado, ao invés de aborrecer-se com o que havíamos feito. Depois de muito acariciar-me e cobrir-me de beijos, a boa senhora quedou-se pensativa, para, dali a momentos, dizer:

— Já me está afligindo a ausência de Sid. É quase noite, e não o vejo de volta. Que lhe terá acontecido?

— Vou à vila buscá-lo — prontifiquei-me, imediatamente.

— Não vai, não. E não me sai daqui. Basta a ausência de Sid para afligir-me. Se até a hora do jantar não aparecer, seu tio irá procurá-lo.

Como Sid, muito naturalmente, não viesse, logo após o jantar o tio Silas dirigiu-se à povoação.

Às 10, estava de volta; chegou inquieto, não havendo encontrado Sid em parte alguma. Tia Sally, coitada, ficou muito agoniada, embora o marido tudo fizesse para acalmá-la, dizendo que era natural aquilo num menino e que, de manhã, estaria de volta, todo lampeiro.

Contudo, tia Sally resolveu esperá-lo mais algum tempo e deixar uma luz acesa.

Quando fui me deitar, a boa senhora acompanhou-me até o quarto, de vela na mão. Tantos foram os seus carinhos que me senti envergonhado e sem coragem para fitar os meus olhos nos dela. Sentada na cama, ao meu lado, ficou longo tempo a elogiar Sid; e, a cada momento, me interpelava se achava possível que lhe tivesse acontecido alguma coisa. Ter-se-ia perdido? Estaria o pobrezinho sofrendo dores naquele momento, ou talvez moribundo, sem que ela pudesse socorrê-lo? E essas apreensões lhe enuvearam os olhos de lágrimas. Para consolá-la, eu afirmava que Sid, na manhã seguinte, estaria de volta, são e salvo, sem um arranhão no corpo. Ela, então, apertava-me as mãos, ou me beijava, pedindo-me que repetisse uma, duas, três, muitas vezes a mesma coisa. E, antes de retirar-se, fitou amorosamente os olhos nos meus e disse:

— Vou deixar a porta aberta, Tom. Bem sei que de nada adianta trancá-la, mas você é bonzinho e não fugirá, não é verdade? Ao menos uma vez, não desobedeça à sua tia, que lhe quer tanto bem. Boa noite, meu filho.

Só Deus sabe como eu ansiava por saber o estado de Tom; mas, depois desse pedido, não o faria nem por todos os reinos do mundo.

Dormi sono agitado, pensando em Tom e na tia Sally. Duas vezes desci até o terreiro e a vi sentada à janela, com uma vela ao lado e os olhos úmidos fixos na estrada, à espera do sobrinho. Minha vontade era confortá-la, mas como? De que forma? Só me restava jurar e rejurar que jamais voltaria a lhe dar desgostos. Quando desci pela pela terceira vez, já era madrugada, e a tia Sally continuava junto à janela, a vela quase extinta, a cabeça grisalha apoiada nos braços, adormecida...

XLII

Pela manhã, antes do desjejum, o tio Silas foi novamente à vila, não logrando notícias de Tom. Sentaram-se à mesa, tristes, pensativos, calados, deixando que esfriasse o café.

Foi tio Silas quem rompeu o silêncio.

— Não lhe dei a carta? — perguntou à mulher.

— Que carta?

— A que retirei ontem do correio.

— Não recebi carta alguma.

— Então, me esqueci.

Rebuscando os bolsos, puxou um envelope, que entregou à esposa.

— É de Petersburg — disse ele. — É da mana.

Vi que uma volta far-me-ia bem; mas não podia abandonar a mesa. Antes de rasgar o envelope, tia Sally o depôs sobre a mesa e ergueu-se, precipitada, correndo para a porta da frente. Todos fizeram o mesmo. Era Tom Sawyer que chegava, carregado em maca, seguido do médico e de Jim, que ainda trajava o vestido de chita da tia Sally e tinha as mãos atadas às costas. Fechava o cortejo um número considerável de pessoas. Ocultei a carta atrás da primeira coisa que encontrei e, ao voltar-me, já tia Sally estava recurva sobre Tom, chorando desesperadamente e a gritar:

— Morto! Morto! Morreu o meu pobre Sid! Ai, meu Deus!

Tom moveu de leve a cabeça e murmurou algo incompreensível,

deixando ver, claramente, que delirava. Erguendo os braços para o céu, tia Sally exclamou:

— Está vivo, graças ao bom Deus! Era só o que eu desejava!...

E, dando-lhe um beijo nas faces ardentes, saiu a correr pela casa, gritando ordens a todo mundo para que preparassem o quarto, arrumassem isto e fizessem aquilo.

Segui os homens, para ver o que iriam fazer com Jim. O médico e o tio Silas ficaram ao lado de Tom. A maioria desejava enforcar o negro, para que a sua morte servisse de exemplo aos demais e eles nunca tentassem fugir, provocando o barulho que Jim provocara e pondo toda uma família em constantes sobressaltos durante dias e noites. A minoria, porém, opunha-se a tão drástica decisão, ponderando que, como o negro não lhes pertencesse, teriam de indenizar o verdadeiro dono, caso o reclamasse. Isso esfriou-lhes um tanto a fúria de vingança, porque os mais ansiosos por enforcar um negro são os que mais relutam em pagar a sua quota no momento de indenização.

Contentaram-se em atirar os maiores insultos contra Jim e dar-lhe alguns tapas na cabeça; Jim, porém, manteve-se calado, tudo suportando sem o menor protesto, e sem de leve dar mostras de me conhecer. Em seguida, trancafiaram-no na cabana, vestindo-o com os seus velhos trajos, e acorrentaram-no de novo; dessa vez, porém, não prenderam a cadeia ao pé da cama, e sim numa grossa viga de madeira. Também lhe prenderam as mãos e os pés com uma corrente menor, avisando-o de que iria passar a pão e água até que fosse vendido em leilão, caso o seu dono não aparecesse dentro de certo prazo para reclamá-lo. Taparam o buraco que havíamos feito e declararam que dois homens montariam guarda à cabana durante à noite, e, de dia, um buldogue ficaria preso à porta. Quando se retiravam da cabana, despedindo-se do pobre Jim com os mais terríveis insultos, chegou o médico, o qual viu as precauções tomadas e disse:

— Não o tratem com demasiada severidade; não é mau negro,

não. Quando encontrei o menino, vi logo que, sem seu auxílio, me seria impossível extrair a bala; e de forma alguma podia deixá-lo só e volver à vila em busca de ajudante. E, de minuto para minuto, o menino piorava; entrou a delirar, não permitindo que eu o tocasse, ameaçando-me de morte caso me atrevesse a marcar com giz a sua balsa — e mais loucuras. Minha situação era aflitiva, sem poder abandoná-lo e precisando de ajutório. Estava sem saber como agir e, em minha perplexidade, falei em voz alta que me era imprescindível um ajudante. Nisso, apareceu este negro, oferecendo-se para me auxiliar. E fê-lo admiravelmente, senhores! Vi logo tratar-se de negro fugido, o que acabou por complicar ainda mais a minha situação. Fui obrigado a passar o resto do dia e a noite toda sem arredar pé dali, embora tivesse alguns clientes enfermos na vila que careciam da minha presença. Mas não ousava ausentar-me, temeroso de que o negro fugisse, e que iriam dizer depois de mim? As horas escoavam-se lentamente, sem que passasse pela ilha uma só embarcação. Lá me mantive, firme, até pela manhã — e lhes asseguro que não conheço enfermeiro mais solícito e dedicado do que este negro. Estava ele, entretanto, a arriscar a sua liberdade, com evidentes sinais de haver trabalhado exaustivamente nestes últimos dias. Inspirou-me simpatia, e lhes digo, senhores, que um escravo desses vale mil dólares e merece bom trato. Auxiliou-me bastante e muito contribuiu para que o menino não piorasse, estando o enfermo lá talvez melhor do que em casa, grande que era a tranquilidade da ilha. Mas, como já lhes disse, lá fiquei até o romper do dia, e foi só então que vi chegar uma barca que trazia vários remadores. Felizmente, o negro dormitava de cabeça entre os joelhos; a um sinal meu, e os homens aproximaram-se cautelosamente e, caindo sobre ele, manietaram-no, sem que resistisse. O menino cochilava, ardendo em febre, e, para que não despertasse, foi a balsa rebocada muito de manso, sendo a travessia feita sem o menor incidente. O negro não proferiu uma só palavra. Não é mau escravo, senhores, podem crer no que lhes afirmo.

Ouviu-se uma voz:

— Confesso que isso me soa bem, doutor.

Os demais também já olhavam para Jim com menos rancor. Eu não sabia como agradecer ao médico os elogios que fizera ao pobre negro; e me alegrava por ver que as suas considerações coincidiam com as minhas — pois sempre tive Jim na conta de um bom homem, de um preto com alma branca. Por fim, todos concordaram que ele se portara dignamente e merecia recompensa. Prometeram, então, deixá-lo em paz.

Em seguida, o grupo retirou-se, deixando Jim encarcerado. Esperei que aliviassem o negro de uma ou duas correnres, pesadas que eram, e lhe mandassem fornecer um pouco de carne e vegetais, além de pão e água; mas ninguém se lembrou disso, e a mim se me afigurou mais prudente não meter a colher torta onde não era chamado. Mas pensei logo em transmitir à tia Sally a narrativa do médico, assim que pudesse, e explicar-lhe por que razão me olvidara de lhe contar que Tom fora ferido na perna, na noite da caçada ao negro.

Felizmente, sobrava-me tempo para isso. A tia Sally passava os dias e as noites à cabeceira do doente.

Na manhã seguinte, soube que Tom melhorara sensivelmente e que tia Sally fora repousar um bocado. Corri ao quarto do enfermo, na esperança de encontrá-lo desperto e poder combinar com ele uma desculpa aceitável. Infelizmente, Tom dormia tranquilamente, trazendo estampada nas faces uma leve palidez. Sentei-me e pus-me a esperar que acordasse. Meia hora depois, apareceu tia Sally. Levou o dedo aos lábios, pedindo silêncio, e, depois, sussurrou-me ao ouvido que todos deveriam regozijar-se, porque os sintomas eram dos melhores, tudo indicando que Tom iria despertar no seu juízo perfeito.

Escoaram-se mais alguns minutos, e, a pouco e pouco, Tom foi descerrando os olhos. E, depois de olhar em volta:

— Ué! Já estou em casa? Como é isso! Que é feito da balsa?

— Está bem guardada — respondi.

— E Jim?

— Vai indo bem — redargui, com voz um tanto forçada.

— Magnífico! Esplêndido! Estamos todos salvos! Já contou tudo à tia Sally?

Ia dizer que sim, quando ela se adiantou e perguntou:

— Que tinha a contar-me, Sid?

— Que poderia ser? Do nosso sucesso, ora esta!

— Que sucesso?

— Ora, o sucesso que tivemos com a nossa aventura, libertando o negro.

— Coitado, está variando outra vez...

— Qual, variando! Estou no meu perfeito juízo, tia Sally. Fomos Tom e eu que libertamos o negro. Planejamos a sua evasão e a levamos a efeito, de um modo admirável, seguindo todas as regras da arte.

Entusiasmado, Tom levou a narrativa até o fim, com enorme espanto de tia Sally, que ficou boquiaberta, a ouvir com ar incrédulo. Eu não me atrevi a interrompê-lo. Seria contraproducente.

— Ah, tia Sally! — continuou ele. — A senhora não imagina o trabalhão que tivemos durante semanas inteiras, de dia e de noite, enquanto todo o sítio dormia tranquilo. Tivemos de furtar as velas, o lençol, a camisa, seu vestido, as colheres, os pratos de folha, as facas, o esquentador, a pedra de amolar, a farinha de trigo e mais uma porção de outras coisinhas. E não queira saber quanto nos custou fazer as serras, as canetas, as inscrições e o mais precioso para obedecermos às regras. Mas não valeu a pena! E fomos nós que desenhamos a caveira e o caixão de defunto; que escrevemos as cartas anônimas; que cavamos o buraco; que tecemos a corda enviada ao negro dentro de uma torta. A colher e outros pequenos objetos, ele os recebeu por seu intermédio, tia Sally. A senhora os levou no bolso do seu avental, sem o perceber...

— Mãe do céu!

— E enchemos a cabana de ratos, cobras e outros bichos para que fizessem companhia a Jim; e, por último, a senhora reteve Tom tanto tempo na sala, estando ele com a manteiga debaixo do chapéu, que por um triz não nos estraga a festa. Os homens entraram na cabana antes de havermos saído. Fugimos, porém, e, pressentidos pelos fazendeiros, fomos perseguidos, tendo eu levado uma bala. Ocultamo-nos num capão de mato, deixando que os homens passassem por nós, e, como os cachorros fossem conhecidos, nenhum dano nos causaram. Da moita, corremos ao rio, embarcamos na canoa e, pouco depois, chegávamos ao ponto em que se encontrava a balsa, sãos e salvos! Jim era novamente um homem livre, e devia tudo a nós. Não é realmente formidável, tia Sally?

— Sim, senhor! Então foram vocês dois, seus diabretes, que armaram todo este barulho, incomodando tanta gente e pregando-nos tamanho susto, heim? E pensar que tenho passado noites em claro por causa de vocês!... Trate de ficar bom logo, entendeu? Desta vez vocês hão de ver estrelas com as minhas chineladas! Cambada de diabos!...

Mas Tom sentia-se por tal forma orgulhoso do seu feito que continuou a narrativa, indiferente às terríveis ameaças de tia Sally, que cuspia fogo pela boca. Ambos falavam ao mesmo tempo, qual dois gatos que, mutuamente, se amedrontam. Aproveitando uma breve pausa de Tom:

— Ria-se bastante agora — disse ela. — Mas ai de você se eu o encontrar novamente em entendimentos com ele...

— Com ele, quem? — inquiriu Tom, tornando-se sério e demonstrando surpresa.

— Com quem há de ser? Com o negro.

Tom voltou-se para mim, muito sério, e perguntou:

— Não me disse você que ele ia indo bem, Tom? Não está Jim livre?

— O negro? — interrompeu tia Sally. — Era só o que faltava. Foi preso novamente e se acha acorrentado na cabana, onde ficará a pão e água até ser reclamado.

Tom sentou-se no leito, com os olhos em fogo, as narinas aflantes; depois, voltando-se para mim, disse, com voz autoritária:

— Com que direito o prendem? Vá soltá-lo já, sem perda de um minuto! Ele não é escravo, mas sim um homem livre como qualquer de nós!

— Estará variando outra vez, Sid? — murmurou tia Sally.

— Não, senhora! Já lhe disse que estou no meu juízo perfeito e, se ninguém for soltar o negro, irei eu mesmo. Tom e eu o conhecemos desde crianças. A velha srta. Watson morreu há dois meses, envergonhada de ter pensado em vender esse escravo a um mercador do Sul. E, no testamento que deixou, consta a alforria de Jim.

— Por que, então, fez tanta coisa para libertá-lo, se ele era livre?

— Foi tão somente pela aventura! Eu teria atravessado um rio de sangue para... Olhem só quem está aí! A tia Polly!...

Por mais inacreditável que o pareça, lá estava a tia Polly, em carne e osso, de pé à soleira da porta...

De um pulo, a tia Sally atirou-se aos braços da irmã, enquanto eu procurava um lugar debaixo da cama, prevendo novas complicações. Espiei e vi a tia Polly desvencilhar-se dos braços de tia Sally e contemplar o sobrinho por cima dos óculos, com cara de quem queria comê-lo vivo.

— Você deveria ter vergonha de olhar para mim, Tom! Em seu lugar, eu esconderia o rosto.

— Ai, mana, acha-o tão mudado, assim? Não é Tom, é Sid.

E, chamando-me:

— Tom! Tom! Ué!... Onde se meteu esse menino? Estava agora mesmo aqui...

— Você refere-se a Huck Finn, mana... Creio que o tempo que levei criando o meu Tom dá para reconhecê-lo em qualquer parte. Vamos, saia de baixo da cama, Huck. Anda!

Não tive remédio senão obedecer. Mas fi-lo bastante receoso.

A expressão de assombro da tia Sally só foi superada pelo pasmo do tio Silas, ao ser inteirado do que se passara. O choque que o bom homem recebeu foi de ordem a deixá-lo de tal modo estupefato que passou o resto do dia sem saber o que fazer, e, à noite, pronunciou um sermão que lhe aumentou grandemente a fama de bom pregador, por isso que nem Matusalém o entenderia. A tia Polly, em poucas palavras, revelou a minha identidade, obrigando-me, dessa forma, a explicar tudo. Contei, então, que, vendo-me em situação crítica, quando a sra. Phelps me tomou por Tom Sawyer...

Nesse ponto, ela interrompeu-me, para dizer:

— Pode chamar-me tia Sally, já estou acostumada.

— Quando a tia Sally me tomou por Tom Sawyer, nada fiz por desfazer o equívoco, sabendo de antemão que Tom até gostaria disso, amante de mistérios que era; poderia, mesmo, transformar o quiproquó numa aventura a seu gosto. E foi o que ele fez, fazendo-se passar por Sid para me livrar da entaladela.

A tia Polly confirmou a morte da srta. Watson, que, no testamento, deixara carta de alforria a Jim. E só então compreendi por que Tom se dera ao trabalho de libertar um negro que já não era mais escravo. Tudo fizera para mostrar como poderia, com a sua educação e os seus princípios, auxiliar uma pessoa a libertar um negro.

Contou a tia Polly que, ao receber carta da irmã, comunicando-lhe a chegada de Tom e de Sid, disse para si mesma:

— Aí está em que deu deixá-lo ir só. Já deveria ter previsto tal coisa. Agora tenho de navegar mais de mil milhas, rio abaixo, para saber das diabruras que o menino estará fazendo — visto como a mana não me responde às cartas.

— Não recebi uma só linha sua, mana — disse tia Sally.

— Então, não posso compreender o que houve. Escrevi-lhe duas vezes, pedindo que me explicasse o que significava a presença de Sid, aqui, quando o menino continuava lá em casa.

— Pois, até hoje, não recebi essas cartas, mana.

Voltando-se para o sobrinho, a tia Polly encarou-o fixamente.

— Foi você, Tom?

— O quê? — perguntou ele, fingindo a maior das inocências.

— Não se faça de desentendido, coisa-ruim sem chifre! Onde estão as cartas?

— Que cartas?

— As cartas! Não me faça perder a paciência...

— Estão na mala, do mesmo jeitinho que as retirei do correio. Não as li, nem toquei nelas; mas, sabendo que viriam complicar a nossa situação, e que a senhora não tinha muita pressa em receber resposta...

— O que você precisa é duma boa tunda, ouviu, seu atrevido? — atalhou a tia Polly, deitando fogo pelos olhos. — Também escrevi anunciando a minha chegada, mana, mas vai ver que este demônio...

— Não, essa carta chegou ontem. Ainda não a pude ler, mas está comigo.

Tive ímpetos de apostar 2 dólares como a carta não estava com ela; achei, porém, mais seguro não apostar coisa nenhuma, e calei-me.

ÚLTIMO

Na primeira ocasião em que me vi só na companhia de Tom, indaguei qual o seu pensamento sobre a fuga de Jim e o que planejava fazer, caso tudo nos saísse bem e conseguíssemos libertar um negro forro. Respondeu-me que o seu plano era o seguinte: descermos o rio, procurando toda sorte de aventuras, e, quando atingíssemos a embocadura do Mississipi, revelar a Jim o segredo da sua liberdade. Regressaríamos para nossa terra num bom vapor, indenizando Jim pelo tempo perdido e avisando a todos os negros das redondezas para que viessem aguardá-lo fora da vila, com banda de música e archotes. E, então, seríamos aclamados heróis.

Não era de todo mau o projeto, mas não podíamos queixar-nos do modo como levamos a aventura, que, afinal, acabou bem.

Em três tempos, libertamos Jim das suas correntes; e, quando a tia Polly, o tio Silas e a tia Sally souberam como fora ele solícito em auxiliar o doutor que medicara Tom, trataram-no com muita consideração, fornecendo-lhe boas roupas e bom alimento — e Jim passou a levar um vidão, sem precisar trabalhar. Levei-o ao quarto de Tom, que lhe deu 40 dólares, como prêmio de ter sido um prisioneiro tão paciente, sempre pronto a fazer tudo quanto desejássemos. Jim mal cabia em si de satisfação.

— Está vendo, Huck? Que é que eu disse lá na Ilha Jackson? Que eu tinha o peito e os braços peludos, e que isso significava fortuna, não foi? Pois aqui estou, rico outra vez! Está vendo? Que não me venham falar que isso de sinais é bobagem... Eu tinha certeza de que voltaria a ser rico — era só questão de tempo.

Em seguida, Tom lembrou outras aventuras, propondo que fugíssemos uma noite e, bem equipados, fôssemos passar duas semanas no território dos índios, em busca de sobressaltos. Concordei, mas disse que não poderia acompanhá-los, por falta de dinheiro para adquirir o equipamento; e não tinha esperança de que mo enviassem de casa, sendo provável que, àquelas horas, já meu pai tivesse voltado, tirado os 6 mil dólares do Juiz Thatcher e bebido tudo em uísque.

— Não se assuste — disse Tom. — O dinheiro continua em poder do juiz, e seu pai nunca mais voltou à vila. Pelo menos não o tinha feito até o dia em que saí de lá.

E Jim acrescentou, com certa solenidade:

— Ele não volta mais, Huck.

— Por que diz isso, Jim? — perguntei.

— Não convém saber, Huck. Só lhe garanto que ele não volta mais.

Mas tanto insisti que, afinal, Jim acabou contando.

— Lembra-se daquela casa que vimos boiando no rio, com um homem morto dentro? E lembra-se que eu não o deixei levantar o pano que cobria a cara dele? Pois, quando quiser, vá receber o seu dinheiro, Huck — o defunto era seu pai.

Tom já se encontrava completamente restabelecido, tendo pendurado no pescoço, para fazer as vezes de relógio, a bala que lhe fora extraída da perna, e passava o dia vendo as horas.

Nada mais há, pois, para ser escrito, o que me alegra deveras. Se eu soubesse como é difícil escrever um livro, não o teria começado. É a primeira e última vez que me meto a escritor.

E, pelo que vejo, tenho de alcançar o território dos índios antes dos outros, pois a tia Sally está disposta a adotar-me e civilizar-me. E eu já sei o que isso significa...

Impressão e Acabamento
Gráfica Oceano